낙별록

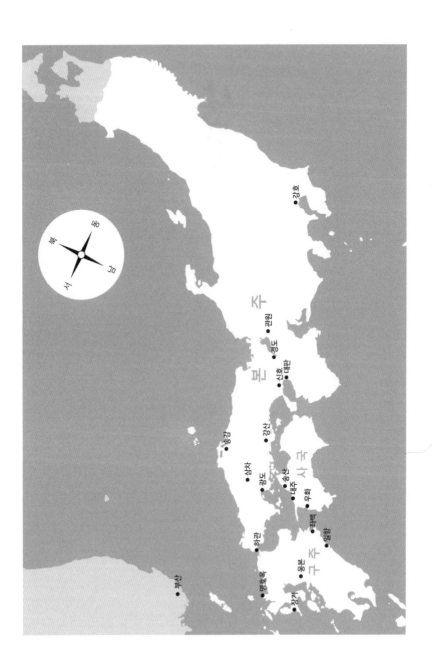

인명 · 지명 대조표

- 가등청정　　가토 기요마사
- 덕천가강　　도쿠가와 이에야스
- 대우의통　　오토모 요시무네
- 도진의홍　　시마즈 요시히로
- 등당고호　　도도 다카도라
- 복도정칙　　후쿠시마 마사노리
- 서소승태　　사이쇼 죠타이
- 석전삼성　　이시다 미쓰나리
- 소서행장　　고니시 유키나가
- 소조천수추　고바야카와 히데아키
- 안국사 혜경　안코쿠지 에케이
- 안예휘원　　모리 데루모토
- 안예취융　　모리 나리타카
- 우회다수가　우키타 히데이에
- 원뢰조　　　미나모토노 요리토모
- 이달정종　　다테 마사무네
- 종의지　　　소오 요시토시
- 평조신　　　다이라노 시게노부

- 풍신수길　　도요토미 히데요시
- 현소　　　　겐소
- 협판안치　　와키자카 야스하루
- 흑전장정　　구로다 나가마사

- 강산　　　　오카야마
- 강호　　　　에도현재의 도쿄
- 경도　　　　교토
- 관원　　　　세키가하라
- 구도　　　　구시마
- 구주　　　　규슈
- 고빈　　　　다카하마
- 기부　　　　기후
- 대주　　　　오즈
- 대판　　　　오사카
- 명호옥　　　나고야
- 미예　　　　미네
- 방부　　　　호후
- 본주　　　　혼슈
- 비전　　　　히젠현재 사가현
- 비후　　　　히고

- 사국   시코쿠
- 산양   산요
- 삼차   미요시
- 상관   카미노세키
- 송강   마쯔에
- 신호   고베
- 우토   우토
- 우화   우와지와
- 웅본   구마모토
- 육오   무쓰현재 아오모리 지방
- 이여   이요
- 일향   휴가
- 정강   시즈오카
- 좌백   사이키
- 축전   지쿠젠
- 축후   지쿠고현재 후쿠오카현
- 하관   시모노세키
- 안예   아키현재 히로시마현
- 장문   나가토현재 야마구치현
- 장기   나가사키
- 호도   토시마

- 희로   희메지

- 영주   다이묘
- 장군   쇼군
- 막부   바쿠후
- 관백   관바쿠^{막부의 최고 실세의 관직명}
- 태합   다이코^{관백 자리를 다른 사람에게 물려주었으나 실질적 권력을 유지하는 자}

한 번 휘두르니

산과 강이 피로 물들고

선조 32년 5월 20일.

통제사 이순신이 왜군의 선봉장을 참하였다.

　순철은 길주에서 정문부 의병대에 합류한 뒤 최종 집결지인 부산포로 향했다.

　순철이 부산포에 도착할 때 즈음 그곳에는 곽재우를 필두로 영천에서 활약하던 권응수, 선산의 노경임 등 전국 팔도의 의병대들이 속속 집결하고 있었다.

　권응수는 왜란 때 영천에서 궐기하여 안동, 의성, 문경, 밀양 등 곳곳에서 왜적을 격퇴하고, 영천성을 탈환하는 등의 공을 세운 의병장이었고, 노경임은 선산에서 거병하여, 해평, 상주 등지에서 왜군을 섬멸하여 보급로를 차단하는 등의 활약을 했던 의병장이었다.

　따로따로 활동하던 의병들이 한 데 모이자 의병들 스스로도 그 수에 놀랄 정도였다.

　"이 어디서 굴러먹던 개빽다구들이 여기서 얼쩡대나!"

　순철이 돌이아범과 짐을 옮기고 있는데 누군가가 그들을 향해 소리쳤다. 순철과 돌이아범은 '예까지 와서 웬 시비인가.'하는 마음에 불쾌한 표정으로 소리치는 사내를 돌아보았다. 웬 사내가 가슴께에 팔짱을 끼고는 장난스러운 웃음을 짓고 서 있었다. 의병 활동을 같이 했던 동료 만섭이었다.

"이거이 누구임매!"

순철이 상대를 알아보며 반색하였고 두 사람은 이내 얼싸안고 반가움을 나누었다.

"이 친구 죽지 않고 살아 있었네, 그려!"

"허허, 이 애미나이 실없는 농짓거리는 여전함둥!"

돌이아범이 만섭을 타박하며 인사를 대신했다.

"여어, 돌이아범도 여전하누만! 하하하!"

만섭이 돌이아범의 어깨를 휘감고 반가운 어깨동무를 하였다.

"히야, 죽지 않고 살아 있다 보니, 이렇게 왜놈들에게 한을 갚아 줄 날이 왔네, 그려!"

"그럼매."

순철이 고개를 끄덕였다.

"그래, 돌이아범은 돌이엄마랑 돌이 찾아야지?"

한참 이런저런 얘기로 회포를 풀던 중 만섭이 웃음기를 거둔 얼굴로 돌이아범에게 물었다.

"혹시나 죽었으믄 그 백골이라도 찾을 것임매."

돌이아범이 비장한 투로 읊조렸다. 그 결기에 셋은 잠시 숙연해졌다.

여기저기서 반가운 얼굴들을 만나느라 포구가 시끌벅적했다.

옛 동료들과의 반가운 재회가 끝나고 다시 배에 승선했다. 대마도를 거쳐 일기도이키로 향했다. 의병을 실은 배들이 길게 이어져 대마도에서 일기도까지 배로 다리를 놓은 듯했다.

의병대는 대마도에서 하룻밤을 묵고 다음 날 일기도에 도착했다. 일기도는 지난날 몽고군들이 왜인들을 학살한 장소였다. 섬 중앙에 위치한 신사에는 몽고군의 만행과 그 잔인함을 담은 글을 새긴 비석이 세워져 있었다. 그 글을 새긴 이는 몽고군이 한 일을 결코 잊지 말자는 다짐도 잊지 않았다.

의병들은 그 비석에서 아무것도 느끼지 못했다. 왜군들이 조선 사람들에게 한 만행을 생각하면 그저 가소로운 엄살과 호들갑으로만 보였다.

'몽고군이 왜인들에게 한 일을 만행이라 비난한다는 것은 자신들이 조선에서 한 짓거리들이 만행임을 자인하는 것이 아닌가.'

의병들은 그로써 남벌의 정대함에 대한 확신을 다시 한번 다졌다. 일기도에서 반나절 숨을 고른 의병대는 왜인의 눈물에 대한 역겨움을 뒤로하고 드디어 왜국의 본토 명호옥나고야으로 향했다.

* * *

조정에 왜국에서의 전황이 전해졌다.

"전하, 통제사 이순신이 도원수 원균을 구출해 내어 하관시모노세키으로 무사히 귀환하였다 하옵니다!"

성룡이 기쁜 표정으로 소식을 전했다.

"오오, 다행이오! 천만다행이오!"

선조는 기쁨을 감추지 못했다. 마치 죽음의 문턱에서 회생한 듯한 기분이었다. 그러나 짧은 안도에 이어 밀려오는 불편함······.

'또 결국 이순신인가?'

선조가 불편함을 숨기고 물었다.

"그래, 이제 어디로 진군한다 하오?"

"원균은 동쪽으로 향하고, 이순신은 서쪽으로 각 진군한다 하옵니다."

"서, 서쪽으로?"

선조의 눈이 휘둥그레졌다. 내내 이순신의 행보 하나하나에 촉각을 곤두세우고 있던 선조였다. 온 민심이 이순신에게 쏠려 있고, 그에게는 강하고 충성스러운 군대도 있었으며, 조선에는 그에 대적할 만한 다른 장수도 없었다.

'그 자가 다른 마음을 먹는다면······?'

특히 왜란 도중 몇 차례의 반란 사건이 있고 나서부터 선조의 경계심은 극에 달한 상태였다. 조금의 수상한 기미에도 선조는 노심초사했다.

"서쪽이라면 우리 조선쪽이 아닌가? 어찌 다시 돌아오는가?"

선조의 머릿속에 고려를 멸망시켰던 태조 이성계의 위화도 회군이 겹쳐졌다. 그러한 선조의 마음을 귀신같이 읽은 윤근수가 선조의 불안감을 부추겼다.

"전하, 이순신이 행여 불순한 생각을 하는 것은 아닌지 염려되옵니다!"

"불순한 생각?"

등골이 서늘해진 선조가 마른 침을 꿀꺽 삼켰다.

"당장 진군을 멈추고 회군하는 뜻을 분명히 밝히라 하옵소서!"

"회, 회군?"

막연한 염려가 대담하게 형언되자 선조의 눈동자가 감출 수 없이 떨렸다.

"지금 주상 전하와 이 나라를 위해 목숨을 바쳐 싸우고 있는 장수에게 불순한 생각이라니요! 응원은 못할망정 그게 무슨 망령된 말씀이시오!"

성룡이 윤근수를 향해 호통을 쳤다. 서릿발 같은 규탄에 윤근수가 괜한 헛기침을 해댔다. 성룡이 선조에게 몸을 돌려 말했다.

"전하, 통제사가 전하기로 뒤에 적을 남겨 두지 않기 위해 서를 거친 뒤 동으로 진격할 것이라 하옵니다."

"그, 그렇구려……."

선조가 무안한 듯 대답하였다.

'난리통을 겪으면서 내가 의심만 많아졌구나…….'

선조는 갑자기 부끄러운 생각이 들었다.

'허나, 백성들도 이번 소식을 들었을 테지. 역시 이순신밖에 없다며 또 칭송을 해댈 테지……. 원균, 분발하라!'

선조는 저도 모르게 이제는 이순신이 왜군에 패하기를 바라는 마음이 드는 것을 가까스로 다잡았다. 이순신이라는 이름만 들으면 부아가 치미는 것을, 흐르는 그 마음을 쉽사리 막기 버거웠다. 이러한 마음이 조선에 반하는 것인지, 조선 백성들에 죄를 짓는 것인지, 왕실을 위하는 것인지, 자신을 위하는 것인지, 인간이란 원래 그런 것이라는, 단순히 자신도 인간인 이상 스스로도 어쩔 수 없다는 변명만으로 모두 정당화될 수 있는 것인지, 선조 자신도 혼란스러웠다.

* * *

지난 작전회의에서 순신에게 면박을 주고 막사로 돌아온 원균은 모종의 승리감에 도취되어 표정이 한층 밝아져 있었다.

'또다시 실패할 수는 없다. 이순신까지 참전한 마당에 절대 또다시 실패할 수는 없어!'

알량한 분풀이를 하고, 졸렬한 결의를 다지고 나서야 비로소 진작에 고민하였어야 할 정벌군의 향방에 신경이 쓰이기 시작했다.

원균이 병사들에게 왜인을 잡아 오라 시키자 병사들이 근방에 사는 왜인 농부 한 명을 잡아 왔다.

"이 지역이 어떤 지방이냐?"

원균이 통역을 통해 물었다.

"*여기가 장문나가토주이고 그 옆의 주가 안예아키주입니다요.*"

"이곳을 다스리는 자는 누구냐?"

"*안예휘원모리 데루모토입니다요.*"

안예휘원은 왜란 때 제7군 사령관으로 경상도를 점령하고 있던 자로

서, 경북 상주에 주둔하며 그 일대의 조선 사람들을 무참히 학살한 왜장이었다

"안예휘원이라? 이봐 송 장군, 자네 왜에 있을 때 그 자에 대해 들은 바 있는가?"

원균이 하신에게 물었다.

"풍문으로 들은 바 있습니다."

"어떤 자인가?"

"백제가 망하고, 임정태자가 유민들을 이끌고 속국이었던 왜국으로 가서 같은 백제 왕족의 핏줄인 왜왕에게 의탁했는데, 그 자손이 대대로 내려오며 왜국의 벼슬을 했다 합디다.

그때 임정태자를 따라온 백제 유민들이 왜에 선진 문물을 전해 주고 왜의 귀족이 되었는데, 안예휘원의 선조는 그때 따라온 사람들 중 한 명이었다 합디다. 임정태자의 후손이 끊기자 안예휘원의 선조가 그의 뒤를 맡아서 영지를 물려받았는데, 물자가 넉넉하고 산물이 많아서 그의 힘이 경도교토에 비김 직하다고 합디다."

"백제의 후손이면서 조선에 쳐들어와 그런 금수 같은 짓거리를 했단 말인가? 이런 괘씸한 놈! 그래, 그 놈은 지금 어디에 있느냐?"

원균이 왜인 농부에게 물었다.

"아마도 안예주의 도읍인 광도성히로시마성에 있을 것인뎁쇼, 확실치는 않습니다요."

"그곳에 있으면 있었지 확실치 않다는 것 무어냐?"

"왜의 영주다이묘들은 자신의 영지와 도읍인 경도를 왔다 갔다 합니다
요."

농부가 행여나 원균의 심기를 거스를까 벌벌 떨며 조심조심 말하였다.

"에잇, 복잡하구만. 좋다. 광도성을 친다! 출전 준비를 하라!"

대군이 행군하는 소리가 산천초목을 뒤흔들었다. 대행렬의 선두에서
빛나는 투구를 쓰고 총지휘관의 지휘봉을 든 채 백마를 타고 걸어가는 원
균의 표정이 의기양양했다.

원균은 이제야 자신이 있어야 할 곳에서, 자신이 있어야 할 방식으로
존재하고 있다는 기분이 들었다.

'그래, 나는 말을 타고 들판을 누비며, 칼을 휘두르며 싸우는 장수인 게
야. 나에게 걸맞지 않은 배나 타고 있었으니 그랬을 수밖에……. 왜놈들
아, 이번에야말로 깡그리 없애 주마…….'

원균의 어깨와 목에 힘이 잔뜩 들어갔다.

원균의 군대는 미예미네, 산양산요 등 작은 고을들을 하나씩 초토화시키
며 진격했다. 작은 고을의 적들은 대군의 규모에 움츠러들어, 감히 항전
할 생각조차 하지 못하고 달아나기에 바빴다.

* * *

남벌 과업의 향방에만 오롯이 몰두하고 염려하던 선조는 이제 남벌이

그 궤를 찾아가고 성과를 거두기 시작하면서 차차 다른 일을 돌볼 겨를이 생기기 시작하였다.

'지금, 왜에서 승전보가 들려오기 시작하는 지금 이때, 확실히 민심을 되돌려 놓아야 한다!'

어전회의가 소집되었다. 선조가 대신들에게 일렀다.

"다행이도 남벌군이 그 소임을 잘 이행해 주고 있는 것 같소. 남벌이 무사히 완수되기를 기원하는 동시에, 우리는 우리대로 해야 할 일들을 해야 할 것이오. 다들 민생을 보살피는 방안을 강구해 주시오."

성룡 역시도 그 나름대로 남벌에 관하여 한숨을 돌린 지금이 그동안 별러 왔던 개혁을 추진할 적기라고 생각하였다.

"전하, 백성들이 감당하기 어려운 세금에 허덕이고 있사옵니다. 그럼에도 불구하고 나라의 세수는 전혀 나아지지 않고 있사옵니다. 이는 거두는 세곡이 모자라서가 아니라 조세가 방만하게 운영되고 중간에서 착취하는 자들이 많은 폐단 때문이라 할 것이옵니다.

세재를 개편하여 폐단을 제거하고 효율을 갖추면 백성들의 부담을 줄이면서도 나라의 세수는 더욱 풍부해질 것이옵니다."

"흠, 좋소. 세제 개편을 위한 안을 마련해 올리도록 하시오."

선조는 다른 대신들도 특별히 이견이 없는 듯하여 흔쾌히 윤허하였다.

"전하, 빈민들이 지금 이 순간에도 굶주림에 허덕이고 있사옵니다. 왕실의 곳간을 열어 빈민들을 구휼함이 어떨까 하옵니다."

이덕형이 의견을 내었다.

"무슨 소리를 하는 게요! 지금 왕실에서 쓸 곡식과 포목도 모자라는 형편이오이다."

윤두수가 반발하고 나섰다.

"전하, 왕실의 곳간으로써 백성들을 구휼하면 더 이상 왕실의 위엄을 유지하기 어려워질 것이옵니다. 왕실이 위신을 유지하지 못하면 백성들은 더 이상 왕실을 우러러보지 않을까 염려되옵니다."

윤근수가 거들었다.

"흠……."

선조가 고민에 빠졌다. 이미 왕실의 수라도 반으로 줄이고 의복도 3분의 1로 간소화한 상태였다. 더 이상 왕실의 의식을 삭감하면 왕실에서 여염의 백성들과 마찬가지의 생활을 하는 것과 다를 바 없게 되는 것이었다. 윤두수와 윤근수의 말이 터무니없는 것은 아니었다.

한참을 골똘히 생각하던 선조가 입을 열었다.

"왕실의 곳간을 풀어 백성들을 구휼하도록 하시오. 왕실의 불필요한 의례를 줄이고, 수라와 의복도 더 줄일 수 있는 데까지 줄이시오."

"전하! 통촉하여 주시옵소서!"

윤두수가 만류하였다.

"내 직접 백성들을 위문하고 구휼미를 나눠 주도록 할 것이니, 그리 준비해 주시오."

선조가 만류하는 소리에 아랑곳 않고 단호히 말하였다.

"성은이 망극하옵니다!"

이덕형이 선조의 결정을 반갑게 맞았다.

"또한 구휼을 마치는 대로 소격서에 제를 올릴 것이니, 예조는 그리 준비해 주시오."

왕실의 수라에 더 이상 고기가 오르지 않았다. 세자, 비빈의 의복도 각 두세 벌만을 남긴 뒤 모두 내다 팔아 곡식으로 바꾸었다. 그리고 그 곡식도 모두 구휼미에 보태졌다.

선조가 구휼미를 실은 수레를 대동하고 저잣거리로 나섰다.

왕실에서 구휼을 한다는 소식에 굶주린 백성들이 구름같이 모여들었다. 배급을 받기 위해 늘어선 백성들의 줄이 그 끝이 보이지 않을 정도였다.

"조금만 참고 견디게."

선조는 백성들에게 손수 구휼미를 퍼주며 위로의 말을 건넸다. 백성들은 연신 고개를 굽실대며 고마움을 표시하고, 수차 감사하다는 말을 뱉으면서도, 그들의 눈빛과 표정에는 불신과 경계심이 가득했다.

"갑자기 왜 저런데? 젤로 먼저 도망갈 때는 언제고?"

"도망간 거 만회해 보려고 저러는 거잖여."

구휼미를 받아 가는 아낙들이 선조와 관리들이 있는 곳에서 멀어지자 낮은 소리로 수군거렸다. 사내들도 입 밖으로 내지는 않았지만 굶주림 때문에 어쩔 수 없이 달갑지 않은 자에게 미곡을 받아 가는 것이 되려 수치스럽고 모욕적이라는 기색이었다.

선조는 이내 백성들의 기색을 알아차렸다. 경계의 눈초리, 경멸의 속마음, 소리 없는 힐난을 더 이상 견디기 힘들었다. 차라리 대놓고 욕을 했더라면 더 나을 것 같았다. 자신의 행동이 그저 위선적이고 파렴치하게 보일 뿐이라는 것을 피부로 느낀 선조는 다른 관리들에게 배급을 맡기고는 행궁으로 돌아와 버렸다.

돌아온 선조는 그길로 바로 소격서로 향했다. 소격서는 나라에 우환이 있을 때마다 기도를 올리던 곳이었다.

선조는 제의로 환복한 뒤 제실로 들어갔다. 원래 있던 제의와, 원래 있던 제구에 음식 없이 향만 피운 조촐한 제사였다.

선조가 제전 앞에 무릎을 꿇고 엎드렸다.

'하늘이시여, 부디 저를 보살펴 주소서. 부디 조선을 보살펴 주소서. 부디 백성들의 삶이 다시 평안하고 풍요롭게 되어 백성들이 저에 대한 노여움을, 저에 대한 원망을 거둘 수 있게 해 주소서. 그리하여 백성들이 저를 다시 그들의 임금으로 받아들일 수 있도록 해 주소서. 간곡히 기도드리나이다.'

선조는 병들고 지칠 대로 지친 몸임에도 불구하고 며칠간 식음을 전폐하고 기도를 올렸다. 그는 진심으로 빌었다. 백성들의 삶이 다시 안녕해지기를, 자신의 삶이 바로잡아지기를 진심으로 빌었다.

절을 올리던 선조는 문득 오늘 낮 백성들의 눈초리가 떠올랐다.

'내가 무얼 그리 잘못했나!'

갑자기 울컥 억울함이 치밀어 올랐다.

'나는 그때 그 상황에서 내가 할 수 있는 최선을 다한 것일 뿐…….'

선조는 다시금 자신을 합리화하고자 했다. 그러나 그 구차함에 저도 모르게 한숨이 났다. 다시 또 밀려오는 수치심에 몸서리쳤다.

선조가 나라를 위해 하늘에 기도를 올리고 있다는 소식이 백성들에게 퍼졌다.

"명나라로 도망가려던 임금놈이 이제는 굿이나 하고 있구먼."

"사람 먹을 것도 없는 판에 귀신을 먹이고 앉아 있네, 그려."

백성들은 선조의 진심에 코웃음을 쳤다.

아무리 아픈 몸을 이끌고 밤낮으로 정사를 보며, 백성들을 위한 정책을 짜내 시행하고, 궁궐에 남은 물자를 있는 대로 풀어 구휼하며 백성들을 돕기 위해 할 수 있는 모든 것을 다해도, 전란 중에 이미 백성들의 마음에 깊이 새겨진 선조의 무능과 배신은, 백성을 버리고 도망간 임금이란 낙인은 쉽사리 지워지지 않았다.

'어쩌란 말인가! 어쩌란 말인가! 도대체 어쩌란 말인가!'

선조가 터져 나오려는 고함을 가까스로 누르며 이를 악물었다.

'제발, 제발, 제발 하늘이시어!'

더 이상 자신이 할 수 있는 일조차 남지 않게 된 선조에게 이제는 하늘과 혼백들의 힘에 기대는 것밖에 할 수 있는 것이 없었다. 그는 미친 사람처럼 끊임없이 절을 해댔다.

'제발, 제발!'

선조가 속으로 절규했다. 미친 듯 절을 해대는 선조의 눈 밑이 점점 어두워지고 눈에 핏발이 섰다.

* * *

순신의 군대는 해협을 건너 구주규슈에 상륙했다.

순신은 진군하기 전 구주 전체에 정탐병을 보내 샅샅이 탐색하라 지시했다.

순신은 이미 조선에서의 출병 전부터 병사들을 왜인으로 위장시켜 왜국의 정세를 정탐하고, 지형과 지물도 이미 훤히 꿰뚫고 있었다. 다만 그간의 변화를 다시 한번 확인하려는 것이었다. 자신의 머릿속에 있는 구주의 상황과 척후의 보고가 다르지 않다 판단되면 그때 즉시 진격할 요량이었다. 오래 듣고 보고 오래 생각하되, 일단 생각이 정해지면 과단성 있는 태도로 모든 일을 일사천리로 처리하는 순신이었다.

"강 공, 이곳을 지키는 장수는 누구요?"

순신이 강항에게 물었다.

"축전지쿠젠, 축후지쿠고 지방은 소조천수추고바야카와 히데아키, 비전히젠 지방은 송포진신마쓰라 시게노부의 영지입니다."

"소조천수추라면……."

권준이 그 이름이 귀에 익은 듯 말을 꺼냈다.

"우리 수군 진영의 배후를 치려고 전라도를 공격하다가 이치에서 권율 장군에게 패했던 자가 아닙니까?"

소조천수추는 왜란 당시 제6군 사령관으로 당시 왜군 최고의 지장으로 평가받는 자였다. 왜군이 자신들의 최대의 승전이라고 손꼽는 벽제관 전투의 주역이기도 했다.

"그때 권율 장군이 잡아 죽여 버렸어야 하는 건데!"

우치적이 주먹을 허공에 휘저으며 외쳤다.

"첫 상대가 되겠군요."

이입부가 나직이 말했다.

그때였다. 척후 군관이 급히 들어와 보고했다.

"장군, 지금 소조천수추가 군사들을 이끌고 이리로 향하고 있다 합니다!"

적의 선제적 움직임에 순신과 장수들이 일순 긴장했다.

"군사 수는 얼마나 되는가?"

"5백 명 정도 되는 것 같습니다."

"5백 명? 확실한가?"

순신이 의아하여 반문했다.

"예, 규모가 크지 않았습니다."

"5백 명이라……."

너무도 적은 적의 수에 순신은 의아해졌다. 소조천수추도 정벌군의 소식을 들었다면 그렇게 적은 수로 함부로 덤벼들지는 않을 것이었다.

"우리 군에 대항해 5백 명이라면 수성도 어려울 마당에 무슨 계략이 있는 게 아닐까요?"

곁에 있던 이입부가 의심스러운 듯이 말하였다.

"허술한 듯 보여도 뒤에 대군이 있을 수 있습니다. 왜란 때 왜군이 흔히 보여 준 기만책입니다."

권준도 덧붙였다.

"흠……. 척후를 두 배로 늘려 다시 보내게. 매복이 있는지 주변 10리까지 철저히 수색하라 하고!"

순신이 명했다.

"예!"

척후 군관이 대답하고 밖으로 나갔다.

의심스러운 상황이 있으면 확실해질 때까지 움직이지 않는 것이 순신의 방식이었다. 순신의 머릿속에 다시 새로운 경우의 수가 펼쳐졌다. 순신은 만일에 대비한 모든 태세를 갖추어 놓으라 지시했다.

한참 후 척후병들이 돌아왔다.

"어찌 되었는가?"

"확실히 5백 명 가량 되는 기병이었고, 매복이나 다른 부대와의 협공의 기미는 보이지 않았습니다."

"확실한 것인가?"

순신은 쉽게 믿기지가 않아 거듭 물었다

"예, 재차, 삼차 확인하였습니다."

"도대체 5백 명으로 무얼 어떻게 하겠다는 것일는지요?"

이입부가 의심을 떨치지 못하고 물었다.

"아무리 확인이 되었다 하더라도 전군이 움직이는 건 위험해 보입니다."

권준이 말하였다.

"흠, 옳은 말일세."

순신이 잠시 곰곰이 생각하더니 김완과 우치적을 향해 명했다.

"전위대가 군사 2천을 이끌고 소조천수추를 치게. 나머지 부대는 뒤에서 만약에 대비하겠네."

"예!"

김완과 우치적이 씩씩하게 대답하고는 군사들을 휘동하여 나아갔다.

순신은 불안한 마음으로 선봉대의 소식을 기다렸다. 그런데 한 시진이 채 지나지 않아 김완과 우치적이 소조천수추와 그의 참모인 왜중 안국사 혜경안코쿠지 에케이을 사로잡아 돌아왔다. 아군 병사들은 몇몇이 가벼운 부상을 입었을 뿐 전원 무사해 보였다.

순신이 밧줄에 묶인 채 무릎을 꿇고 있는 소조천수추 앞으로 다가갔다. 일흔이 다 되어 가는 고령이었던 소조천수추의 얼굴에는 힘겨움과 지침, 그리고 그것을 감추려는 오기가 서려 있었다.

"우리 군사들이 수천이 넘는다는 것을 몰랐더냐?"

순신이 통역을 통해 소조천수추에게 물었다.

"*알았다.*"

"알고도 그 적은 수로 우리를 공격한 연유가 무어냐?"

"적을 공격하는 데 무슨 연유가 필요하단 말이냐? 어서 죽여라!"

그의 태도는 마치 일부러 죽기로 작정한 사람 같았다.

"조선을 침략한 것을 반성하여 죽겠다는 겐가?"

"너희가 먼저 우리에게 쳐들어왔었기에 우리가 원수를 갚으려 쳐들어 간 것뿐이었는데 무슨 반성을 한단 말이냐! 과거 너희 신라의 해적들이 서일본 해안에서 도적질을 하고 수많은 일본 사람들을 무참히 살해한 것을 벌써 잊고 시치미를 떼는 것이냐?"

통역을 전해 들은 부장들이 이게 무슨 소리인가 싶어 서로를 쳐다보며 어리둥절한 표정을 지었다.

"주아이 덴노가 신라 장군의 활에 맞아 죽어 신공왕후진구코고가 신탁에 따라 신라, 백제, 고구려를 모두 정벌하여 삼한은 우리의 신하가 되었다. 그런데 너희가 신하의 예를 다하지 않으니 다시 옛 질서를 회복하려 한 것뿐이다. 우리의 옛 땅을 회복하러 간 것인데 내가 무슨 반성을 한단 말이냐! 어서 죽여라!"

소조천수추의 말은 갈수록 가관이었다.

"이게 무슨 개 풀 뜯어 먹는 소리다요?"

송희립이 어처구니 없어 하며 말했다. 다른 부장들도 모두 헛웃음을 치며 고개를 절레절레 흔들었다.

"저도 대강만 알고 있다가 왜에 와서 자세히 듣게 된 것입니다마는……."

강항이 입을 열었다.

"옛 부여가 망하고, 그 왕녀 신공이 유민들과 함께 부여의 한 갈래인 백제에 와서 의탁했다가, 얼마 뒤 마찬가지로 부여의 한 갈래이면서 당시 백제의 동맹국이던 임나가야의 중애왕에게 시집을 갔습니다.

자신에게 관심도 가져 주지 않는 늙은 중애왕과의 혼인 생활에 만족하지 못한 신공은 중애왕 휘하의 장수인 무내숙니란 자와 정을 통하였습니다. 신공은 그와 더불어 '바다 건너에 아직 말도 탈 줄 모르고, 제대로 된 창과 칼도 없으며, 글자도 모르고, 왕이 있는 나라도 세우지 못한 곳이 있다고 한다. 가서 터전으로 삼고 우리만의 나라를 세우자.'고 계획하였습니다.

신공은 중애왕을 설득하여 허락을 받고, 같은 부여 핏줄인 백제 근초고왕에게는 '왜를 정벌하여 백제의 식민지로 삼으려고 한다.'고 설득하여 그의 지원을 받아서는, 바다를 건너가 왜를 정벌하고 나라를 세웠습니다.

백제나 임나가야에서 볼 때 왜는 해가 뜨는 곳이라 하여 새 나라를 '일본日本'이라 부르고 연호를 '대화야마토'라 하였습니다. 바다를 건너기 전 이미 수태하고 있던 신공이 그곳에 가서 신무진무라는 아들을 낳고 이 신무가 일본국의 첫 번째 왕이 되었는데 이 자가 왜의 오진왕이라는 자입니다.

그리고 신무의 실제 아비가 중애왕인지 무내숙니인지는 정확히 알 수 없으나, 외견상 신무의 아비인 중애왕을 왜인들은 '주아이중애 덴노'라 부르고, 또한 신공을 신공황후, 즉 진구코고라 부르며 전설 속의 신처럼 떠받들었습니다.

신공의 후손들은 그 이후로도 임나가야나 백제의 왕실과 혼인을 맺으면서 긴밀하게 교류하였고 가야와 백제의 왕족이 대대로 일본국의 왕이 되었습니다. 이후 150년간 백제와 가야의 부여족 가계가 일본국을 통치하였는데, 그들의 게이타이 덴노라는 자는 백제 무령왕의 동생이었고, 덴지 덴노라는 자는 의자왕의 아들이었습니다."

"헌데 이 자는 왜 엉뚱한 소리를 하는 것이오이까?"

유심히 듣고 있던 이입부가 강항에게 물었다.

"그 후 가야, 백제가 멸망하고 오랜 세월이 흐르면서 일본국이 가야·백제의 속국이라는 사실이 많은 왜인들에게서 잊혀졌습니다. 종주국인 백제가 망하고 나자 일부 글을 아는 왜인들이 눈치 볼 사람도 없고 거리낄 것이 없고 하니, 자기네 백성들의 자긍심을 높여 볼 심산으로 사실을 왜곡하여 신공은 왜국의 여걸이고 거꾸로 그 여걸이 임나가야를 정복하고 지배했다고 기록을 날조하였습니다.

이것이 무식하고 천한 왜인들 사이에 유포되었는데, 그리하여 왜인들 중에 이런 얼토당토않은 이야기를 믿는 자들이 적지 않은 듯합니다."

"이 자는 무지한 자가 아니라 한 지역을 다스리는 영주, 장군이 아니오?"

이입부가 기가 찬다는 듯이 헛웃음을 치며 물었다.

"왜의 '다이묘'니 '사무라이'니 하는 것들 대부분이 까막눈에다 무식쟁이들입니다.

왜의 왕실은 자신의 뿌리를 잊지 않고 유지해 왔으나 '사무라이'라는 자들에게 권력을 내준 뒤로는 대놓고 진실을 말하지 못하게 되었습니다.

하지만 그 왕실 내부에서는 공공연한 비밀로서 진실이 간직되어 대대로 계승하여 오고 있습니다.

왜의 학자 중에 조선의 문물을 사랑하여 조선의 유생복을 입고 평정건을 쓰고 다니는 순수좌후지와라 세이가라는 자가 있는데 그가 왜의 태자의 스승이 되어, 왕실 내부의 그러한 비밀스러운 사정을 자세히 알게 되었고, 저는 그가 조선의 학문을 배우고 싶다며 저를 찾아왔을 때 그 일을 자세히 듣게 되었습니다."

"그럼 강 공 말씀은 결국 이들이 날조된 이야기를 믿고서 우리를 침략했단 말이구료?"

권준이 물었다.

"세상의 모든 일은 한 가지 이유만으로 발생하지 않고 여러 이유가 뒤섞여 이루어지기에, 반드시 그 이유만으로 그리하였다고 하기는 어렵겠으나, 그 역시 여러 이유 혹은 명분의 하나였다 볼 수 있을 것입니다."

"*조선놈들아, 무슨 소리들을 지껄이는 게냐? 어서 죽여라!*"

소조천수추가 소리쳤다. 시간이 갈수록 그의 말투는 점점 무례해졌다. 모든 말을 말없이 듣고 있던 순신은 이미 잘못 이루어져 너무 오랫동안 굳어져 버린 이 자의 오류를 바로잡는 것도, 이 자와 더 이상의 대화를 하는 것도 무의미하다 생각되었다.

"여봐라, 이 자를 본국으로 압송하라!"

병사들이 달려와 끌고 가려 하자 소조천수추가 몸부림치며 발악했다.

"*죽여라! 죽이란 말이다!*"

소조천수추가 발악하는 목소리가 자못 처절하였다. 그 목소리는 병사들에게 끌려 점점 멀리로 사라져 갔다.

순신은 5백 명으로 수천인 군대에 달려든 무모함에 대해 의구심을 떨칠 수가 없어 강항에게 물었다.

"저자가 왜 저토록 죽고 싶어 하는 것이오?"

"왜란 때 왜추왜장들은 각각 조선의 한 도씩을 담당하여 점령할 임무를 부여받았습니다. 소서행장은 평안도, 안예휘원은 경상도 이런 식으로 말입니다.

소조천수추는 1차 침략 때 제6군 사령관으로 담당 지역이 전라도였는데, 아시다시피 진주성에서 막히고 웅치와 이치에서 막히어 그 점령에 실패하였습니다. 참전 장수들 중 유일하게 담당 지역을 점령하지 못한 것이지요."

풍신수길도요토미 히데요시은 1차 침략 때 한양에 이어 평양까지 점령하고도 끝내 뒤로 물러나야 했던 것이 모두 전라도 점령 실패 때문이라 생각하고는 길길이 날뛰었다. 전라도 점령 실패에 한이 맺혀 이후 재침 때에는 총병력 10만을 총동원해 전라도로 가는 길목인 진주성을 점령하고 성안 백성들을 모두 잔인하게 살해하였다.

"풍문은 빨리 그리고 멀리 퍼지기에 그 소식은 왜국 본토의 백성들에게도 전해졌습니다. 어린아이들마저 어떤 장수가 이겼는지 어떤 장수가 패했는지 모두 알고 있었습니다.

재침까지 모조리 실패하고 나자 조선에서 패한 이유가 결국 곡창 지대인 전라도를 점령하지 못해 군량 부족에 시달리고, 전라도 해안을 거점으로 하는 조선 수군의 본거지를 치지 못했기 때문이라는 것으로 귀결되자, 왜인들은 너나 할 것 없이 소조천수추를 비난했습니다.

풍신수길이 살아 있었으면 소조천수추에게 책임을 물으려 했을지도 모르나 이미 죽었고, 이후에는 다른 영주들도 다들 권력 쟁투에 바빠 문책에 신경을 쓸 여유가 없었을 것입니다.

그는 전장에서 죽거나 자결하여 어떻게든 불명예를 씻으려 했으나 왜군이 조선에서 총퇴각하면서 이마저도 여의치 않았을 것입니다.

조선에서도 패전지장은 불명예스러운 것이나 서로 죽고 죽이는 싸움과 전투가 생활이요, 곧 삶인 이 왜국에서는 패전지장은 사람 취급을 하지 않습니다. 당사자뿐만 아니라 그 일가 모두가 치욕 속에 살아야 합니다. 아마 소조천수추는 살아도 사는 게 아니었을 것입니다. 나이 일흔, 살만큼 살았고, 명예롭게 죽어서 조금이나마 오명을 씻어 보려 했던 것 같습니다."

"싸우려 했던 게 아니라 죽으려 했던 것이구려……."

순신은 전말을 듣고 나자 그제야 납득이 되는 듯 고개를 끄덕였다. 한편으로는 씁쓸한 마음이 드는 것을 어찌할 수 없었다.

순신이 남아 있는 안국사 혜경을 쳐다보았다. 그 왜중은 그래도 승려라는 체신이 있다는 듯이 꼿꼿이 몸을 세운 채 눈을 감고 짐짓 점잖은 척을 하고 있었다.

"어찌 승려된 자가 총칼로 무고한 인명을 해하는 자들에 부역할 수 있단 말인가?"

순신이 혼잣말로 탄식하자 강항이 설명했다.

"왜에서 중들은 고기를 먹고 술을 마시며 처자식을 거느리고 삽니다. 죽고 죽이는 게 싫고, 사무라이가 되지 않으면 농민이 되어야 하는데, 농사일에 치이고, 징집당해 노역하면서 뼈 빠지게 일하기도 싫고, 그저 제 한 몸이나 건사하며 살자는 마음에 중이 된 자들이 대부분입니다. 개중에 글줄을 읽어서 영주들 밑에서 책사 노릇이나 하면서 사는 자들도 있습니다."

강항의 설명을 들은 후 부장들이 그 왜중을 쳐다보는 눈에 더욱 경멸이 어리었다.

"이 자 역시 본국으로 호송하여 죄과를 심판받게 하라."

순신이 명하고, 병사들이 왜중을 끌고 갔다. 점잖은 척을 하고 있던 왜중이 자신을 죽이러 가는 것인 줄 알고는 갑자기 울부짖으며 보기 흉하게 몸부림을 쳤다.

* * *

의병대는 비전주 명호옥나고야으로 향하고 있었다. 배를 타고 한나절 즈음 왔을 때 멀리 명호옥성이 보였다.

명호옥은 풍신수길이 조선 침략을 결심하고 전쟁의 전초기지로 건설한 곳이었다. 왜병들과 군마들로 고을 전체가 뒤덮이다시피 한 곳이었지만, 침략에 실패하고 영주들이 모두 각지로 흩어진 뒤 이제는 텅 빈 터가 되어 있었다.

의병대가 탄 배들이 들이닥치자 점처럼 흩어져 있던 어선들은 모두 개미 떼가 흩어지듯 도망쳐 버리고, 의병대들은 비어 있는 해변에 무사히 상륙하였다.

본래 이곳의 영주는 송포진신인데 순신이 이리로 진격한다는 소식을 듣고 겁에 질려서는, 짓고 있던 당진성가라쓰 성마저 내팽개치고 비후의 소서행장에게로 가 군사를 합하고 있었다. 그러니 그곳에는 의병대의 상륙을 저지할 만한 군대가 남아 있을 리 없었다.

의병들이 차례로 배에서 내리는데 갑자기 포구의 갈대밭에서 어떤 사내가 뛰쳐나왔다. 의병들이 깜짝 놀라 무기를 빼들었다.

"나 조선 사람이요! 돌아가는 배에 실어 주시오!"

사내가 부르짖었다. 왜인의 옷에 떠꺼머리를 하여 왜인 같아 보였는데, 그의 입에서 나온 말은 또렷한 조선말이었다. 왜국에 잡혀 온 후 노예로 팔려 갔는데 조선군이 왔다는 소식을 듣고 도망쳐 나왔다고 했다. 병사들이 그가 무기를 소지하였는지 확인한 후 본국으로 돌아가는 배에 태워 주었다.

곧이어 한 여인네가 쫓아오는 자가 없는지 계속해서 뒤를 살피며 달음박질쳐 왔다.

"태워 주세요! 저도 태워 주세요!"

왜국에 잡혀 온 후 한 왜인에게 팔려가 그와 억지로 혼인했는데, 왜인

남편이 보내 주지 않아 그를 부엌칼로 찌르고 도망쳐 왔다고 했다.

왜란 때 왜군에게 끌려간 조선인들 중 남자들은 노예로 끌려가 노역을 했고, 젊은 여자들은 처첩으로 팔려 갔다. 그렇게 잡혀간 이들이 의병대가 상륙한다는 소식을 듣고 탈출하여 몰려들었다. 의병대는 첩자일 수도 있다는 경계를 늦추지는 않되 가능한 모두를 본국으로 귀환하는 배에 태워 주었다.

그렇게 상륙 직후의 소동이 지나가고 의병들은 비로소 휴식을 취했다.

"여기서 대기한다! 편하게 휴식하되 멀리 벗어나지 않도록!"

곽재우가 하선한 의병들에게 명했다.

순철은 짐을 내린 후 돌이아범과 함께 명호옥 성터를 돌아보았다.

풍신수길이 명호옥 성을 축성할 때 대판오사카성에 버금가는 규모에, 천수각에는 금박을 입혀 그것을 보는 사람들이 그 크기와 화려함에 압도될 정도였으나, 풍신수길이 죽자마자 그 성은 해체되어 근처에 짓는 당진성의 자재로 쓰였다. 잔재들만 남아 군데군데 뼈대가 드러난 흉한 모습이 좌절된 허욕을 손가락질하는 듯했다.

이렇게 임시로 쓸 성을 위해 수만 명의 왜의 백성들이 동원되어 밤낮으로 고된 노역을 해야 했다. 왜의 양민들은 축성에, 징발에, 전쟁 준비까지, 끊임없는 착취에 시름 했다. 그 모든 것이 왜국 백성들의 피로 이루어졌던 것이었다.

"여기가 왜란 때 왜놈들 기지였다 함둥."

돌이아범이 말했다.

"응."

순철이 이제는 잡초만 무성한 성터를 돌아보며 대충 대꾸했다.

"성이 산꼭대기에 있음둥. 하여간 왜놈이란 종자들이 하는 짓거리들이란……."

돌이아범이 왜인과 관련된 모든 것을 없애 버리고 싶다는 투로 말하고는 성의 일부였던 돌무더기를 발로 밀어 무너뜨려 버렸다.

성 주변을 한 바퀴 돌아보았을 즈음 어디선가 반가움이 가득한 외침이 들렸다.

"이순신 장군님이다!"

외침이 들려오는 곳을 보니 저만치에서 한 무리의 군사가 뿌옇게 먼지를 일으키며 이쪽으로 오고 있었다. 이미 다른 의병들이 우르르 몰려가고 있었다. 돌이아범이 갑자기 화색이 만연해져서는 어서 가 보자는 눈빛으로 순철의 눈을 바라보더니 먼저 앞으로 뛰어갔다. 순철도 궁금증이 일어 반쯤 뛰듯이 돌이아범을 뒤따라갔다.

의병들은 행렬의 양 가에 겹겹이 서서 박수를 치고 환호를 하기도 하며 순신의 군대를 환영했다.

행렬의 한가운데에는 두석린갑을 입은 한 사내가 위풍당당하게 말을 타고 오고 있었다. 우람하지도 왜소하지도 않은 체구, 모든 것을 꿰뚫어 보는 듯한 냉철하고 사려 깊은 눈, 많지도 적지도 않은 수염, 결연함이 느껴지는 굳게 다문 입, 차가우면서도 따뜻하고 엄격하면서도 자상한 표정, 인위적으로 가식하지 않아도 자연스레 뿜어져 나오는 기품, 보기만 해도 저절로 고개가 숙여지는 근엄함.

'말로만 듣던 그 이순신 장군……'

순철은 의병들 틈에서 한동안 넋을 놓고 이순신의 모습을 바라보았다.

의병장들이 순신을 영접하러 나왔다.

"이순신 장군, 소장 곽재우라 합니더."

덥수룩한 수염에 붉은 옷을 입은 곽재우가 호방하게 인사했다.

"곽 대장, 잘 오셨소이다! 이렇게 먼 곳까지 도와주러 오시니 참으로 고맙소!"

순신이 곽재우와 손을 맞잡았다.

"왜국에 잡혀 갔다가 탈출해 온 사람들에게 들으니 왜놈들은 아직 조선 침략을 실패한 것을 가슴을 치며 한탄해 한다고 합니더! 이 어찌 분개하지 않을 수 있겠습니꺼? 앞으로 감히 엄두도 못 내게끔 쳐부셔야 합니더!"

곽재우의 분기 서린 말에 순신이 말없이 고개를 끄덕였다.

"정문부라 합네다."

곁에 있던 다른 의병장들도 순신과 인사했다.

"노경임이라 합니더."

"권응수라 합니더."

"반갑소! 대장님들 명성과 활약 익히 들었소이다. 먼 길 오시느라 다들 고생 많으셨소."

순신이 의병장들과 일일이 손을 맞잡았다.

"성이 부서져 있길래 저희가 대강 치아 놨습니더. 일단 안으로 드시지요."

곽재우가 말했다.

"아, 그럽시다. 고맙소."

순신과 의병장들이 성안으로 들어갔다.

순철은 장수들이 성안으로 사라지는 뒷모습까지 오래토록 바라보고 있었다. 말로만 듣던 순신의 봉안을 접한 순철은 꿈결 같은 느낌이었다.

조선의 백성이라면 누구에게든 이순신이라는 이름은 크나큰 이름이 아닐 수 없었다. 쳐들어온 왜적에게 패배에, 패배를 거듭해 한양을 내주고 임금조차 북쪽으로, 북쪽으로 쫓기어 갈 때, 바다에서 왜적들을 격멸하고, 또 격멸하여 절망에 빠져있던 수천만 조선인들에게 이길 수 있다는 희망을 주었던 이순신. 순철은 그런 이순신과 함께 싸울 수 있다는 것만으로도 영광스러웠다.

'이순신……'

순철은 속으로 그 이름을 다시 한번 새겨 보았다.

* * *

의병대와 합류한 순신은 명호옥에 승병 천 명을 남겨 경비를 하게 한 후 남쪽으로 향했다. 이곳은 지리적으로 본국과 연결되는 최단 거리 지점이었기에 수송과 보급에 필수적인 곳이었다. 풍신수길이 이곳을 전진기지로 삼은 것도 그런 이유에서였다.

서산은 고령이라 원거리 원정이 무리가 될 듯해 이곳의 수비를 맡기고 본국에서의 군량미 운송을 담당하게 하였다.

군대는 비후_{히고} 지방으로 향했다. 비후는 소서행장의 영지였다. 소서행장은 왜란 때 제1 선봉장으로 한양을 함락시키고 이어 평양성까지 함락시켜 조정을 궁지로 몰았던 왜장이었다. 그는 평양에 다다르자 의주로 피신한 선조에게 서신을 보내 '이제 어디로 가실지 모르겠습니다.'라며 대놓고 비아냥거렸다. 조선인들의 귀를 베어 산과 같이 쌓는 등 그 만행은 이루 다 말할 수 없었다.

척후가 돌아와서 소서행장이 웅본_{구마모토}에 있다고 보고했다.

"적진 상황은 어떻던가?"

"종의지_{소오 요시토시}가 와서 같이 합류해 있고, 비전 영주인 송포진신도 자기 영지를 내버려 두고 소서행장에게 합류하여 함께 싸울 준비를 하고 있습니다. 소서행장의 군사가 만여 명, 종의지의 군사가 2천여 명, 송포진신의 군사가 7천 명으로 총 만 9천여 명입니다.

송포진신은 왜란 때 소서행장 부대의 선봉으로 참전하였던 자로, 외국과의 무역과 이재에 관심이 많아 소서행장과 죽이 맞는 자였다. 조선의 도자기에 관심이 많아 조선 도공들을 왜국으로 끌고 온 자이기도 했다.

그는 겉으로는 건장한 체구와 강한 인상을 가지고 있어 곧잘 대범한 호랑이인 양 연기를 잘했고, 그 덕에 무사가 되고 영주의 지위까지 올랐으나 실상 속은 토끼의 속알을 가지고 있는 자였다. 그렇다고 해서 여우의

꾀가 있는 것도 아니었다. 이순신 군의 진격 소식에 잔뜩 겁을 집어먹고는 휘하 군대를 이끌고 소서행장에게로 가 합종해 있었다.

"우리 군의 두 배군요."

권준이 비장하게 읊조렸다.

"이번에는 큰 싸움이 되겠군……."

순신이 골똘히 생각에 잠기듯 혼잣말을 하였다.

"소서행장 이놈……."

송희립이 이를 갈며 내뱉었다. 순신이 왜란 때 대역죄로 파직되어 고문을 당하고, 백의종군한 것도 모두 소서행장의 이간계에 당한 것이었다. 순신과 그의 부장들은 소서행장에 대한 원한이 더욱 사무쳤다.

* * *

"*이런, 제기랄! 노량에서 겨우 살아서 돌아왔더니 이게 또 뭐란 말이냐!*"

소서행장이 종의지가 들고 온 조선 조정의 통첩을 집어던지며 소리쳤다.

승승장구하며 파죽지세로 북상하던 왜군은 순신의 수군에게 패한 옥포해전을 기점으로 서남해를 완전히 차단당하였다. 또한 의병들에 의해 보급로를 차단당하고 진지를 급습당하는 등 끊임없이 피해를 입었고, 이로써 왜군은 조선 땅을 디딘지 1년 만에 부산으로 전면 퇴각하고 조선은 대부분의 지역을 수복하였다.

전쟁의 막바지, 왜군은 남쪽 끝까지 내몰려 왜군 전 부대가 조선 남부 각지에서 포위되어 있었고, 조선군이 성을 겹겹이 에워싸 마실 물마저 끊겨, 말의 오줌을 받아 마시며 버텨야 했다. 왜장들은 풍신수길에게 철군 명령을 내려달라 간청하였다. 그런데도 풍신수길은 자신의 패배를 인정하기 싫고 실패의 오명을 안고 싶지 않아, 끝끝내 버티며 오기를 부렸다. 그 바람에 조선군에 포위당한 채 몰살당할 뻔하다가 풍신수길이 죽자 겨우겨우 돌아온 소서행장과 종의지였다.

소서행장은 구주 좌백사이키이 고향이었다. 그의 아버지는 조선에서 인삼, 봉밀, 명에서 화장품 원료를 수입하던 무역상이었는데, 풍신수길을 재정적으로 지원하여 그가 다른 세력을 모두 제압하고 패권을 쥘 수 있게 도왔고, 그 아들 소서행장을 어릴 때부터 풍신수길을 따라다니게 하여 1급 심복 영주다이묘로 만들었다. 소서행장, 가등청정 등 풍신수길의 최측근 영주들은 모두 어릴 때부터 전장에 풍신수길을 따라다니던 심복이었다.

조선에서 패퇴하여 왜국에 돌아온 뒤 풍신수길을 따르던 장수들은 모두 흩어져, 덕천가강도쿠가와 이에야스 밑으로 들어간 자들과 끝까지 풍신수길 일가에 충성하는 자들로 분열되었다.

후자는 결국 덕천가강의 기세에 밀려 중앙 권력에서 밀려난 상태였는데 소서행장은 그 후자에 속했다. 이제 안팎으로 적을 맞게 된 소서행장은 말 그대로 미칠 지경이었다.

"이제 어떻게 합니까? 항복해야 하는 것 아닙니까?"

종의지가 금방이라도 울음을 터뜨릴 듯한 표정으로 소서행장에게 물었다. 종의지는 소서행장의 사위로 대마도의 도주였는데 조선말에 능하고 조선의 사정에 밝아 왜란 때 조선 침략의 앞잡이 노릇을 하였던 자였다. 조선 조정에서 온 통첩을 받고 어쩔 줄 몰라 하고 있던 중 남벌군이 대마도로 들이닥치자 피신하여 장인인 소서행장에게 의탁해 있었다.

"항복하면? 그래서 어쩌자는 게냐? 나중에 우리 말고 도쿠가와 이에야스나 다른 일본군들이 조선군을 물리치기라도 하면? 그때는 일본에서 살 수 있을 것 같으냐? 그러면 어디서 살겠느냐? 조선에서 살겠느냐? 조선 백성들이 우리를 살려 둘 듯싶으냐?"

소서행장이 종의지에게 면박을 주었다.

"몇 명이라더오?"

소서행장이 송포진신에게 물었다.

"만 명이라 합디다."

"주력은 동으로 가고 이순신만 온다 하지 않았소? 무슨 만 명이나 된단 말이오?"

"뒤에 의병 5천이 더 왔다 합디다."

"의병이란 조선을 공격할 때 그 농민이니 선비니 하는 부스러기놈들 말이오?"

"그렇소."

"도무지 이해가 안 되는군! 도대체 그들이 왜 그리 조선을 위해 싸우고 목숨을 바친단 말인가? 그렇다고 관직을 주는가 영지를 주는가? 하물며 누가 알아주기라도 하는가? 그래 봤자 여전히 이름 없는 백성에 머무르지 않던가? 하다못해 그들이 그동안 조선 덕에 잘 먹고 잘살기를 했는가?
도통 이해할 수가 없군!"

왜란 때 의병은 왜군이 전혀 예상치 못한 변수였다. 백성들이 아무 대
가도 바라지 않고 목숨을 바쳐 나라를 위해 싸운다는 것은 왜인으로서는
상상도 할 수 없는 일이었다. 왜의 병사들은 나라가 아닌 그저 자기의 영
주다이묘 주군에게 충성할 뿐이었다. 그들은 그저 영지를 받거나 작위를 받
거나 포상을 받으려, 혹은 처벌을 면하려 싸울 뿐이었다. 백성은 착취의
대상 그 이상도 이하도 아니었다.

"어떻게 합니까?"

종의지가 울먹이며 말했다.

"어떻게 하긴 무얼 어떻게 해! 싸워야지!"

"군사가 부족하지 않습니까? 2만이 넘던 군사가 조선에 가서 절반으로
줄지 않았습니까? 그나마 반절이 부상병입니다. 원군을 요청해야 합니
다!"

"누가 원군을 보내 주겠느냐? 도와줄 만한 군사력을 가진 자라 해 보았
자 도쿠가와 이에야스덕천가강밖에 없는데 도요토미 히데요시 다이코님께
충성하던 우리를 도와주겠느냐? 우리가 사라지면 오히려 박수를 치며 좋
아할 자야!"

"그래도 같은 일본인이 타국 군대에 공격을 받고 있지 않습니까? 같은
일본인끼리……"

"일본이 언제 한 나라였더냐? 동서남북으로 찢기고 갈라져 싸워온 지

벌써 백 년이 넘었다!"

"그럼 도쿠가와 이에야스가 아니라 다른 다이묘들에게라도……."

"모리 데루모토안예휘원도 다른 조선군에 공격을 받고 있다고 하오. 지금
제 코가 석 자인데 원군을 보내 줄 여력이 되겠소? 시마즈 요시히로도진의
흥은 원래 혼자 행동하기 좋아하는 자요. 우리와는 오월동주인 사이였소.
도쿠가와 이에야스 밑으로 들어가진 않았지만 그렇다고 우리를 돕지도
않을 것이오. 그리고 다른 다이묘들도 다들 도쿠가와 이에야스의 눈치를
보고 있소! 도쿠가와 이에야스의 입김이 미치지 않는 곳이 없단 말이오!"

듣고만 있던 송포진신이 종의지의 분별없음이 답답한 듯 말했다.

"가토 기요마사가등청정 장군은……?"

"가토? 그걸 말이라고 하느냐? 애초에 우리를 도와줄 놈도 아니었거니
와, 삽혈동맹이니 어쩌니 하면서 힘을 모아 도쿠가와 이에야스에게 맞서
자고 앞장서고 난리를 부리더니, 이제는 도쿠가와 이에야스에 충성을 맹
세하고 그 오른팔이 되었다더라. 이 박쥐 같은 새끼! 죽어서도 절대 충성
을 바치겠다느니, 도요토미 히데요시 다이코님을 위해 심장도 빼서 바칠
수 있다느니 다이코님께 총애를 받으려고 그리 지랄을 떨던 놈이! 더러
운 개새끼!"

왜란 때 각각 제1, 제2 선봉장이었던 소서행장과 가등청정은 원래 견
원지간으로 왜란 때는 심지어 칼부림 직전까지 갔었다. 조선에서 패배해
본국에 돌아와서도, '이번 일은 고니시 유키나가 놈의 수작이다.', '이번
일을 일으킨 놈은 가토 기요마사다!'라며 서로 패전의 책임을 미루며 서

로를 맹비난하여, 이제는 다시 만나면 네가 죽든 내가 죽든 둘 중 하나는 죽어야만 할 철천지원수가 되었다.

가등청정은 본디 성정이 교활하고, 흉측하고, 변덕스러운 자로, 풍신수길 사후 가장 큰 두 세력이었던 덕천가강과 석전삼성이시다 미쓰나리을 싸우게 해서 자기가 큰일을 해 보려다 둘이 화해하자 흑전장정구로다 나가마사 등과 힘을 합쳐 덕천가강에 반기를 들었다.

그러나 가등청정이나 흑전장정이나 고만고만한 자들끼리인지라, 누가 대장을 하냐를 두고 옥신각신하다가 흩어져 버리고 이제는 덕천가강에게 납작 엎드린 채 그 아래로 들어가 있었다.

소서행장은 자신이 이순신에게 공격당하고 있다는 소식을 듣고는 기뻐 어쩔 줄을 모르고 있을 가등청정의 모습을 생각하니 속이 뒤집히는 듯했다. 가등청정의 그 찢어지는 듯한 경망하고 비열한 웃음소리가 소서행장의 머릿속에 울려퍼졌다.

"그러면 어찌합니까?

종의지가 더 울상이 되었다.

"무얼 어찌한단 말이냐! 싸워야지! 의병이니 하는 것들은 모두 제대로 군사 훈련도 받지 않은 자들이다. 이순신 휘하 몇 천만 상대하면 된다. 그러면 우리가 수적으로 후세하다!"

"그래도 상대는 이순신이 아닙니까?"

"여기는 우리의 본거지다. 우리는 여기 지형이 훤한 반면 그들은 낯선 땅에서 그 낯설음과도 싸워야 한다. 제아무리 날고 기는 이순신이라도 우리 땅에서는 모든 것에 낯선 뜨내기일 뿐이다. 허둥지둥하는 사이에 조총으로 밀어 버리면 돼!"

소서행장이 용기를 쥐어짜 내어 호기롭게 외쳤다. 그러나 소서행장의 호언에도 종의지는 여전히 불안감을 떨치지 못하는 표정이었다.

'도요토미 히데요시 다이코님의 허황된 꿈 때문에 우리만 이게 무슨 고생이냐 말이냐! 조선과 명, 천축인도까지 정벌하겠다니……. 미친 소리지, 미친 소리야! 결국 처참하게 실패하지 않았더냐! 다이코님께서는 그렇게 돌아가시고 우리만 남아 조선인의 증오를 받아 내고 있으니, 이게 무슨 꼴인가!

이순신 이놈! 조선군이라고는 이제 지긋지긋해 꼴도 보기도 싫고, 이순신이라는 이름 이제 진절머리가 나거늘, 왜 여기까지 쫓아왔단 말이냐!'

소서행장의 눈에 붉게 독기가 올랐다.

* * *

항복을 권하는 통첩에 소서행장이 답신을 보내왔다.

전쟁의 승패는 결국 목적을 달성하였는지 여부로 결정되는 것이다. 공격하는 자는 점령하는 것이 목적이요, 방어하는 자는 지켜 내는 것이 목적이다. 우리가 공격했고, 너희가 막아 내었으니 너희가 전쟁에서 이긴 것이 아니더냐? 그러면 그것으로 된 것이지 어찌하여 또다시 우리에게 와서 분풀이를 하는 게냐? 피해자는 바로 우리다.

당장 군사를 물려 너희 나라로 돌아가라!

"이놈 말하는 것 좀 보게. 가관일세! 막아 내고 몰아내었으면 그걸로 끝이다? 전쟁을 일으켜 아무 죄 없는 양민들을 수없이 학살하고, 집과 건물을 태우고, 논밭을 짓밟아 수백만 명이 굶어 죽었는데, 막아 내었으면 그걸로 끝이다? 외려 제놈들이 피해자다?"

답신을 돌려 읽던 부장들은 왜장의 뻔뻔한 대답에 분개했다.

"장군, 쓸어 버립시다!"

우치적이 촉구했다. 순신이 말없이 고개를 끄덕였다. 왜장의 답변을 보니 더 이상 대화를 하고 항복을 권하는 일이 의미가 없다 판단되었다.

"지금 바로 출진한다."

"예!"

군대가 웅본을 향했다.

한참을 가는데 척후병이 돌아와 황급히 보고했다.

"장군, 소서행장이 군사들을 이끌고 우리 쪽으로 오고 있습니다!"

"지 발로 기 나오네!"

김완이 손바닥을 비비며 회심의 미소를 지었다.

"수성이 유리할 텐데 왜 들판으로 나오는 걸까요?"

이입부가 경계심이 가득한 표정을 지으며 의아해했다.

"왜군들은 저희들끼리 싸우는 방식이, 너른 들판에서 각자 양편 전부와 전부가 정면으로 달려들어 단병접전으로 단번에 승부를 내는 방식으로 싸운다 들었네. 자기들이 원하는 방식으로 싸우려고 하는 것 같군."

순신이 말했다.

"또한, 수성에는 대포가 필수적인데, 저들은 자신들의 대포가 위력 면에서나 사거리 면에서나 변변치 않다는 것을 잘 알고 있기에 성 밖으로 나와 승부를 보려는 것 같습니다."

권준이 첨언했다. 당시 왜국의 과학 기술로는 제대로 된 화포를 만들어 내지 못했다. 그래서 지난 왜란 때도 화포 없이 조총만을 주력 무기로 사용하다가 나중에는 조명 연합군의 화력에 밀려 전세가 역전되었던 것이었다.

"그렇군요. 이래저래 들판에서 싸우는 게 유리하다 판단한 것이군요."

이입부가 의심이 풀린 듯 고개를 끄덕였다.

순신은 왜란의 막바지 순천왜성에서 소서행장과 대치하던 때가 생각났다. 조선의 남쪽 끝까지 밀려난 왜군은 곳곳에 왜성을 짓고 장기전에 나섰다. 그러나 조선군에 성을 겹겹이 포위당하여 패색이 짙어졌고, 왜군은 슬그머니 왜국으로 도주하려 하였다. 그러나 이미 해상은 이순신의 수군에 의해 철저히 봉쇄되어 있었다. 단 한 명의 왜병도 살려 보내지 않으려는 순신의 의지였다.

버티다 못한 왜군은 야음을 틈타 도주를 감행하였다. 단 한순간도 왜군의 동태를 놓치지 않고 있던 순신은 노량에서 도주하던 왜군을 막아서서, 왜선 수백 척을 격침시키고 왜군 수만 명을 수장시켰다. 한 명도 놓치지 않고자 무던히도 애를 썼으나, 아쉽게도 도망치는 왜군들을 모두 잡을 수는 없었다. 소서행장도 그때 가까스로 조선 수군의 손아귀에서 벗어나 왜국으로 도주하였다.

'이번에는 기필코…….'

전술을 구상하는 순신의 머릿속이 복잡해졌다. 순신이 눈을 감고 미간을 찌푸린 채 골똘히 생각에 빠졌다.

'상대는 조총이 있고, 우리에게는 총이 없다…….'

정총병은 모두 원균 휘하에 동원되어 있었다.

'어떻게 싸울 것인가……? 단병접전은 안 된다. 그렇다면…….'

북방 민족들이 태어나면서부터 말을 타듯 왜인들은 걸음마를 할 때부터 칼을 잡도록 가르쳤다. 이를 잘 알고 있는 순신은 가능한 한 왜군과의 근접전을 피하려 했다.

"활을 쏠 줄 아는 살수_{검으로 싸우는 병사}, 습자수_{창으로 싸우는 병사}들에게 모두 활을 들게 하라."

"야? 활 말씀이시어라? 왜놈들이 조총을 들고 돌격해 올 틴디요?"

순신의 명령에 송희립이 깜짝 놀라 말했다. 다른 부장들도 의아한 표정이었다.

"생각이 있어서 그러네. 맥궁을 들라 하고, 화살은 편전으로 하라 하게."

순신의 확신을 느낀 부장들이 각자의 부대에 명령을 전달하러 갔다.

소서행장의 생각과 달리 순신은 철저한 조사를 통해 이미 그곳 지형을 손바닥 보듯 하고 있었다. 최적의 점을 취하는 것은 면을 차지하기 위한 처음이자 끝이라 할 것이었다. 순신은 맥을 짚듯 미리 요소를 취한 뒤 그곳에서 적이 당도하기를 기다렸다. 순신의 부장들이 지휘하는 부대가 중앙에 도열하고 양 가로 의병대가 대기했다.

이윽고 소서행장이 2만의 군사를 이끌고 순신이 기다리고 있는 곳에 당도했다. 무기를 제대로 갖추지도 못한 채 낫이나 죽창을 들고 있는 의병대를 본 소서행장이 별안간 웃기 시작했다.

"아하하하하하하! 저게 무어냐? 요시토시야 괜한 걱정을 한 것 같다. 대나무 쪼가리나 들고 온 오합지졸들로 머리수만 불렸구나! 가소롭기가 짝이 없구나! 와하하하하!"

소서행장이 박장대소하자 종의지와 다른 왜병들도 같이 큰소리로 웃기 시작하였다. 내내 얼어 있던 송포진신도 비로소 표정이 풀리며 안도의 미소를 지었다.

순신은 아랑곳 않고 침착하게 명령을 내렸다.

"전투 태세! 궁수 전후 5보 간격 3열 횡대로!"

궁수가 세 배로 늘어난 조선군 병사들이 일사분란하게 움직였다. 이 역시 평소에 철저히 훈련된 대로였다.

"조준! 발사!"

아직 비웃음을 거두지 못하고 있던 왜병들에게 화살이 비처럼 쏟아졌다.

"윽, 윽."

왜병들이 화살을 맞고 쓰러지자 그제야 정신을 차린 소서행장이 급히 명령했다.

"*공격하라! 조총 발사!*"

"*탕탕탕탕탕.*"

날아간 조총 총알이 조선군 병사들의 방패에 후두둑 힘없이 부딪쳐 떨어졌다.

"*장군, 거리가 너무 멉니다! 조총의 사거리가 미치지 못합니다!*"

"*저들의 화살은 날아오지 않느냐?*"

"*조총보다 사거리가 긴 활인 것 같습니다.*"

종의지가 다시 울상이 되어 말했다. 조선 맥궁은 다른 활에 비해 사거리가 길었고, 편전도 다른 화살에 비해 사거리가 길어, 사거리가 긴 활과 사거리가 긴 화살이 어우러지자 조총보다 사거리가 한 배 반이나 되었다.

"*이런, 젠장! 전진하면서 쏴라!*"

소서행장이 급히 명령했다.

왜병들이 조총의 사거리까지 다가가기 위해 전진하려 했으나 조선군은 앞 열이 쏘고 맨 뒤로 물러나고, 다시 그다음 열이 쏘고 맨 뒤로 물러나는 방식으로 계속해서 멀어져 갔다. 순신의 군대로서는 이미 수백, 수천 번 훈련한 전술이었다.

앞을 보며 뛰어오는 왜병들의 빠르기가 뒤로 물러나는 조선 병사들의 신속하기에 턱없이 미치지 못했다. 왜군들이 보기에 조선 병사들은 마치 뒤로 스르르 미끄러져 가듯 했다.

"윽, 윽."

왜병들은 가까이 가려 하면 할수록 더 멀어져만 가는 조선군을 쫓아가다가 차례로 활에 맞고 쓰러졌다. 화살 공격만으로 벌써 왜군 4분의 1이 사라졌다.

"이, 이런 제길!"

소서행장과 종의지가 당황하여 어쩔 줄을 몰라했다. 옆에 있던 송포진신의 얼굴에도 당혹스러움이 역력했다.

"조총으로는 안 되겠다! 기병 돌격!"

소서행장의 독기 서린 외침과 함께 왜의 기병이 무서운 속도로 돌진해 왔다.

"정지!"

순신의 명령에 따라 뒤로 물러나고 있던 궁수들이 그 자리에 멈추어 섰다. 왜의 기병이 50보, 30보 시시각각 더욱 속력을 내며 다가오고 있음에도 순신은 담담히 기병이 달려오는 것을 지켜만 보고 있었다.

"이히히히힝!"

무서운 속도로 달려오던 말들이 갑자기 멈추더니 두 앞발을 번쩍 치켜들며 더 나아가지 못했다.

"으아악!"

왜의 기병들이 중심을 잡지 못하고 말에서 떨어졌다. 순신이 권준에게 명해 미리 예상되는 경로에 질려 뾰족한 쇳조각를 뿌려 놓은 것이었다.

"발사!"

침착히 그 모습을 지켜보던 순신의 입에서 다시 명령이 떨어지고, 또다시 화살비가 쏟아졌다. 왜의 기병들이 우수수 화살을 맞고 쓰러졌다.

뒤이어 왜의 보병들이 돌격해 왔다.

"조란탄새알 모양의 철환 준비!"

궁수들이 반으로 나뉘어 양 가로 물러나고, 뒤에서 대기하고 있던 대완구가 전면으로 나왔다.

"발사!"

심지에 불이 붙고, 펑 하는 소리와 함께 대완구에서 조란탄 2백 알이 한꺼번에 우박처럼 방사형으로 뿜어져 나가 왜병들을 벌집으로 만들었다.

"돌격!"

적의 예기가 완전히 꺾였다고 판단한 순신이 순간을 놓치지 않고 명했다.

"와아아아!"

자신들의 순서만을 기다리고 있던 의병대가 그동안 참고 참았던 분기를 하늘이 떠나갈 것 같은 함성으로 뿜어 내며 왜병들을 시살해 나갔다. 그 맨 앞에서는 순철이 있었다. 우왕좌왕하고 있는 왜병들을 가차 없이 찌르고 베었다.

의병대가 왜의 진영을 깊이 파고들자, 궁수들도 이제 모두 검을 빼 들고 의병대를 따라 적진으로 돌격해 들어갔다.

푸르던 들판이 왜병들의 시체로 거멓게 뒤덮였다.

우치적이 왜장 송포진신을 발견하고 진살해 들어갔다. 송포진신과 접전이 벌어졌다. 3합, 5합……. 멀어지다가 교차하기를 몇 차례, 두 사람이 말을 타고 서로 전속력으로 달려들다가 칼이 크게 한 번 교차하더니 이윽고 두 사람의 움직임이 멎었다. 그리고 떨어지는 송포진신의 머리……. 잘려진 목에서 분수처럼 솟구쳐 흩어지는 피…….

이를 본 소서행장과 종의지가 사색이 되었다.

"장인어른, 피하셔야 합니다!"

종의지가 망연자실 넋을 잃고 있는 소서행장을 향해 외쳤다.

"이, 이럴 수가……."

소서행장이 가까스로 정신을 차리고 말머리를 돌려 도망가려 하였다. 이입부가 달아나려는 소서행장을 발견하였다.

'소서행장, 이놈!'

이입부의 눈에 불길이 일었다. 활을 쥐었다. 화살을 활에 걸고, 겨눈 뒤, 발사.

"획, 푹!"

시위를 떠난 화살이 공간을 가르고 날아가 소서행장의 어깨에 꽂혔다.

"악!"

소서행장이 외마디 비명 소리와 함께 말에서 떨어졌다.

"장인어른!"

종의지가 말에서 내려 소서행장을 구하려 달려갔다. 종의지는 소서행장을 부축해 다시 말에 오르려 했으나 이미 조선 병사들이 그들을 에워싼

후였다.

왜장들이 붙잡히는 모습을 보자 남은 왜병들은 파랗게 질려 뿔뿔이 흩어졌다. 왜군 대부분이 죽거나 사로잡히고 살아 달아난 자는 몇 되지 않았다. 장쾌한 승리였다.

순신이 팔을 뻗어 검을 높이 들었다.

"와아!"

왜군의 피로 물든 대지가 조선군의 함성으로 가득 찼다.

순신의 군영, 주위에는 어둠이 내려앉아 있었다. 순신의 양 옆으로 부장들이 도열해 있고, 그 앞에는 소서행장, 종의지 그리고 소서행장의 참모인 평조신다이라노 시게노부이 밧줄에 포박된 채 나란히 무릎을 꿇고 앉아 있었다. 주위를 둘러 비추고 있는 횃불이 비장함을 더하고 있었다.

"너희의 답신을 보았다. 너희가 침범했고 우리가 막아 냈으니 그것으로 끝난 것이라 했더냐? 천지간에 용납할 수 없는 극악한 큰 죄를 저지르고도 반성하지 않으니 금수와 다를 게 무어냐!"

순신이 호통을 쳤다.

"너희 조선은 명과만 친하게 지내며 우리 일본을 오랑캐라 멸시했다. 모두 너희가 자초한 일이다. 우리는 사과할 일도 없다!"

소서행장이 대꾸했다.

조선 건국 200여 년간 일본이 60여 차례 사신을 보내온 반면 조선은 단 여섯 차례 사신을 보내는 데 그쳤다. 그마저도 세종 이후 150년간은 단

한 번도 없었다.

"나는 기리스탄크리스천으로 원래 평화를 좋아하고 피를 좋아하지 않는다. 나는 전쟁이 조선뿐 아니라 결국 일본에도 불행한 결과를 가져올 것이라 믿었다. 도요토미 히데요시 다이코님의 무모한 침략 전쟁을 막고 조선과의 평화를 유지하기 위해 여기 이 소오 요시토시와 함께 양국을 오가며 백방으로 뛰며 노력했다.

그런데 너희은 어떻게 했느냐? 우리를 오랑캐라 업신여기고, 우리가 입이 닳도록 경고해도 콧방귀나 뀌며 우리의 말을 귓등으로도 듣지 않았다. 결국 전쟁은 전부 너희 탓인 것이다!"

"총칼을 들고 수교하자는데 교우해야 하는가! 그리고 우리가 너희 우두머리 풍신수길의 오만방자한 요구를 들어주어야 한다 여겼느냐? 우리 상감께서 입조를 하고 명을 치는데 도우라니 가당키나 한 소리더냐! 그런 요구를 받아들여서 너희와 평화를 유지해야 했어야 했다 그리 말하는 것이냐?"

순신이 소서행장의 변명을 꾸짖었다.

"……"

"평화를 사랑한다 하였느냐? 그럼 그 많은 시체들은 무어며, 불탄 집들과 짓밟힌 논밭은 무엇이냐? 네가 전쟁을 막아보려 한 것도 조선에 세사미를 받아먹는 대마도의 이익을 위해 그 도주인 너의 사위를 위해, 무역상인 너희 집안의 이욕을 위해서였지, 네가 진정 평화를 사랑해서 그리하였더냐?"

자신들의 속사정에 대해서는 아무것도 모를 줄 알았던 순신이 이미 자신의 속을 훤히 꿰뚫어 보고 있다는 것을 알게되자 소서행장은 거짓말을 들킨 어린아이처럼 얼굴이 붉어졌다. 순간 부처님 손바닥 위에 오른 것처럼 되어 버린 소서행장의 얼굴에 뻔뻔한 기색이 사라졌다.

"나는 명령에 따랐을 뿐이다. 너희 조선의 신하들도 자신의 뜻과 다르더라도 임금의 명령이라면 따라야 하지 않느냐? 우리도 마찬가지이다. 도요토미 히데요시 다이코님께서 그렇게 명하시는 마당에 일개 부하 장수들인 우리가 뭘 어찌 할 수 있었겠는가!"

소서행장이 변론했다.

"하기 싫은데 명령 때문에 어쩔 수 없이 했다는 자가 선봉장을 자처하고, 평양까지 제일 앞장서서 조선 땅을 짓밟았느냐? 너는 단지 너 자신의 이익을 위해 너희 우두머리의 야욕에 부역한 것일 뿐이며, 너의 탐욕을 위해 그릇됨을 택한 것이다!"

"내가 제일 앞장서야 교섭이라도 할 수 있을 것 아니냐. 나는 조선에 상륙한 뒤에도 끊임없이 강화를 위해 노력했다. 명령이라 어쩔 수 없이 출전했더라도 무식하고 난폭하기만 한 다른 일본 장수들보다 내가 앞장을 서야 너희와 회담이라도 하고 협상이라도 하여 희생을 최소화하고 전쟁을 빨리 끝낼 것 아니더냐? 그나마 내가 가장 앞장섰기에 피해가 최소화된 것이다."

"약장시 출신이라드만 말은 청산유수네!"

통역을 듣고 있던 김완이 소서행장의 가증스러움을 참다못해 내뱉었다.

"전쟁을 끝내려 했다는 자가 강화가 틀어지자 다시 재침을 주장했느냐? 재침하자는 주장이 네 입에서 나왔다는 것을 우리가 모를 줄 아느냐? 그런데도 정녕 어쩔 수 없이 참전했다 하느냐? 그래, 네가 앞장선 덕분에 피해가 최소화되었으니 너에게 절이라도 하라, 그 말이냐?

기리스탄이라? 생명을 소중히 여긴다는 그 남만의 종교 말이냐? 그러한 종교를 신봉한다는 놈이 그 많은 무고한 조선 백성들을 학살하고 코를 베어 가고, 그 코무덤이총이 산을 이루게 하였더냐? 그런 놈이 스스로 기리스탄이라니 역하구나!"

순신은 소서행장의 졸렬한 변명에 욕지기가 솟았다.

정유년 재침을 한 소서행장 등의 왜장들은 임진년에 비할 수 없을 만큼 더 잔인하고 악랄하게 조선 백성들을 학살했다. 조선뿐 아니라 자국인 왜국에서도 수없이 많은 무고한 사람들을 해친 왜군 최선봉장 소서행장과 가등청정은 우습게도 각 천주교, 불교 신자였다. 이들은 결국 종교를 더럽히는 것은 종교 그 자체가 아니라 그 종교를 믿는 자들이라는 것을 정확히 예시해 주었다.

"나는 오히려 이번 전쟁의 피해자다. 지난 7년간의 전쟁 동안 나는 2만이 넘던 휘하 군사 중 만 명을 잃었다. 전쟁 물자를 끌어대느라 나의 영지는 빈곤해지고 피폐해졌다. 징용, 징발에 시달리던 농민들도 모두 나를 증오하고 있다. 본국으로 늦게 돌아가는 바람에 중앙 패권 경쟁에서도 밀려나 폐족이 되었다. 그렇게 힘을 모두 잃어버리고 이렇게 비참하게 살고 있단 말이다. 그런데 너희는 또다시 이렇게 나를 짓밟아야 직성이 풀리느냐?"

조선군의 장수들은 여전히 대거리를 해대는 소서행장의 태도에 황당하고 기가 막혔다.

"입만 살아가지고! 물에 빠져도 입만 둥둥 뜰 놈!"

우치적이 참다못해 내뱉었다.

"요사스러운 말 듣기 싫다! 어디서 그런 망령된 말을 하느냐! 네 군사 만 명을 잃었다 했느냐? 그래, 조선에 쳐들어왔다가 죽은 왜병들이 다 합쳐 얼마나 되느냐? 십만은 되느냐? 전란으로 조선 백성 수백만 명이 죽었다. 그런데도 네가 피해자다? 비참하다? 그럼 부모, 형제, 처자식을 잃고, 삶의 터전을 잃은 조선 백성들의 고통은 무엇이냐? 너의 같지 않은 괴로움이 조선 백성들의 고통에 비하겠느냐!"

"······."

소서행장은 옹색해져 더 이상 대꾸를 하지 못했다.

"더 이상 구차한 변명 말고 장수답게 죽어라!"

소서행장은 더 말이 없었다. 소서행장은 적어도 하고 싶은 말은 다했다는 듯, 어떻게 하건 마음대로 하라는 표정으로 체념의 한숨을 내뱉었다.

"이자의 목을 베어 군문에 효수하라!"

순신의 명이 내려지자 집행병이 소서행장의 앞으로 가 칼을 뽑아 들었다. 소서행장이 눈을 감았다.

"획."

칼이 크게 공간을 갈랐다.

"툭."

임진왜란 왜군 제1 선봉장, 정유년 재침의 원흉, 이총 학살의 장본, 왜장 소서행장의 머리가 땅에 떨어졌다.

옆에서 종의지가 금세 울음을 터뜨릴 듯한 표정으로 벌벌 떨고 있었다.

"할 말이 있는가?"

순신이 종의지에게 물었다.

"없, 없습니다."

종의지가 조선말로 대답했다. 그의 표정에는 희미하나마 비굴한 웃음기마저 띠는 듯했다. 순신이 평조신에게로 눈길을 옮겼다. 소서행장의 책사 노릇을 하던 왜중이었다.

"할 말 있는가?"

"*없다.*"

평조신이 애써 비굴함을 감추며 의연한 척 말했다. 순신은 문초를 할 가치를 느끼지 못했다.

"여봐라, 이 자들을 포로로 가두어 두어라."

순신은 전투를 승리로 마친 병사들에게 밥과 술을 넉넉히 나누어 주어 그 노고를 치하했다.

병사들이 식사를 마칠 때 즈음 순신은 병사들이 쉬고 있는 곳으로 건너갔다. 전투를 치르느라 고생한 병사들을 위무하기 위해서이기도 했지만, 그보다도 누군가를 찾기 위해서였다.

오늘 낮 왜군과의 전투에서 무척이나 인상 깊었던 한 사람이 있었다. 군복을 입지 않은 것으로 보아 분명 의병이었다. 적진으로 누구보다 앞장서 뛰어들던 그의 용기와 용맹함은 의병들 중에서도 단연 돋보였다. 다른 의병들과 병사들도 그를 믿고 뒤를 따라 공격해 들어가니 지도력도 여느 장수들 못지않았다.

그는 용맹만으로 무작정 달려들어 싸우는 것도 아니었다. 적진의 취약한 요점을 정확히 파악하여 그 핵심으로 파고드는 지략도 있었다. 그 허점을 찌르자 적진은 그대로 무너져내렸다.

눈부시게 빛나던 그의 모습이 순신의 뇌리에 깊이 박혔다. 순신은 그를 찾고 싶었다. 순신은 행여나 시간이 지나면 그 얼굴이 기억이 나지 않을까 초조한 마음에 내일까지 기다릴 마음의 여유도 없었다.

병사들과 의병들을 격려하며 그들 사이를 돌던 중 저기 구석에 앉아 있는 그를 발견했다. 한 무리의 의병들이 모닥불 주위에 둘러앉아 있고, 무리 중 하나가 일어서서 좌중에게 무언가 익살스럽게 이야기를 늘어놓는 중인 듯했다. 순신이 찾던 그 사내는 편하게 기대어 앉은 채 말없이 이야기를 들으며 빙긋이 웃고만 있었다. 순신은 반가운 마음에 걸음을 재촉하여 얼른 그곳으로 갔다.

"그런디, 그때 말이여! 낮이 날아가 버린 거여! 그래서 어떡혀, 에라 모르겠다 하고, 나가 왜놈 세 놈을 한꺼번에 맨손으로 때려 눕히는디!"

순신이 이야기를 하던 의병 뒤편으로 슬며시 다가갔다. 다른 의병들이 얼른 웃음기를 떨쳐 버리고 일어나 예를 갖추었다. 순신이 다가와 뒤에서 있는 줄도 모르고 과장스러운 손짓을 해가며 이야기를 하던 의병이 다른 의병들의 이상한 낌새를 알아차리고 동작을 한 그대로 멈추더니, 멈춘 그 자세 그대로 몸을 돌려 슬쩍 뒤를 돌아보았다.

"어이쿠, 장군님 오셨습니까요?"

순신과 부장들이 뒤에 서서 빙긋이 웃고 있었다. 떠들던 의병이 얼른 태도를 고치고 인사를 올렸다.

"그래, 오늘 다들 수고가 많았네. 편히들 쉬게."

순신은 의병들을 치하하고는 찾고 있던 그 사내 앞으로 다가갔다. 사내가 고개를 숙이고 예를 갖추었다.

"자네 이름이 무언가?"

위엄 있는 어조였지만 다정함이 묻어 있었다.

고개를 숙이고 있던 사내가 다소 놀란 듯 순신의 봉안을 슬쩍 바라본 후 대답했다.

"김순철이라 합네다."

"김순철이라……."

순신이 이름을 다시 한번 되뇌며 고개를 끄덕였다.

"오늘 수고가 많았네."

순신이 흡족한 표정으로 순철의 어깨를 두드리고는 지휘 막사로 돌아갔다. 순신이 돌아가고 나서도 순철은 한동안 얼떨떨했다. 봉안을 그리 가까이서 대한 것도 처음이거니와 이순신 장군이 직접 자신에게만 이름을 물은 것이었다.

'장군님이, 내 이름을……?'

다른 의병들이 순철을 부러움이 섞인 표정으로 바라보았다.

* * *

다음 날 순신의 군대는 웅본구마모토성에 입성했다.

웅본성으로 들어가는 길, 이상하게도 성 주변의 민가에는 왜인이라고
는 그림자조차 찾아볼 수가 없었다. 고양이들만이 낯선 이들을 경계 어
린 눈빛으로 쳐다보며 어슬렁거릴 뿐이었다.

집들이 낡고 피폐하기는 하였으나 분명 얼마 전까지만 하더라도 사람
이 살았던 흔적이 남아 있었다. 그 많은 민가에 그 많은 왜인들이 모두 어
디로 갔는지 알 수 없었다. 병사들은 스산한 기분마저 들었다.

퇴락한 민가와 달리 왜성은 화려하고 사치스러웠다. 내부의 벽은 모두
금빛 천으로 둘러쳐져 있었고, 곳곳마다 금은의 촛대가 빛을 받아 번쩍거
리고 있었다.

순신은 혹시 모를 위험에 대비해 성안을 탐색케 하였다. 다행히도 복병
같은 것은 없는 듯했다.

대신 영주의 것으로 보이는 개인 창고에, 같은 왜인들에게서 착취한 금
은보화와 조선에서 약탈해 간 귀한 물건들이 가득 쌓여 있었다. 또한 무
기고에는 잘 벼린 각종의 무기들이 가득 쌓여 있었으며, 마구간에는 좋은
군마들이 수백 마리나 있었다.

순신은 즉시 창고를 봉인하고 그 누구도 그 안의 물건에 손대지 못하도록 엄히 지시했다.

다만 무기고의 무기들은 모두 꺼내어 의병들에게 나눠 주었고, 의병들은 비로소 제대로 된 무기를 갖출 수 있게 되었다. 마구간의 말들로는 규모는 작지만 기병대를 구성할 수도 있게 되었다.

그렇게 웅본성 안의 물건들로 필요한 물자를 보강하고 정비하던 중 강항이 순신의 지휘관실로 찾아왔다.

"장군, 장군께서 만나 보셨으면 하는 사람이 있습니다."

"그래, 누구요?"

"지난번 말씀드린 순수좌후지와라 세이가라는 학자입니다."

"순수좌? 그 왜국 태자의 스승이었다는 사람 말씀이오?"

"그렇습니다."

순수좌는 일본의 학자로 강항이 포로 생활을 하던 때 강항을 찾아와 조선의 학문과 문화, 예술, 제도에 관하여 배움을 얻었던 자였다.

"총명하고 학식이 깊어 그 어느 책의 내용이나 모르는 것이 없는 사람인데, 성품이 아주 꿋꿋하여 왜인들 축에서는 그리 달갑게 여기지 않는 자들도 있을 정도입니다.

언젠가 왜장 덕천가강이 그의 인물됨이 뛰어난 것을 알고 경도에 집을 지어 연봉 2천 석으로 맞아들이려 하였으나, 그는 집도 싫고 곡식도 싫다고 하면서 거절하였다고 합니다.

저와 학문을 교류하던 중, 크게 낙심하여 허탈해하면서 한숨을 쉬면서,

'정말 부럽구려! 왜 나 같은 사람은 조선 같은 나라에 태어나지 못하고 일본에, 더구나 이런 시절에 태어났을까요.'라고 탄식하기도 하던 사람입니다. 그가 장군께 드릴 말씀이 있다고 하며 저를 찾아왔습니다."

강항이 그를 소개했다.

"그렇구려. 지금 어디에 있소?"

"제 숙소에서 장군의 윤허를 기다리고 있습니다."

순신이 허하자 강항이 나가서 순수좌를 데리고 왔다. 유생복에 평정건을 쓴 사내가 조심스럽게 들어와 순신에게 절했다.

"장군, 소생 순수좌라 합니다."

순수좌가 능숙한 조선말로 인사했다.

"반갑소, 순수좌 선생. 그래 나에게 하실 말씀이 있다구요?"

"소생, 외람되게도 부탁드리고 싶은 것이 있어 이렇게 결례를 무릅쓰고 불쑥 찾아왔습니다."

"그래, 그것이 무엇이요?"

"다름이 아니라 저희 일본 백성을 가여이 여겨 달라는 청을 드리고자 이렇게 뵙고자 하였습니다."

"왜의 백성들?"

"저희 일본 백성들은 조선에서의 지난 전쟁과 조선 사람들의 고난에 아무런 잘못이 없습니다. 이들은 그저 풍신수길과 그 수하 왜장들의 강압에 의해 어쩔 수 없이 무기를 들고 따른 것일 뿐이었습니다.

아니, 저희 백성들은 오히려 풍신수길 무리의 피해자들입니다. 영주들은 곡식은 쌀 한 톨마저도 훑어서 빼앗아 가고, 재물은 낱낱이 징발해 가고, 젊은 사람은 샅샅이 징집하여 병졸로 쓰고, 늙은 사람은 각종 축성과 운반의 노역을 시키며 착취하여 왔습니다.

벌써 몇백 년이 넘도록 사무라이 막부의 포학한 정치에 시달려 온 불쌍한 백성들입니다. 그리고 그 몇백 년 중에서도 풍신수길과 그 부하들은 악독하기가 이를 데 없어 백성들은 지금처럼 헐벗고 굶주리며 가혹하게 시달리는 일도 없었습니다.

지금 백성들은 조선군이 자신들을 모조리 학살할 것이라는 두려움에 생업도 내팽개친 채 깊은 산속으로 숨어 들어가 벌벌 떨고 있습니다. 그런데 점점 비바람에 시달려 지치고, 식량도 바닥나고 굶주려, 노인이나 병자들은 하나둘 죽어 나가고 있습니다.

장군께서 이러한 저희 백성들을 가엽게 여기시어 해치지 않겠다는 약속만 하여 주신다면, 나아가 막부의 죄악을 소탕하여 주신다면, 저희 백성들은 장군의 군대를 두 팔 벌려 환영할 것이고 장군의 군대에 기꺼이 협력할 것입니다. 그러면 장군의 뜻이 일본 동쪽 끝인 백하관까지 미치는 것도 문제가 아닐 것입니다.

장군, 부디 무고한 저희 백성들을 가여이 여겨 주십시오! 간곡히 부탁드립니다!"

순수좌가 무릎을 꿇고 읍소하였다. 순신이 깜짝 놀라 그를 일으켜 세웠다.

"내 선생의 말이 아니더라도 왜의 양민을 해치지 않도록 할 생각이었소. 선생의 말을 들으니 더욱 조속히 그리고 더욱 엄격히 그렇게 해야겠다는 생각이 드는구려."

진정으로 전쟁을 이기려면 점령지 백성들의 민심도 얻어야 한다는 병법의 측면에서도, 출전 전 서산과의 대담에서 느낀 바에 의해서도, 이미 그와 같이 다짐하고 있던 순신이었다.

"내 오늘 당장 왜국 백성들에게 조선이 군사를 일으킨 진정한 뜻을 알리도록 하고, 왜의 양민들을 해치지 않을 것을 약조하겠소이다."

순수좌의 간곡한 청에 순신은 거듭 다짐을 굳히며 순수좌와 언약했다.

곧이어 점령지 곳곳에 포고문이 붙었다.

우리 조선군은 왜의 백성들을 해치러 온 것이 아니다. 우리 조선군은 왜의 사무라이 막부를 타도하여 침략에 대한 사죄를 받고 평화를 보장하기 위해 온 것이다.

아울러 학정에 시달리고 있는 왜인 백성들을 가여이 여겨 막부의 포학함에서 구하고자 한다.

그러니 왜의 모든 백성들은 살던 곳에서 상시대로 안심하고 생업에 종사하라.

이어 순신 휘하 조선군의 전 부대에도 명이 하달되었다.

전 조선 병사들에게 알린다.

이유를 막론하고 아래와 같은 규율을 어기는 자 엄히 처벌한다.

하나, 왜의 양민의 목숨을 해치지 말 것.

하나, 왜의 양민의 재물을 빼앗지 말 것.

하나, 왜의 부녀를 추행하지 말 것.

"우리 목적은 적의 우두머리의 석고대죄 받고, 다시는 조선을 넘보지 않겠다는 약조를 받는 것이네. 모두들 불필요한 살상을 하지 않도록 주의하게."

순신이 부장들에게 강조하여 말하였다.

"왜병이 민간인인 척 숨어 있으면 어떻게 합니까?"

조심성이 많은 권준이 지적했다. 순신은 지적의 타당함에 고개를 끄덕이며 잠시 생각을 하고는 말하였다.

"무기만 압수하고, 반드시 필요하다고 판단되면 가두어만 두게."

점령지 곳곳에 방이 붙고, 말이 퍼지고 전해지자 어디엔가 숨어 있던 왜인들이 반신반의하며 하나둘 밖으로 나왔다.

모두 눈은 움푹 들어가고 피골이 상접한 안타까운 몰골들이었다. 갈비뼈가 앙상하게 드러나고 골반뼈가 좌우로 삐쳐 나온 모습들. 제대로 걸을 기운조차 없어 발을 질질 끌며 걷는 모습들. 서 있을 기운조차 없어 기어 나오는 모습들. 기어갈 기운조차 없어 다른 사람이 안고 업고 나오는 모습들.

순신은 웅본성에 쌓여 있던 곡식들을 굶주린 왜인들에게 나누어 주게 하였다. 왜인들이 절하며 곡식을 받아 갔다.

왜인들은 그렇게 조선군의 보호 아래 원래의 생활을 이어갔다. 그들의 표정에 불안감이 모두 가시지는 않았지만 대부분 평안을 찾은 모습이었다.

* * *

"전하⋯⋯."

웬 사내들이 곡괭이와 낫을 들고 대전에 들어왔다. 자고 있던 선조가 놀라서 벌떡 일어났다. 사내들이 한 발짝, 한 발짝씩 선조 쪽으로 다가왔다.

선조는 앉은 채로 손과 발을 내저으며 황급히 뒤로, 뒤로 물러났다. 그러나 곧 턱하고 등이 병풍과 벽에 막혀 더이상 뒤로 물러나지 못했다.

"너, 너희는 그 주막에서의 사내들이 아니냐?"

입술이 파르르 떨리고 목소리조차 잘 나오지 않았다.

"여, 여기에 어떻게 들어왔느냐? 여봐라! 게 아무도 없느냐!"

밖에서는 아무런 답이 없었다.

"나랏님이 되셔 가지고, 이리 좋은 곳에서, 이리 좋은 비단을 걸치시고, 이렇게 잘사시면서 난리가 나니 제일 먼저 도망을 가셨습니까요?"

"누가 도망을 갔다는 게냐? 잠시 피해 있다 돌아온 것이다!"

"그래도 할 말이 많으신가 봅니다요?"

사내들의 낯이 험악해졌다. 사내들이 쥐고 있던 낫을 높이 들었다.

"게 아무도 없느냐!"

선조가 발악하듯 외치었다. 그러나 여전히 밖에서는 아무런 답도 없었다.

"휙."

사내들이 힘껏 낫을 내려찍었다.

"아, 아악!"

꿈이었다.

"헉, 헉, 헉."

선조가 숨을 가쁘게 몰아쉬며 자기 몸을 살폈다. 아무 상처도 없었다. 땀줄기가 놀란 낯을 타고 흘러내렸다.

"전하, 괜찮으시옵니까?"

유 나인이 놀라 호롱불을 켜며 말했다.

"별것 아니다. 계속 자거라."

"불을 끄오리까?"

"끄라."

호롱불을 끄고 자리에 다시 누웠으나 선조는 다시 잠을 이루지 못했다.

* * *

척후 병사들이 누군가를 잡아 왔다. 왜인의 옷에 왜인의 나막신을 신고 있었다.

"조선 도공인데 이 자가 비전주 이만리_{이마리}에서 왜놈들에게 조선의 도자기를 만들어 주고 있었습니다."

척후병들이 보고했다.

"이름이 무언가?"

순신이 무릎을 꿇고 있는 도공에게 물었다.

"이삼평이라 합니다유."

"어쩌다 여기까지 왔는가?"

"공주서 살다가 왜란 때 왜병들한테 잡혀 왔구만유."

"그렇구먼. 고생 많았네. 여봐라, 이자를 풀어 주어라. 왜인들이 강제로 시켜서 그런 것이지 이 자가 원해서 그렇게 했겠느냐."

그를 잡아 온 척후 병사들은 무언가 할 말이 있는 듯 머뭇머뭇거리긴 하였으나, 불손하게 보일까 곧이 순신의 명대로 그를 풀어 주었다.

"명호옥으로 가면 곧 본국으로 가는 배편이 있을 터이니 고향에 가서 푹 쉬게."

순신이 이삼평을 위로했다. 그런데 도공은 할 말이 있는 듯 쭈뼛쭈뼛 머뭇거렸다.

"무슨 할 말이라도 있는가?"

"장군, 저그, 송구합니다만 여그서 계속 살믄 안 되겠습니까유?"

"여기, 있겠다?"

"그렇습니다요. 장군님만 허락해 주신다면 계속 여기 있고 싶구만유."

주위의 부장들이 욱 하고 터져 나오는 고함을 억누르느라 움찔움찔했다. 순신이 침착하게 물었다.

"고향에 처자식은 없는가?"

"처자식 없이 혼자 못 간다 했더니 왜병들이 처자식도 다 데려왔습니다유."

"그렇구면. 여기 있고 싶은 연유를 물어봐도 되겠는가?"

"그게, 저, 인자 죽은 목숨이라며 생각하면서 끌려왔는디, 와서 보니 왜인들은 조선 도공을 최고로 치면서 아주 극진히 대우해 줬구만유. 여그 사람들은 무슨 재주건, 무슨 기술이건 간에 그 분야의 최고들은 장인이라면서 대접해 줍니다유. 장인을 최고로 치고 장인들이 만든 물건은 몇 금을 주고 사갑니다유. 기술이 있는 사람들은 대를 이어서 그 일에 집중하기도 헙니다유.

조선에 있었으면 평생 살아 보지 못할 집에서, 평생 입어 보지 못했을 비단옷을 입고, 평생 먹어 보지 못한 귀한 음식들을 먹으면서 대접받아 가며 잘 살았구만유."

"이런 배은망덕한 놈! 너는 나라의 은혜도 모르느냐?"

우치적이 참다못해 소리쳤다.

"은혜라굽슈? 조선이 저한테 뭘 해 줬습니까? 무시하고, 착취하고, 하다못해 외적으로부터 보호해 주기를 혔습니까유? 무슨 은혜를 말씀하시는 것인지 소인은 도통 모르것습니다유."

"내 이놈을 당장!"

칼을 빼 들려던 우치적을 순신이 손짓으로 제지했다.

"여그서는 공자 왈이니 맹자 왈이니 하는 쓰잘데기 없는 거 몰라도 자기 분야에서 최고면 모두 우대합니다유. 조선에 있을 때 사농공상이니 뭐니 하면서 도공은 사람대접도 안 해 주길래 지는 그저 그게 어쩔 수 없는 세상 이치이고 세상 어디를 가나 그럴 것이다 체념하고 살았는데, 여그 와서 보니 왜국은 물론이고 수많은 다른 나라들이며 세상천지에 사농공상이란 헛소리를 하는 나라는 조선밖에 없었다는 것을 알게 되었습죠.

사람 사는 것과 전연 상관없는 소리만 외우고 지껄이는 자들이 우리를 무시하고 착취하고 거들먹거리는 꼴을 보지 않아도 되니 속이 시원했습니다유. 여그도 선비라는 자들이 있지마는 여그서는 오히려 젤로 하급으로 칩니다유."

"말조심하라! 인의예지가 사람을 사람답게 살게 해 준다는 것을 모르는가!"

권준이 꾸짖었다. 부장들의 눈이 한층 더 사나워졌다. 도공은 조금 움츠러들긴 했으나 하던 말을 계속 이어갔다.

"여그 사람들이 좀 무식하고 거칠긴 혀도, 점잖은 척, 깨끗한 척하면서 뒤로는 기생방에서 오입질이나 하고, 우리 같은 사람들 수탈하고, 당파니 뭐니 하면서 서로 죽고 죽이기나 하는 사람들보다 백배는 낫습죠. 지는 여그서 잘살고 있습니다유. 평생 여그서 살고 싶습니다유."

"뭐야? 이놈이 죽으려고 환장을 했나?"

우치적이 칼을 빼 들었다. 이삼평은 천성이 겁이 없는 사람인지 외국에 잡혀 오면서 이미 모든 것을 초탈하였는지, 죽일 테면 죽이라는 태도로 눈썹 하나 까딱하지 않았다.

"그만하게!"

순신이 우치적을 엄히 꾸짖었다.

"장군, 저런 놈을 살려 두실 작정이십니까!"

우치적이 칼은 내렸지만, 여전히 분을 못 이겨 하며 말했다.

"그게 어디 저 사람 탓이겠는가? 양반과 상민을 나누고, 또 양민과 천민을 나누고, 사농공상이라 하며 사람을 차별하면서 또 그걸 두고 국가의 근본이니 기강이니 하는 것이 옳은 것인가! 저 사람이 그리 생각하는 것도 무리는 아닐세."

"장, 장군……."

왜란 때에도 양천 구분 없이 병사를 뽑고 같이 훈련시키면서, 똑같이 대우하고 똑같이 존중하여, 양천 모두 하나가 되어 나라를 지키도록 한 순신이었다. 이삼평의 말이 거칠고 투박했으나 순신은 그 마음을 십분 이해했다.

"이 도공, 자네 뜻 알겠네. 좋을 대로 하게."

"감사헙니다유, 장군! 감사헙니다유!"

이삼평이 엎드려 연신 머리를 땅에 찧으며 절했다.

"장군!"

이삼평이 나가고 나자 부장들이 외치며 항의의 눈빛을 비치었다.

"내 제장들의 마음 모르는 바 아니네. 그러나 나라가 백성들을 붙잡아 두고자 한다면, 스스로 좋은 나라가 되고, 살기가 좋은 나라가 되어야지,

억지로 겁박하여 붙잡아 둔다고 되겠는가.

사람이란 모름지기 자기가 태어난 곳, 자기가 태어난 나라에 자연히 애정을 갖기 마련이네. 그래서 웬만해서는 자기가 태어나 살던 곳에 계속해서 살고자 하는 것이 인지상정이란 말일세. 그런데 그런 애정을 내던질 정도로 그 나라가 싫고 다른 나라로 가고 싶어 한다면, 그건 그 사람의 잘못이 아니라 그 나라의 잘못이라 할 것이네. 그리고 그가 무슨 죽을 죄를 지었다고 그를 처형하겠으며, 억지로 붙잡아 둔다고 해서 또 언젠가는 다시 왜국으로 가지 않겠는가?"

순신이 차분히 말했다.

"허나, 장군……."

"그저 내버려 두게."

부장들은 여전히 못마땅한 표정이었지만 더 이상 아무 말도 하지 못했다.

깨부수고 또 깨부수고

선조 32년 5월 12일.
도원수 원균이 파왜병장을 울렸다.

그 무렵 원균 군은 정총병 부대를 앞세워 작은 고을들을 차례로 점령하면서 광도히로시마성을 향해 진격하고 있었다.

천지에 신록이 덮여 흐르는 푸른 강과 더불어 아름다운 풍광을 자아내고 있었다.

"쾌적한 곳이군. 미개한 오랑캐들이 살기에는 아까운 땅이다."

원균이 경치에 감탄하였다.

"참으로 그렇습니다."

기효근이 맞장구를 쳤다.

왜의 척후병 몇몇이 나타났다가 쫓아가면 사라지고, 또 나타났다가 쫓아가면 도망가기를 몇 차례 했을 뿐 진군하는 내내 별다른 저항이 없었다.

어느덧 저기 멀리 광도성이 어렴풋이 보였다. 어느새 날이 어두워지고 병사들도 지쳐 더 행군할 수 없을 듯했다.

"오늘은 여기서 묵는다."

원균이 명령했다.

병사들이 천막을 치고 숙영 준비를 했다.

"장군, 어떤 전략으로 싸우실 생각이십니까?"

김수가 물었다.

"우리가 예까지 당도했는데도 아무 대응이 없는 걸 보면 농성을 할 모양이네. 그렇다면 우리는 공성을 해야겠지. 성주란 놈은 지금껏 코빼기도 안 보이는 걸 보니 무서워 벌벌 떨며 성안 구석에 숨어 있는 걸 게야. 이번 싸움도 쉽겠구만, 하하하!"

원균의 말을 듣고 있는 하신은 미심쩍은 표정을 감출 수 없었다.

조선군은 하루라도 빨리 광도를 차지하고자 하는 원균의 조급함에 연일 강행군을 하여 탈진하는 병사들이 속출하는 상태였다.

안예휘원은 그 세력이 왜국의 영주들 중에서도 다섯 손가락 안에 꼽히는 대영주였다. 충분히 대항할 전력이 있으면서도 이제까지 아무 저항도 없었던 데다가, 지속적으로 적의 척후가 조선군의 행군 속도와 병사들의 상태를 파악하고 갔고, 풍문으로 들은 안예휘원의 의뭉스러운 성격에 미루어 보아 필시 무슨 계략을 꾸미고 있는 것이 틀림없었다. 골몰히 생각하던 하신이 입을 열었다.

"소장이 왜에 있으면서 들으니, 적장 안예휘원은 느릿느릿하고 덕스럽고 인자해 보이지만, 속은 능구렁이 같이 교활하고 음흉한 구석이 있는 자라고 합니다. 더구나 척후들 말로는 성안 병사들의 움직임이 심상치 않다고 합니다. 광도 근처에서 기습을 하려는 것이 아닌가 합니다."

"느릿하고 인자하다? 물렁하고 맹물 같은 놈이겠구만. 별 것 아니야."

원균이 내뱉었다.

"경적필패라 하였는데, 긴장을 늦추지 않으시는 것이⋯⋯."

"지금 나를 가르치려 드는 겐가?"

"그런 것이 아니오라, 그저 조심하자는 뜻에서……."

"됐네! 그 소심한 것 하고는……. 장수가 그리 소심해서 되겠는가? 병사들 사기 떨어뜨리는 소리 하지 말고 시키는 대로만 하게!"

원균이 짜증스럽다는 듯이 대답했다.

원균의 태도에 하신은 가슴이 답답해졌다. 간언을 해도 도무지 들으려 하지 않으니 소나 말도 그보다는 나을 것만 같았다. 하신이 다시 한참을 망설이다 말을 꺼냈다.

"저, 그럼 소장은 조금 떨어진 곳에서 야영해도 되겠습니꺼?"

"뭐?"

하신의 말에 원균이 눈구석으로 하신을 쳐다보며 인상을 썼다.

"마음대로 하게!"

원균은 면박을 주기도 귀찮다는 듯 심드렁하게 대꾸하였다. 그리고는 고개를 절레절레 흔들면서 병사들이 막 세우기를 완성한 지휘관 막사로 들어가 버렸다.

지칠 대로 지친 병사들은 불을 피워 밥을 지어 먹고는 맥이 풀려 이내 곯아떨어졌다.

야심한 밤, 새들도 깊은 잠에 빠져있을 무렵, 광도성의 성문이 조심스럽게 열렸다. 그리고 끝도 없이 쏟아져 나온 그림자들이 조선군의 진지를 향해 움직였다. 어느덧 그림자들이 조선군의 진지를 에워싸고, 이어 왜말로 내려지는 명령.

"발사!"

"탕탕탕탕!"

총소리가 미몽에 빠져 있던 병사들을 깨웠다.

"왜군이다! 기습이다!"

다급히 외치던 목소리는 곧 외마디 비명과 함께 잦아들었다. 자다 깬 조선 병사들이 우왕좌왕하며 어쩔 줄을 몰라했다.

"무, 무슨 일이냐!"

원균이 변복 차림에 칼만 빼든 채 막사 밖으로 뛰쳐나왔다. 이쪽으로 달려오는 적군들의 말발굽 소리가 우레와 같이 울렸다. 어림잡아 수만 명은 되어 보였다. 적은 갈고리줄을 던져 진영의 목책을 넘어뜨리더니 기마병들이 그대로 진영 안으로 뛰어들었다.

적들이 불을 질러 막사가 불타고, 칼 부딪히는 소리, 비명소리, 말 울음소리로 진지 안이 순식간에 수라장이 되었다.

"물러서지 마라! 싸워라!"

원균이 병사들을 독려했지만, 불시의 기습을 당한 조선 병사들은 정신을 차리지 못하고 있었다. 갈팡질팡하던 병사들은 제대로 싸워 보지도 못한 채 하나둘 왜병의 총과 칼에 쓰러져 갔다.

김수와 기효근의 부대도 모두 왜군에 포위되어 있었다. 진지가 함락되고, 부대가 궤멸하는 것은 시간문제인 듯 보였다.

그때였다.

"와아!"

한 무리의 병사들이 함성을 지르며 측면에서 엄습해 왔다. 정면에서도 밀리고 있는 상황에서 측면에서도 공격을 받게 된 조선 병사들이 아연실색했다.

"장군, 전세가 기운 것 같습니다!"

김수가 원균에게 다급히 말했다. 원균은 전의를 상실하고 달아날 준비를 했다.

"원균 장군!"

그런데 그때 측면에서 달려오던 군대에서 익숙한 목소리가 들려왔다.

"장군, 송 장군입니다!"

김수가 반가움을 감추지 못하고 외쳤다.

"장군! 조금 늦었습니다!"

하신은 미리 태세를 갖추고 기다리다가 성문이 열리고 적군이 나왔다는 척후의 보고를 받자마자 이쪽으로 달려온 것이었다.

"아, 송 장군!"

원균은 눈물이 날 뻔하였다. 이제껏 하신이 그렇게 반가울 때가 없었다.

"아군이다! 송하신 장군이다!"

가뭄에 단비를 만난 풀들처럼 조선군 병사들의 사기가 치솟았다.

"공격하라! 모두 쓸어 버려라!"

용기백배해진 원균이 병사들에게 호기롭게 외치었다. 도망가던 병사들이 뒤돌아서 왜군을 공격하기 시작했다. 순식간에 전세가 역전되고 조선군이 왜군을 밀어붙이기 시작했다.

정면과 측면에서 협공을 받은 왜군이 버텨 내지 못하고 후퇴하기 시작했다.

"쫓아라! 한 놈도 살려 두지 마라!"

"탕탕탕탕탕."

대열을 정비한 정총병 부대가 달아나는 적들을 향해 정총을 발사했다.

"두두두두둑."

수천 구의 총신에서 발사된 총알이 왜병들의 머리에, 목에, 등에 날아가 박혔다. 도망가던 왜병들이 그대로 풀썩풀썩 쓰러졌다.

"탕탕탕탕탕."

정총 포수 2열의 발사. 총알이 말을 타고 달아나던 왜장의 등을 관통했다.

"아악!"

왜장은 가슴을 내밀고 등을 활처럼 구부리더니 이내 말 아래로 굴러떨어졌다. 그 모습을 본 왜병들이 질겁을 하며 무기마저 내던진 채 성을 향해 줄달음질 쳤다.

"쫓아라!"

기효근이 군사들을 이끌고 왜병들을 쫓았다. 왜병들이 열린 성문 안으로 도망쳐 들어갔다. 아직 왜병의 1, 2할 정도가 아직 성안으로 들어가지 못했는데 시나브로 성문이 닫히기 시작했다.

조선 병사들이 뒤처진 왜병들을 시살해 들어갔다. 미처 들어가지 못한 왜병들이 고개를 돌려 쫓아오는 조선 병사들을 보더니 성을 향해 울부짖었다.

"열어 줘! 열어 줘!"

외침을 들었는지 성벽에 한 왜장이 나타났다.

"열어 주십시오! 제발 열어 주십시오!"

왜병들이 애처롭게 외쳤다. 성벽 위의 왜장이 손짓으로 명령을 내렸다. 성문 밖의 왜병들은 문을 열어 주라는 표시인 줄 알고 반색을 하며 기뻐하였다.

그리고 성벽 위에 일제히 나타나는 조총병들. 쏟아지는 조총 세례. 성으로 들어가지 못한 왜병들과 그들에 바짝 붙어 쫓아가던 조선 병사들이 총을 맞고 쓰러졌다.

"멈춰라! 물러서라!"

기효근이 다급히 외쳤다. 조선 병사들이 급히 추격을 멈추고 뒤로 물러났다. 성의 수비는 굳건해 보였고, 조선 병사들은 그동안의 행군과 야간 전투로 지친 상태였다.

"진으로 돌아간다!"

기효근이 군사들을 거두어 돌아왔다.

진에서는 병사들이 왜병들의 시체를 쌓은 뒤 수급을 베어 모으고 있었다. 병사들이 죽은 왜장의 시체를 원균 앞으로 옮겨 왔다.

"투구를 벗겨 보라!"

병사들이 투구를 벗기자 약관을 조금 넘은 듯한 젊은 왜장이 입에 피를 흘린 채 죽어 있었다.

"이 자가 누구냐?"

원균이 사로잡은 왜병에게 물었다.

"*모리 데루모토의 차남 모리 나리타카*안예휘융*입니다요.*"

"아들을 내보내고 자신은 성안에 숨어 있는 걸 보니 안예휘원이란 놈은 참으로 겁쟁이로고, 하하하하! 이놈의 목을 베어 성안으로 들여보내고 항복하지 않으면 모조리 이 꼴이 날 것이라 전하라!"

"네!"

군관이 대답하고 물러갔다.

원균은 문득 뒤에 서 있는 하신의 존재를 인식했다. 민망함에 차마 몸을 돌려 하신을 똑바로 바라보지 못하였다.

"송 장군, 수고했네, 에헴!"

원균은 하신을 제대로 보지도 않은 채 마지못해 내뱉고는 황급히 막사로 들어갔다.

기효근과 김수가 하신에게 고개 숙여 감사 인사를 했다. 그 뒤로 그들은 하신을 전과 같이 보지 않았다.

* * *

막사로 돌아온 하신은 자신의 예상이 옳았음과 처음으로 거둔 대승의 전과에 만족스럽고 유쾌한 기분이었다. 그런데 그런 유쾌함만으로는 설명할 수 없는 묘하고 야릇한 기분이 하신을 사로잡고 있었다.

하신은 그동안 대부분의 지휘관이 그러하듯 후선에서 지휘만을 하여 왔었다. 필요하면 간간이 원거리에서 활로써만 공격할 뿐이었다. 그러나 오늘은 아군이 포위된 급박한 상황에서 멀리 물러나 지휘만 하고 있을 수는 없었다. 칼을 빼 들고 앞장서서 적진으로 뛰어들어 닥치는 대로 왜병을 베었다.

하신은 침상 끝에 앉아 두 손을 천천히 펼쳤다. 피가 잔뜩 묻은 채 말라붙어 있었다. 두 손은 낮의 전투에서의 흥분으로 아직도 떨림이 멈추지 않고 있었다. 한 손으로 다른 한 손을 꽉 잡아 떨림을 멈춰 보려 하였다.

칼들이 부딪치는 소리, 고함 소리, 비명 소리, 적과 아군을 분간하기 어려운 혼전 속, 왜병을 벨 때의 그 손의 느낌, 그 쓰러지는 왜병의 눈빛, 왜병의 피가 얼굴에 튀고 그것을 닦기 위해 손으로 문지르던 때 코에 스치던 그 피의 냄새……. 왜병을 벤 것도, 사람을 벤 것도, 모두 처음이었다. 가슴속 깊은 곳에서 무언가가 스멀거리는 듯한 느낌이었다.

하신은 물대야로 가서 얼굴과 손에 묻은 피를 씻고 또 씻었다. 피는 씻겼으나, 배어든 피 냄새는 씻어도 씻어도 가시질 않았다.

더 씻기를 포기하고 침상에 누웠다. 심장이 계속해서 무섭게 고동쳤다. 하신은 그 미칠 것 같은 흥분으로 새벽녘까지도 잠들지 못했다.

다음 날 원균 군은 광도성을 향해 진격했다. 저 멀리에 광도성이 보였다. 조선의 성이 가로로 안정감 있고 튼튼하게 지어진 것과 달리, 왜의 성은 산꼭대기를 잘라 내어 평평하게 만들고 그 위에 돌을 쌓고 다시 그 위에 목재로 높이 지은 모양이었다. 그 바깥쪽에 성벽을 만들고, 그 앞에 다시 해자를 파고 강물을 끌어다 채워 접근을 어렵게 해놓았다.

"헛, 저것 보십시오. 성이 산 위에 있습니다."

기효근이 신기해 하며 말했다.

"성을 왜 저리 산 위에다, 그것도 또다시 높게만 세웠는가?"

원균이 그들 중에 왜를 가장 잘 아는 하신에게 물었다.

"왜는 동서남북으로 나뉘어 백여 년간 전쟁을 하고 있는데, 영주다이묘들끼리 서로 습격을 하여 죽이는 경우가 다반사입니다. 적들을 막고 피하기 위해 험한 산 위에다 성을 짓고, 몇 달이고 성안에서만 살면서 수성할 수 있게 식량과 무기를 비축해 둡니다.

그리고 맨 꼭대기 천수각에는 우두머리가 사는데, 천수각에 들어가서도 또다시 우두머리가 사는 꼭대기 층까지 이르기 매우 어렵도록, 한 사람이 겨우 통과할 만한 통로를 하나만 만들고 몸을 숙여야 겨우 들어갈 만하게 만듭니다.

목재도 조선이 튼튼하고 오래가는 것을 쓰는 데 반해 왜인들은 가볍고 날렵한 걸 쓰는데, 그 이유를 물으면 '전투가 벌어지면 금방 또 불타 없어질 것을 튼튼하게 오래가게 지으면 무얼 합니까.'라 합니더."

"같은 나라 사람들끼리 그리 서로 못 믿으니, 칼에 찔려 죽기 전에 말라 죽겠습니다. 그려."

곁에서 듣고 있던 김수가 소회를 보탰다. 하신이 계속 말을 이었다.

"방금 말씀드린 것처럼, 왜성이 그토록 적의 침입을 염두에 두고 만들 어졌으니 바로 직접 뛰어들어 공격하는 것은 위험할 듯합니더. 원거리에 서 공격하여 충분히 부순 뒤 돌격해 들어가야 할 것 같습니더. 목재로 가 볍고 얇게 만들었으니 포로 공격하면 쉽게 부서질 듯합니더."

하신이 의견을 표했다. 지난 전투 이후 아닌 척을 하면서도 하신의 말 에 고분고분 귀를 기울이는 원균이었다.

"좋다. 여봐라, 투석기를 횡대로 배치하여 돌을 퍼부어라."

이윽고 병사들이 거대한 투석기를 끌고 왔다. 조선에서부터 그 부품을 싣고 와 상륙 후 제작한 것들이었다.

이윽고 투석기 10여 대가 일렬로 나란히 배치되었다.

"준비!"

명령과 함께 투석기들의 팔이 뒤로 한껏 제쳐졌다.

"발사!"

이윽고 뒤로 제쳐진 10여 개의 팔들이 순서대로 앞으로 힘껏 내던져졌 다.

"쿵, 쿵, 쿵."

한 아름은 되는 돌들이 하늘을 가르며 날아가 성벽에 떨어졌다.

성안에 틀어박힌 왜군들이 성벽의 대포 구멍을 통해 대포를 쏘며 응전했다.

"쾅."

그때였다. 갑자기 성벽의 포혈 하나가 폭발했다. 조선군은 영문을 알지 못해 어리둥절했다.

"무슨 일이냐?"

원균이 놀라서 물었다.

"대포 하나가 터진 것 같습니다."

기효근이 유심히 보더니 대답했다.

"뭐야? 멍청한 놈들, 하하하!"

원균이 왜군의 실책을 깔보며 웃어댔다. 총을 먼저 도입한 것과는 대조적으로 당시 왜의 화포 기술은 한심한 수준이었다.

"우리도 대포를 쏴라! 진정한 대포가 어떤 것인지 왜놈들에게 보여 줘라!"

원균이 명했다.

대포부대가 2열 횡대로 전진했다.

"준비! 발사!"

"콰콰콰콰쾅!"

조선군의 천·지·현·황자총통이 불을 뿜고 성벽을 박살냈다. 이어 조선 병사들이 대완구에서 비격진천뢰 수백 발을 발사했다. 비격진천뢰 철구가 성벽 안으로 날아들어 잠시 후 여기저기서 터지며 주위의 적병들을 수십 명씩 살상했다.

장군전과 대장군전, 차대전도 날아가 성벽에 박혔다. 건물의 지붕에 떨어진 것들은 그 폭발과 동시에 집이 통째로 날아가 버렸다.

조선군이 화력을 쏟아부은 지 얼마 지나지 않아 부서질 대로 부서진 왜성의 천수각 한 귀퉁이가 무너져 기울기 시작했다.

"계속 퍼부어라!"

성벽이 부서지는 모습에 통쾌해진 원균이 병사들을 더욱 재촉했다.

"쿠르르릉."

무자비하게 퍼부어댄 지 얼마 뒤, 옆으로 기울어 있던 천수각이 마침내 굉음을 내며 쓰러졌다. 높이 솟은 천수각이 무너지는 모습은 장관이었다. 장병들은 공격을 멈추고, 한동안 그 광경을 넋을 놓고 바라보았다.

원균은 왜성이 무너지는 모습을 보자 칠천량에서 왜군에 침몰된 조선 전선 백여 척의 원수를 갚아 준 듯 속이 시원해졌다.

"다 네놈들 업보니라, 하하하하!"

원균이 호호탕탕하게 웃어댔다.

"장군, 성안에서 더 이상 응전이 없습니다."

"뭐야, 다 죽은 겐가? 정탐병을 보내 알아보게!"

정탐병이 돌아와 성의 뒷문이 열려 있고 성안에는 아무도 없음을 보고했다.

"성을 버리고 달아났나 봅니다."

김수가 말했다.

"내뺐구먼! 하하하! 성으로 들어간다!"

원균의 군대는 아무 저항도 받지 않고 광도성을 무혈 점령했다. 현저한 화력의 차이를 직접 체험한 왜군은 그 이후 농성을 하지 않았다.

원균의 군대가 성문을 통과해 성으로 들어갔다. 성 안으로 들어가니 왜군의 아장으로 보이는 자들 몇몇이 할복해 죽어 있었다.

"살기를 좋아하고 죽기를 싫어하는 것은 사람이라면 다 같은 정인데, 어찌 왜놈들은 살기보다 죽기를 좋아하는 겐가? 도망가지 않고 자결한 것은 명예를 지키려 한 것인가?"

원균이 눈살을 찌푸리며 하신에게 물었다.

"아입니다. 왜국은 온 나라가 싸움 나라인지라 전투에 패해서 돌아가면 어딜 가나 퇴박을 받고, 어떤 영주도 기용하려 하지 않습니다. 사람들은 손가락질하며 사람 취급을 하지 않습니다. 혼인도 못 하는 것은 당연하고 자식들의 혼사길 마저도 막혀 버립니다. 혼자 쓸쓸히 죽는 길밖에 없습니다.

그렇게 살다 죽으니, 차라리 적과 싸우다가 죽어 버리는 것이 낫다고 여겨 죽자고 달려들고, 지면 어차피 죽기보다 더 비참하게 살 터이니 스스로 배를 가르고 죽어 버리는 것입니다. 특별히 용감해서가 아니라 제도와 풍습이 그리 내모는 것이고, 이를 악물고 덤벼드는 것은 저절로 그런 분위기에 휩싸이고 법령으로 옭아매어 놓았기 때문입니다. 달리 별수가 없기 때문이오, 원래 용감한 족속이라 그런 것은 아닙니다.

결국 실상은 저를 위해 그러는 것이지 결코 제 주인을 위해 그러는 것도 아닌 것입니다. 그래서 장군이라고 해 보았자 별것 없는 자들이지만 죽자 살자 싸워 주는 무리들을 갖게 되는 것이고, 군졸들도 부실하고 부실한 무리들이지만 적을 만나 죽자고 싸우게 되는 것입니다."

"그럼 그렇지. 왜놈들이 뭐 별수 있겠나."

원균이 콧방귀를 뀌며 말했다.

"제 목숨을 귀하게 여길 줄 모르니 다른 이의 목숨도 풀벌레 목숨 보듯 하며, 그리도 잔인한가 봅니다."

기효근이 말했다.

"저도 들은 바가 있는데, 저잣거리에서 서로 치고받고 싸우다가 분이 안 풀려 칼을 들고 쫓아가서 목을 베어 버리고 배를 갈라 버리면, 이후 '저 사람이 그 용감한 사람이래. 훌륭하다. 장부일세, 대장부일세.' 하면서 칭송하고, 서로 그 사람의 자식들을 사위, 며느리로 삼으려 달려든다 합니다. 또한 얼굴에 칼 흉터가 많은 자를 용감한 사람으로 친다고 하니 더 말해 무엇 하겠습니까."

김수가 옆에서 거들었다.

"왜놈들이란 참 말종들이야."

원균이 경멸스럽다는 듯 표정을 찡그리고는, 혀를 차며 고개를 절레절레 흔들었다.

성안의 화려한 장식과 처음 보는 진귀한 물건에 병사들은 신기한 듯 두리번거렸다. 성안에는 왜군이 도망가며 그대로 내버려 두고 간 식량, 말

먹이, 재화가 가득 쌓여 있었다.

승리에 고무된 원균은 창고의 식량을 풀고, 병사들을 시켜 근처 농가에서 소, 돼지를 뺏어 오라 하여 잔치를 벌였다.

"모두 마음껏 먹고 마셔라!"

병사들의 박수와 환호에 기분이 좋아진 원균은 재물 상자 하나를 가져오게 했다.

"여기 왜군에게서 노획한 재물이 있다. 나는 전쟁에서 얻은 재물을 혼자 차지하는 장수가 아니다. 부하들과 모두 나누겠다!"

원균이 재물을 한 줌씩 쥐어 병사들에게 뿌렸다. 옥구슬이며 금반지며가 날아들자 병사들이 서로 엉키어 줍기에 여념이 없었다. 사실 이미 가장 귀하고 값나가는 것들은 원균 자신이 두둑이 챙겨 놓은 뒤였다.

"나를 위해 계속해서 용맹스럽게 잘 싸워 준다면 앞으로도 매번 이런 재화들이 너희에게 쏟아질 것이다!"

"원균 장군 만세! 만세!"

병사들이 두 팔을 들어 올리며 함성을 질렀다.

한참 술판이 벌어져 있을 때쯤, 적을 추격하러 보낸 병사들이 한 무리의 왜녀를 붙잡아 왔다. 치아를 검게 물들인 왜녀들이 밧줄에 묶인 채 끌려왔다.

그중에 성장을 한 여자가 있었는데, 안예휘원의 딸이라 했다. 시녀들과 함께 도망을 가려다 미처 멀리 가지 못하고 잡혀 온 것이었다. 원균이 흟

어보니 그 안예휘원의 딸이라는 여자가 절색이었다.

"저년을 내 막사로 데려오라. 내 적에 대해 긴히 물어볼 것이 있느니라."

원균이 탕기를 머금은 눈으로 왜녀를 바라보며 명하였다. 행군 내내 매일 왜녀를 잡아오라 해서 동침하던 원균이었다. 부하들이 벌벌 떨고 있는 그 여자를 원균의 막사로 끌고 갔다. 여자의 흐느낌이 거세졌다.

같은 시각 하신은 왜의 무기고를 찾고 있었다.

왜에 있을 때부터 왜의 칼로 훈련을 하던 하신은 왜의 칼에 관심이 많았다. 왜국은 그야말로 칼의 나라였다. 왜인들은 천년 묵은 칼이 아니면 칼로 치지도 않고. 6-7백 년은 되어야 '쓸만하다.'고 하며, 새 칼은 '그걸 어따 써.'라고 하며 거들떠보지도 않았다.

무기고는 성의 맨 꼭대기 깊숙한 곳에 있었다. 문을 열고 들어가자 바닥에 놓인 상자 안에 칼들이 잔뜩 쌓여 있고, 벽면에는 상자 안의 칼들보다 좋아 보이는 칼들이 가로로 걸려 있었다.

더 깊숙한 곳으로 들어가자 장막이 처져 있었는데, 조심스레 장막을 걷자 그 안에 숨겨진 밀실이 나타났다. 하신은 놀라워하며 안으로 들어갔다. 밀실 안에는 다른 것은 아무것도 없이 오직 검 하나만이, 벽을 뚫고 튀어나온 듯한 용머리 두 개 위에 단정히 놓여 있었다. 밀실 안에 빛이 없음에도 검 주위가 밝은 것이 검이 스스로 빛을 내뿜는 듯했다.

천천히 팔을 뻗어 검집 채로 검을 들어 올렸다. 그리고 천천히 검의 손잡이를 쥐고 검집에서 검을 빼 들었다. 검은 깃털처럼 가벼워 작은 어린아이라도 쉽게 들 수 있을 것 같았다. 왜의 칼은 조선검과 달리 모두 휘어져 있고 끝이 더 뾰족했다. 그런데 이 검은 직선으로 되어 있어 조선검과 같아 보였다. 다른 왜의 칼들이 아무리 오래 사용해도 왠지 손에 익지 않았던 반면 이 검은 쥐자마자 오랫동안 사용한 검인 듯 손에 착 감겨 왔다.

검을 자세히 들여다보니 글자가 새겨져 있었다. 하신은 천천히 그 글자를 소리 내어 읽었다.

"부여지혼 난망근초고왕은夫餘之魂 難忘近肖古王恩."

신비하고도 야릇한 기분을 느끼며 검을 허리에다 찼다. 하신은 마치 수백 년간 자신의 검이었던 것 같은 익숙함과, 오래전 잃어버린 혈족을 다시 만난 것 같은 반가움에 기분 좋은 흥분에 휩싸였다.

* * *

다음 날, 원균은 어젯밤의 숙취에서 아직 깨어나지 못하고 있었다. 정신을 차리려 바람을 쐬고 있던 원균 앞으로 하신이 잡혀 온 포로들을 끌고 왔다.

"어찌 하오리까?"

"무얼 어찌해? 다 죽여."

원균이 귀찮다는 듯 대답했다.

"예? 항복한 포로들이 아입니꺼? 항복한 포로는 죽이지 않는다고 배웠습니더!"

하신이 놀라 반발했다.

"뭐야?"

"무기도 들지 않은 항거불능인 자를 벨 수는 없습니더."

하신이 단호하게 말했다.

"이놈들이 처음부터 스스로 원하여 제 발로 찾아와서 항복했는가? 우리에게 기습해 와서는 우리 병사들을 베어 죽이면서 싸우다가, 불리해지니 어쩔 수 없이 항복한 놈들 아닌가? 전투가 저놈들에게 유리했으면 저놈들이 어떻게 했겠는가? 계속 공격해서 우리 군사들을 죽였을 것 아닌가? 다 죽여!"

"허나……."

"자네, 무장이 그렇게 무르고 마음이 약해서 어디다 쓰나? 답답한 사람참! 시키는 대로 해! 명령이야!"

무슨 낌새를 알아차렸는지 포로들이 울먹이기 시작했다. 하신은 아무리 원수 같은 왜놈들을 다 죽여 버리겠다 나섰던 것이지만 막상 무기도 없이 벌벌 떨고 있는 포로들을 보니 마음이 망설여졌다. 하신은 고개를 돌려 그들을 외면한 채 병사들에게 포로들을 집행장으로 끌고 가라 명하였다.

혀를 차던 원균이 무슨 짓궂은 생각이 떠올랐는지 간악한 미소를 지었다.

"아, 잠시."

원균이 돌아서 가던 하신을 멈춰 세웠다.

"자네가 여기서 직접 죽이게."

"예?"

"지금 여기 이 자리에서 자네가 직접 죽이라 하였네."

"허나……."

조선말을 알아듣지 못하는 왜병들이 대화하는 두 사람을 불안하게 쳐다보고 있었다. 하신이 원균과 포로들을 번갈아 쳐다보며 한참을 갈등했다.

"자네 지금 항명하는 겐가? 하라는데 중언부언 뇌까리는 것은 명을 거역하겠다는 것으로 간주해도 되겠지? 군령을 거역하면 어찌 되는지는 잘 알고 있을 텐데?"

원균이 으름장을 놓았다. 어쩔 수 없어진 하신은 마음을 단단히 먹기 위해 눈을 감고 이를 악물었다.

"이힉! 살려 주시오! 살려 주시오! 이렇게 항복하지 않았소!"

하신이 칼을 빼 들자 포로들이 질겁을 하며 애원하기 시작했다. 왜말을 알아들은 하신은 그 말에 잠시 멈칫했다. 시퍼런 칼날에 사방의 횃불이 비치어 마치 칼이 살아 움직이는 뱀처럼 보였다.

"획."

하신의 칼이 공기를 갈랐다. 하신의 얼굴에 피가 흩뿌려졌다. 애원하던 포로 한 명이 털썩 쓰러졌다. 다른 왜병들이 기겁을 하며 도살장에 끌려가는 돼지처럼 울부짖었다. 첫 포로를 베자 다음은 쉬웠다. 하신은 미친 듯이 칼을 휘둘렀다.

포로들의 몸에서 뿜어져 나온 피가 하신의 온몸을 뒤덮었다. 얼굴에 튀어 흐르는 피를 손으로 닦자 피비린내가 코를 찔렀다.

"하하하하! 좋아, 좋아! 그렇게 하는 거야. 계속해!"

원균은 숫처녀를 범한 양 묘한 기분에 호방하게 웃으며 막사로 들어갔다.

* * *

그날 밤 포로를 모두 죽이고 돌아온 하신은 불편한 기분을 지울 수가 없었다. 그러나 불편함의 정체가 무엇인지 도무지 알 수가 없었다.

그것은 해서는 안 될 일을 했다는 죄책감이었다. 그것은 죽기 전 벌벌 떨고 있던 포로들의 모습에 대한 안타까움이었다.

그리고 그것은 다름 아닌 희열이요, 쾌감이었다. 그것은 환희요, 승리감이었다. 아버지를 해한 원수 왜놈들, 그리도 잔악하고 의기양양하던 왜병들이 벌벌 떨며 애원하는 모습, 그런 그들을 직접 자신의 손으로 베는 후련함, '그래 이제 당하는 입장이 되어 보니 어떠냐.'는 통쾌함이었다. 떨고 있는 왜병들을 베는 짜릿한 손맛은 전투에서 달려드는 적병을 베는 것과는 또 다른 쾌감이었다.

그리고 다시 그것은 항거불능인 자들을 죽이고 희열을 느꼈다는 자괴감이었다. 그리고 그것은 무장으로서의 도의를 저버렸다는 후회였다.

하신은 교차되는 감정이 혼란스러웠다. 마음속이 소용돌이쳤다. 이 불편함은 아직 남아 있던 그 무엇인가가 완전히 걷혀지기 전 마지막 발악을 하는 것일까. 하신 자신도 자신의 마음을 알 수가 없었다. 하지만 한 가지 분명한 것은 그 발악이, 그 불편함이 점점 잦아들고 있다는 것이었다.

하신은 피로 뒤덮인 겉옷을 하나씩 벗었다. 포로들의 피를 뒤집어쓰다시피 한지라 속옷에까지 피가 흥건했다.

'아, 이런!'

항상 옷 안 깊숙이 품고 다니던 나무칼에까지 피가 스며들어 있었다. 하신은 황급히 대야로 가서 나무칼을 물로 씻고 신경질적으로 문질러 댔다.

'이런! 이런!'

아무리 씻고 문질러도 나무칼에는 이미 핏물이 깊이 베어 핏자국이 지워지지 않았다.

* * *

선조는 지난 꿈이 자꾸만 생각나 찜찜한 기분을 지울 수가 없었다

'백성들은 여전히 내가 죽기 없어지기를 바라는가?'

파천길, 환도길 내내 욕하며 노려보던 백성들의 모습이 떠올랐다.

선조는 답답한 마음에 안뜰로 나왔다. 안개가 자욱하고 해무리가 져 낮인데도 밤과 같이 느껴졌다. 자신의 삶에도 마치 해무리가 낀 듯 갑갑한 삶이었다.

선조는 바깥 공기를 마시며 음울한 마음을 가까스로 추스르고 나서 어

전으로 향했다.

"전하! 원균이 광도에서 대승을 거두었다 하옵니다!"

선조가 어좌에 앉자마자 윤두수가 기다렸다는 듯이 큰 소리로 아뢰었다.

"그래요?"

침체되어 있던 선조가 벌떡 몸을 일으키며 윤두수의 말을 반겼다.

"이대로라면 왜의 수도를 점령하는 것도 시간문제라 하옵니다!"

"장하구려! 참으로 장하구려!"

어둡던 선조의 얼굴에 생기가 돌았다.

남벌군이 출정한 후 선조는 공납을 줄이고, 세제를 개편하고, 암행어사 제도를 실시하여 탐관오리를 벌하고, 왕실에서 아낀 물자를 풀어 구휼하는 등 이반된 민심의 되돌리기 위해 갖은 노력을 다하였지만, 싸늘하게 식어 버린 민심은 선조의 노력을 차갑게 외면하였다.

선조는 어떻게든 남벌군이 연승을 거두고 있는 이때를, 이 기세를 이용해야 한다 여겨졌다.

"그간 민심을 회복하기 위해 갖가지 노력을 기울였으나 모두 허사였소. 남벌이 성과를 거두어 백성들도 기뻐하고 있을 이때 민심을 되찾기 위한 보다 확실한 방법이 있어야 할 것 같소."

윤두수가 그동안 민심을 되찾고자 하는 선조의 수고와, 그 수고의 부질 없음을 지켜보며 궁리해 온 바를 제안하였다.

"전하, 근본적으로 백성은 언제나 군왕에게 충성하여야 하며, 군주가 어떠하다고 하여 충성하고, 군주가 어떠하다고 하여 충성을 다하지 않아서는 아니 되는 것입니다.

전하께서 그간 그토록 애쓰셨음에도 백성들이 여전히 그 성은을 깨닫지 못한다면 그것은 전하의 잘못이 아니라 백성들의 잘못이라 할 것입니다."

선조는 그런 윤두수의 말을 듣자 다소나마 위안이 되는 것 같았다.

"백성들 스스로 충심을 회복하지 않는다면, 충심을 회복하게끔 해야 할 것이옵니다."

"흠, 어떻게 말이오?"

윤두수의 말에 솔깃해진 선조가 물었다. 선조가 자신의 말에 귀를 기울이자 고무된 윤두수가 신이 나서 말을 이어 갔다.

"전란을 거치면서 우리 조선의 정신적 기반인 성리학의 질서가 흐트러졌습니다. 백성들의 머릿속에 이 숭고한 성리학의 질서를 다시금 새기도록 하여야 할 것이옵니다.

왕실에 충성하는 자를 표창하여 본을 보이고, 과거시험에서도 학식이 많은 자보다도 군왕과 왕실에 대한 충심을 깊이 이해하는 자를 등용하도록 하시옵소서.

충효비와 열녀비를 세워 그 아비와 지아비에게 하듯 왕실과 주상전하를 대하도록 하시고, 아울러 매년 효자와 열녀들을 선정해 상을 내리시옵소서. 그들을 기리는 비를 세우게 하시고, 그들의 미담을 이야기로 만들어 널리 알리도록 하시옵소서. 그러면 무너진 질서가 다시 바로 서게 될 것이옵니다."

'아예 백성들의 머릿속을 씻어 낸다……'

선조는 윤두수의 제안의 취지를 이해했지만, 왕실에 대한 민심을 강제하한다는 것 자체가 썩 내키지가 않았다.

'내가 변변치 못한 임금이라 억지 충성을 강요한다 여기면 어떡하나……'

그러나 모든 방법이 무위로 돌아간 이제는 별 다른 도리가 없다고 여겨졌다.

"그리하시오."

"성은이 망극하옵니다."

성균관의 학자들에게 이치에 대한 탐구, 민생에 대한 궁리보다 왕실에 대한 절대 충성을 강조하는 사상을 강화하도록 하는 지시가 내려졌다.

각급 교육기관 및 국가기관에서는 오직 왕실에 대한 충성만을 앵무새처럼 되읊는 자들을 우대하고 그런 자들만을 관리로 채용하였다.

전국 곳곳에 실제 있었던, 그리고 실제 있지 않았던 충심과 효성이 뛰어난 자, 그리고 열녀들을 기리는 비가 세워졌다.

* * *

소서행장을 격파하고 비후 지방을 평정한 순신은 웅본에 의승장 영규를 남겨 순수좌와 더불어 왜인들의 민심을 다스리도록 하고 우토우토를 향해 진군했다.

순신은 언제나 한 번 군사를 움직이기 전에 두 번 세 번 정찰을 했다. 앞으로 갈 곳뿐만 아니라 이미 지나온 곳도 정찰했다. 완벽히 안전하다고 생각되어야 다음 지점으로 이동하고, 완벽히 안전하다고 생각되어야 숙영을 했다. 숙영을 할 때도 야간 보초 병사들을 다른 모든 일과에서 면제해 보초에만 집중할 수 있게 하고, 진지 입구뿐 아니라 전방 수십 리까지 보초를 두었다.

순신의 이러한 빈틈없음에 왜군들은 기습이나 매복을 감행하려야 할 수가 없었다. 그 덕분에 순신의 군대는 며칠에 걸친 행군을 하며 연일 야영을 해도 안전할 수 있었다.

* * *

늦은 밤. 경도의 복견성후시미성. 한 밀실.

"조선군이 고바야카와 히데아키소조천수추와 고니시 유키나가소서행장, 모리 데루모토안예휘원를 멸망시켰다는군."

흑전장정구로다 나가마사이 가등청정에게 말했다.

"뭐? 쇼군께서는 알고 계시는가?"

"그렇네."

"뭐라고 하시던가?"

"아직 아무 말도 없으시네."

"도대체 언제 움직이실 작정이신 게야!"

가등청정이 초조함을 내뱉었다. 흑전장정도 불안한 표정인 것은 마찬가지였다.

"혹시 차도살인지계를 생각하시는 게 아닐까?"

"차도살인지계?"

"조선군이 히데요시의 잔당들과 싸우게 내버려 둔 다음, 누가 이기든 싸우다 지친 놈을 잡는다, 이 말이야."

"오호라! 손 안 대고 코 푼다, 그 말이군! 하하하하!"

가등청정이 경망스럽게 웃어댔다. 흑전장정도 회심의 미소를 지었다.

* * *

"빨리빨리 걷지 못해?"

조선의 군관이 포승줄에 줄줄이 묶여 걷고 있는 왜병 포로들을 닦달했다. 왜병들은 피골이 상접한 모습으로 기진맥진하여 가쁜 숨을 내쉬고 있었다. 제일 상태가 좋지 않던 왜병 포로 하나가 입에 거품을 물고 길바닥에 쓰러졌다.

"일어나! 당장 일어나!"

군관이 칼을 뽑아 들었다. 군관이 고함을 질러도 포로는 쓰러져 신음소리를 내기만 할 뿐 쉽사리 일어나지 못했다.

"당장 일어나지 않으면 베겠다!"

군관이 칼을 빼 들며 소리쳤다.

"무슨 일인가?"

소란이 일자 순신이 다가왔다.

"이놈이 땅바닥에 주저앉아서는 일어날 생각을 안 합니다! 더 이상 지체할 수가 없어 베어 버리려던 참이었습니다."

"항복한 포로를 베다니 그게 무슨 소리인가!"

"그, 그것이……. 우리 행군에 지장을 주는지라."

그때 또 다른 왜병 포로 하나가 무어라무어라 악을 쓰며 지껄였다.

"무어라 하는가?"

"물 한 모금 마시지 못해 서 있을 힘도 옶다며, 죽일 테면 죽이라 하므니다."

순신 곁에 있던 군관 준사가 통역했다.

"물 한 모금도 마시지 못했다? 그게 사실인가?"

"그것이……. 우리 병사들 먹을 것도 넉넉지 못한 판에 포로들에게까지 줄 수는 없지 않겠습니까?"

"아무리 그래도 물 한 모금도 안 주었다는 게 말이 되는가!"

"어차피 우리 부모, 형제, 처자식을 죽인 금수 같은 놈들 아닙니까?"

가만히 혼나고만 있던 군관이 가슴에 맺힌 말을 털어놓았다. 왜란 중에 왜적에게 어머니를 잃은 군관이었다.

"그래서 죽어 버리든 말든 상관없다는 것인가?"

"저는 지금 당장이라도 이놈들 모가지를 다 베어 버리고 싶습니다!"

순신이라고 그 마음을 모르지 않았다. 순신도 왜적들의 손에 아들을 잃은 아버지요, 수많은 부하 장병들을 자기 손으로 묻어야 했던 장수였다.

"내 자네의 심정 모르는 바 아니네. 허나 항복하여 무기도 없는 포로들을 죽이는 것은 법도에 어긋나는 것이야."

"우리 조선 사람들을 잔인하게 죽이던 왜병들이 아닙니까? 짐승 같은 놈들에게 법도가 웬 말입니까! 모조리 목을 베어도 시원찮을 마당에. 우리는 군인이지 승려가 아니지 않습니까?

"그렇다고 무작정 죽인다면 우리도 똑같은 금수가 되는 것이네. 그들도 그들의 우두머리에 의해 징집된 자들이 아니던가. 대부분이 우두머리들의 명령에 따라 멋도 모르고 끌려온 자들이네."

"징집되었거나 명령에 의해서였거나 어쨌거나 조선 사람들을 죽인 놈들 아닙니까?"

군관이 터져 나오는 울분을 참지 못하고 대거리를 했다.

"좋네. 자네 말대로 이자들을 도의적으로 대할 수 없다고 하세. 그러나 전략의 견지에서 생각해 보더라도 포로들을 죽이면 어찌 되겠는가?

우선, 우리가 항복한 포로를 죽이면 저들도 우리의 포로를 죽일 것이네. 전투의 승패란 장담할 수가 없는 것인데 만약 패해서 우리 병사들이 포로로 잡혔을 때, 구출하기도, 포로 교환을 하기도 전에 모두 목숨을 잃게 될 것이네.

또한, 우리가 항복한 포로들을 모두 죽인다는 소식은 적에게도 들어갈 것이네. 그렇게 되면 적들은 전세가 기울어 승산이 없더라도 항복해 오지 않고 더욱 극렬하게 저항할 것이네. 어차피 우리 손에 죽느니, 차라리 싸우다 죽을 각오로 싸우는 것이네. 쥐도 궁지에 몰리면 고양이를 문다 하였네. 그러면 어찌 되겠는가? 진작 항복할 자들도 끝까지 결사항전할 것이고 그러면 이긴다 하더라도 우리 군의 피해가 더욱 커질 게 아닌가. 어렵게 승기를 잡는다 한들 죽을 각오로 덤벼드는 적에 대해서는 승패도 장담하기 어렵네. 그래도 죽이고 싶은가?"

"……."

"어찌 하나만 알고 둘은 모르는가? 그렇네. 나도 자네도 승려가 아니라 군인이네. 허나 도의로서만 그러는 것이 아니란 말이네!"

"장군님은 분하지도 증오스럽지도 않으십니까? 복수하고 싶은 마음도 없으십니까?"

순신의 말을 듣고서 조금은 누그러진 군관이 남은 울분을 마저 토했다.

"내 어찌 뼈에 사무친 원한이 없겠는가. 어찌 왜병들을 모조리 죽여 원한을 달래고 싶지 않겠는가. 그러나 전쟁이란 게 어디 원한만으로, 감정만으로 이기는 것이던가. 조선은 이 전쟁에 사활을 걸었네. 우리는 반드시 이겨야만 하네. 단 한 수도 잘못 둘 수 없네. 사소한 잘못이 쌓여 패착이 되는 것이네. 포로는 죽이지 않을 것이네. 알겠는가?"

"예……."

"내 자네의 마음을 모르는 바 아니니, 오늘의 항명은 없었던 일로 해 주겠네. 그러나 또다시 항명하는 날에는 내 군율에 따라 엄히 다스릴 것이야!"

"송구합니다……."

군관이 고개를 숙였다.

"지금부터 병사들 먹는 양의 절반은 주게."

"예……."

군관이 순순히 대답하였다.

* * *

지난 왜란에서 왜군은 포로로 잡은 조선사람들을 모두 왜국으로 끌고 왔다. 그 수는 수만에 달했다. 풍신수길은 그들이 한데 모여 있으면 힘을 합쳐 반항할 것을 두려워해 왜국 각지로 흩어 보내었다.

순신의 군대가 행군하는 길 곳곳마다 왜인들에게 포로로 잡혀 있던 조선사람들이 도망쳐 와 순신의 군대에 의탁했다.

도망쳐 온 조선사람 중 한 명이 순신 앞에 엎드려 울면서 애걸복걸했다.

"장군, 저희 가족 좀 구해 주시라요!"

"흠, 어디에 있는가?"

"장기나가사키에 붙잡혀 있습네다!"

장기는 조선에서 포로로 잡혀 온 조선사람들이 왜국 각지로 보내지기 전 일차적으로 수용되었던 곳이었다. 왜란의 막바지 풍신수길이 죽고 영주들 간에 권력 쟁투가 시작되면서 왜장들 사이에서 이곳에 포로들이 있다는 사실조차 잊혀져 버렸다. 포로수용소에 갇힌 채로 잊혀져 버린 그곳의 조선사람들은 식량조차 배급받지 못하고 참혹한 생활을 이어 가고 있었다.

순신은 척후를 보내 장기의 사정을 알아보았다.

"경비병의 수는?"

"5백 명 정도라 합니다."

"군사 2천은 장기로 포로를 구출하러 간다. 이 수사와 우 부사는 나머지 군사를 이끌고 계속 우토로 진군하게."

"예!"

이입부와 우치적의 대답을 뒤로하고, 순신은 군사들을 이끌고 장기로 향했다. 포로수용소의 왜군 경비병들은 조선군이 다가가자 조총을 난사하기 시작했다. 그러나 그 날아오는 총알에서조차 겁을 잔뜩 먹고 있다는 것이 느껴질 정도로 총질은 힘도 기세도 없었다. 총소리는 점점 드문드문 줄어들더니 잠잠해졌다.

조선군은 왜군 경비병들이 모두 도망쳐 버린 수용소에 들어가 가축처럼 우리에 갇혀 있던 포로들을 모두 구출해 내었다. 왜군들이 얼마 전부터 식량이 부족하다며 먹을 것을 주지 않아 서 있을 기력조차 없는 포로들은 병사들이 문을 열어 주어도 뛰쳐나올 힘조차 없었다.

포로들과 가족들이 재회하며 눈물바다가 되었다.

"돌이 어마이!"

"돌이 아바이!"

돌이아범이 포로 중에서 아내를 찾아내었다. 같은 사람인지 알아보기도 힘든 뼈와 가죽밖에 남지 않은 모습이었다.

"돌, 돌이는?"

한참을 부둥켜안고 눈물을 흘리던 돌이아범이 걱정스러운 목소리로 물었다.

"그거이……."

아내의 퀭한 눈에 눈물이 고였다.

"……?"

"먹을 것이 없어서리 굶다가…… 며칠 전에……."

돌이어멈이 흐느꼈다.

"하아……."

돌이아범이 고개를 젖히며 탄식하였다. 돌이아범의 눈에서 눈물이 흘렀다. 그 모습을 보던 순철과 만섭도 가슴 아픈 탄식을 내뱉었다. 돌이아범과 의병들이 돌이의 시신을 수습하여 양지바른 곳에 묻어 주었다.

"저희도 함께 싸울 수 있게 해 주십시오."

풀려난 자들 중 일군의 젊은 남자들이 순신의 군대에 함께하기를 자원하였다. 그동안 진군하는 길에 도망쳐 와 합류한 포로들에 장기의 포로들까지 합쳐져 순신의 군사는 만 5천에 달하게 되었다. 이들 중에는 왜의 지리에 밝은 자들이 많아 큰 도움이 되었다.

장기는 외국인 왜국 중에서도 생경한 곳이었다. 동양의 것과 남만의 것이 섞인 듯한 건물들이 늘어서 있었고, 거리의 상점에도 서역의 물건인지, 남만의 물건인지 모를 생소한 물건들이 팔리고 있었다. 그리고 그 부두에는 범선이라 불리는 크고 신기하게 생긴 배들이 정박해 있었다.

장기성에는 왜, 남만의 것뿐 아니라, 유구, 여송의 문물들까지 한데 모여 있었고, 동물 우리에는 앵무새, 코끼리, 기린, 극락조, 공작과 같은 이국의 금수들도 있었다.

특히 장기에는 '출도데지마'라는 인공섬이 있었는데, 이곳에는 왜의 흔적도 살펴볼 수 없는 판연히 다른 남만의 건물들이 늘어서 있었다. 장기에는 수천 명의 남만인들이 살고 있었는데 남만인들은 주로 이곳에 거주하고 있었다.

낯선 군대에 겁을 먹었는지, 남만인들은 모두 건물 안으로 숨어들어 밖으로 나오지 않았다.

다음 날 남만인들의 우두머리로 보이는 자들이 조선군의 주둔지를 찾아왔다. 그들은 머리카락의 색도 눈동자의 색도 가지각색이었다. 이들의 말을 알아듣기 위해 이들의 말에서 왜말로, 왜말에서 다시 조선말로 통역해야 했다.

그들은 자신들이 화란이라는 남만의 나라에서 왔으며, 자신의 직위와 이름이 총독 상관장 빌렘 볼허, 차관 니콜라스 드 로이라고 하였다. 장기특히, 출도는 자신들의 나라와 왜가 무역을 하는 무역기지라고 하였다.

이들은 순신의 막사에 들어서자 순신 앞에 한쪽 무릎을 꿇고 장기에 있는 남만인들의 안전을 보장해 줄 것을 청하였다.

"우리 조선군은 왜를 파괴하러 온 것이 아니다. 아무 상관도 없는 남만인들을 해하러 온 것은 더더욱 아니다. 평소대로 생활하면 된다."

순신이 답하였다.

남만인들은 고개 숙여 감사를 표한 뒤 감사의 표시라면서 황금과 이러
저러한 물건들을 바쳤는데, 그중에는 세계지도, 망원경, 시계, 자전거 같
은 신기한 물건도 많았다.

  남만인들이 돌아간 후 순신은 그들이 바치고 간 외래의 물건들을 직접
집어 관찰해 보고, 쌓여 있는 난학 서적들을 열어 읽어 보았다.

  '이것이 남만의 기술이고 문화로구나. 왜는 진작부터 이들과 교류하며
이러한 문물들을 받아들이고 원래의 것들과 조화하는 법을 깨치고 있었
구나. 그동안 조선만 우물 안의 개구리였던가⋯⋯.'

  남만의 기술과 문화는 순신에게 많은 생각을 하게끔 하였다. 순신은 지
금 이 시간에도 분명 밤과 낮을 가리지 않고 왜란 이후, 그리고 남벌 이후
조선이 나아갈 길만을 고민하고 있을 성룡에게 장기에서 보고 듣고 느낀
모든 것들을 적어 보내었다.

  그리고 성룡도 기꺼이 그리고 감사히 순신이 보내오는 서신들과 남만
의 서적들을 탐독하였다. 그의 눈앞에 조선이 나아갈 길이 펼쳐졌다.

* * *

  광도를 점령한 원균의 군대는 다음 목적지인 강산오카야마을 향해 진군하
고 있었다. 복산후쿠야마 근처에 도달했을 무렵, 군량을 담당하는 군관이 와
서 보고했다.

  "장군, 군량이 얼마 남지 않았습니다."

"무어? 어찌하여 벌써 군량이 모자란단 말이냐? 본국에서 군량이 오지 않았더냐?"

"아닙니다. 본국에서는 전과 동일하게 차질없이 군량을 보내 주고 있습니다."

"그런데 왜? 왜 군량이 부족하다는 게냐?"

"그것이……, 그동안 군량을 너무 무절제하게 사용한 바람에……."

"내가 군량을 펑펑 썼다 이 말이냐?"

원균은 전쟁에는 병사들의 사기 진작이 가장 중요하다면서 매일 같이 잔치를 열며 식량을 방만하게 운용하였고, 결국 군량이 이를 버텨 낼 리 없었던 것이었다.

"그, 그런 것이 아니라……."

"듣기 싫다! 그럼 왜놈들 논밭에서 베어 오면 되지 않느냐!"

"수확철도 아닌데다가, 왜군들이 청야^{적군이 식량으로 사용하지 못하도록 논밭을 모두 불}
_{태우고 퇴각하는 전술}를 하고 가는 바람에……."

군관이 울상을 하였다.

"이런 제길!"

원균이 인상을 찡그리더니 장수들을 불러 말했다.

"자네들은 지금 병사 1만씩을 이끌고 주변 일대 민가를 샅샅이 훑어 군량을 모아 오게. 곳간 바닥을 싹싹 긁어서라도, 먹은 것을 토해 내게 해서라도 어떻게든 마련해 오게. 알겠는가!"

"예!"

기효근과 김수가 대답하고 나갔다. 하신이 함께 나가지 않고 그 자리에 서 있었다. 원균이 불만스레 물었다.

"자네는 나가지 않고 무어 하나?"

"전쟁 중에 양민을 약탈할 수는 없습니다."

"뭐? 약탈? 이 사람 아직 정신 덜 차렸구먼! 왜놈들이 무슨 양민이야! 그놈들 것 뺏는 게 무슨 약탈이야! 눈에는 눈, 이에는 이라 하였네. 왜놈 들은 조선 백성들을 약탈하지 않았던가? 병법에서도 전투 지역에서 군량 을 해결하는 것이 최상의 군량 조달이라 하였네. 잔말 말고 긁어 와!"

"그라믄 우리와 왜놈들이 다를 게 뭡니꺼?"

"그 사람 참 말 많구만! 당장 가지 못해? 명령이야!"

하신은 명령을 거역할 수 없어 마지못해 밖으로 나섰다.

왜의 농가에는 빈곤이 만연해 있었다. 왜인들의 삶은 주거도 의복도 열 악하기 그지없었다. 이미 왜의 영주들이 샅샅이 훑어가서 이마저도 빼앗 아 가면 정말 굶어 죽는 수밖에는 없을 것만 겨우 남아 있었다.

왜의 농민들이 울고불고 매달렸다. 병사들이 저항하는 농민들을 두들 겨 패고 짓밟았다. 하신은 고개를 돌려 그 모습을 외면했다. 왜병 포로들 은 적어도 아군 병사들을 공격해 살해하고, 무고한 조선인들을 해치던 적 병이었다 하겠지만, 이들은 정말이지 아무런 죄 없는 농민들일 뿐이었 다.

한 늙은 농부가 기어와 하신의 바짓가랑이를 붙잡았다. 울면서 애처롭 게 올려다보는 농부의 눈과 하신의 눈이 마주쳤다. 가슴이 쓰렸다. 하신의 가슴속에 마지막으로 남은 무엇인가가 발악했다. 이를 악물고 농부의 눈을 외면했다. 이를 악물고 가슴속에서 발악하는 그것을 외면했다.

하신이 그 늙은 왜인을 뿌리치자 병사들이 와서 왜인을 때리고 밟으며 끌고 갔다.

'그렇다. 나는 명령에 따를 뿐이다. 저 자가, 저 자의 아들이, 저 자의 아비, 저 자의 형제가 왜병이 되어 아버님을, 조선 사람들을 살해한 것이다. 저 자가 곧 왜병이고, 저 자가 곧 원수이다. 저 자들의 식량도 의복도 어차피 수많은 조선 사람들을 죽인 도적놈들의 것이다. 나는 벌 받아 마땅한 사람들을 벌하고 있는 것뿐이다. 아무런 죄책감도 들지 않는다. 아무런 죄책감도 들지 않는다! 그렇다. 눈에는 눈, 이에는 이다!'

쓰려 오던 마음이 편안해졌다. 울고불고하는 농민들도 이제 모두 아버지를 죽인 원수의 얼굴로 보였다.

"빨리빨리 하지 못해!"

하신이 꾸물대는 병사들을 독촉했다. 그리고 직접 칼을 뽑고는 애원하고 울부짖는 농민들을 베어 쓰러뜨렸다. 더 이상 빼앗을 것이 없자 하신은 마을에 불을 지르고 진영에 복귀했다. 마을이 불타는 모습을 보자 속이 후련해지는 것도 같았다.

막사로 돌아온 하신은 웬일인지 몸에서 악취가 나는 것 같았다. 황급히 세숫대야로 가서 물을 끼얹고 신경질적으로 얼굴과 손을 문질러 댔다. 그 악취는 씻어도 씻어도 가시질 않았다.

＊ ＊ ＊

군량을 확보한 원균은 다시 동쪽으로 진군하고자 했다. 병사들은 오래도록 먹고 쉬어 무거워진 몸을 이끌고 진군 준비를 하였다.

원균의 곁에서 무언가 한참을 망설이던 하신은 며칠 동안 속으로만 생각하던 것을 털어놓았다.

"장군."

"무슨 일인가?"

"북쪽에도 적이 있으니 저는 북쪽에 주둔한 적을 소탕하면서 진군해도 되겠습니꺼?"

하신은 원균이 두려웠다. 아니, 원균의 곁에서 점점 변해가는 자신의 모습이 두려웠다. 자꾸 나쁘고 삐뚤한 생각만이 머리에 떠올랐다. 머릿속의 빛이 꺼지고 검고 두터운 장막이 가로쳐지는 듯 먹먹하고 어두컴컴해지는 느낌이었다. 그것이 원균 때문인지 다른 이유 때문인지 하신은 알 수 없었다. 그러나 최소한 원균 때문이라면 원균과 멀어지면 괜찮아지리라.

"북쪽의 적을 남겨 두면 후환이 있을 수도 있을 것 같습니더."

하신이 변명인 듯 진심인 듯 덧붙였다. 원균은 입바른 소리만 해대고, 고분고분하지도 않은 하신이 슬슬 귀찮게 여겨지던 차에 그 말이 오히려 반가웠다.

"흠, 그렇게 하게. 2만 명을 이끌고 북쪽 길로 해서 신호로 오게."

원균은 망설여지고 다소 아쉽다는 듯한 거짓 어조로 대답했다.

그렇게 하신은 2만 명을 이끌고 송강마쯔에을 거쳐 신호로 가는 길을 취했고, 원균 휘하 7만 명의 군사는 강산오카야마을 거쳐 신호로 향하는 길을 취해 나아갔다.

북쪽 행로는 산지가 많아 지세와 지형이 무척 험했다. 송강으로 가기 위해서는 삼차미요시를 거쳐야 했는데 삼차 일대는 전부 울창한 숲으로 뒤덮여있었다.

숲속에는 사람 키 높이로 잡목이 우거져 있어, 하신의 군대는 잡목을 베어 가며 길을 만들다시피 하며 행군해야 했다.

삼차성 주변에 다다르자 척후가 와서 적의 상황을 알렸다.

"적은 성문을 굳게 닫아걸고 성벽 위에서 태세를 갖추고 있습니다."

"농성을 하려는 것이군. 군사가 얼마나 되어 보이더냐?"

"주변에 사는 왜 백성의 말로는 1만 명 정도 된다 합니다."

"흠……."

숲을 뚫고 나오자 드러난 삼차성은 마치 철옹성과 같아 보였다. 성벽은 높고 견고해 보였으며, 험한 협곡을 등지고 지어져 있어 삼면이 모두 접근이 불가능하였다. 더구나 산안개까지 끼어 요새와 같은 그 성은 어떤 신비감과 외포심마저 느끼게 했다.

성으로 들어가는 유일한 길은 정면으로 접근하는 방법밖에는 없었다. 그런데 정면에는 해자를 이중으로 깊게 파고 물을 대어 성벽으로 접근하기조차 어려워 보였다.

왜병들은 조선 병사가 해자에 조금만 다가가기만 해도 조총을 난사해 댔다. 조선 정탐병 몇몇이 섣불리 접근하여 해자를 건너 보려 했다가 삼분의 일도 채 건너지 못한 채 총알 세례를 받았다. 죽은 조선 정탐병들의 시체가 해자에 둥둥 떠올랐다.

"수적으로 두 배인데 밀어붙이시는 것은 어떻겠습니까?"

군관이 말했다.

"흠……. 저 성은 몇 배 정도의 수적 열세는 거뜬히 이겨 낼 성이네. 설령 함락시킬 수 있다 해도 아군 병사는 몇 남지 않게 될 것이네. 이번 전투는 마지막 전투가 아니네."

하신은 한참을 골똘히 생각하였다.

'해자, 성벽, 나무…….'

무언가 떠오른 듯한 하신이 명을 내렸다.

"나무를 베어 성벽과 나란히 일렬로 쌓아라. 나무들 사이에 생가지를 충분히 섞어 넣어라. 그리고 모두들 윗옷을 벗어 그 안에 흙을 채워라."

군관은 수수께끼 같은 하신의 막연한 명령을 받고는 고개를 갸웃거리며 병사들에게 영을 전달하러 갔다.

2만의 병사들이 나무를 베어 모으니 금세 나무 장작이 산더미처럼 쌓였다. 그리고 이튿날 조선 병사들이 각각 윗옷에 흙을 채워 만든 흙 주머니를 허리춤에 차고 손에는 각 방패를 쥐어 든 채 전투태세를 갖추었다.

산안개가 짙게 낀 가운데, 하신이 손짓을 하자 쌓아 올린 나무에 일제히 불이 붙었다. 나무에 섞어둔 생가지 때문에 검고 탁한 연기가 솟아올랐다. 자욱한 산안개와 검은 연기가 뒤섞여 한 치 앞도 분간하기가 어려웠다.

성벽 위에 있던 왜군들이 연기에 눈이 따가워 눈물을 흘리고 연신 기침을 해댔다.

"조선놈들! 우리를 숨이 막히게 해서 죽일 작정인가!"

성벽 위의 왜병들은 다른 곳으로 연기를 피하지도 못하는 채 욕설만 뱉어댔다.

왜병들이 한참을 콜록거리며 정신을 차리지 못하고 있는데, 갑자기 우르르 산을 뒤흔드는 듯한 소리가 났다. 왜군은 눈앞에 아무것도 보이지 않은 채 들리는 소리에만 의지해 상황을 파악해 보려 했다. 시야는 막힌 채 소리만 점점 더 커지니 왜병들의 불안감은 극도에 달했다. 왜병들은 두려움에 연기를 향해, 허공을 향해 총질을 해댔다. 그러나 왜병들의 덧없는 총소리는 스스로를 더 두렵고 불안하게 만들 뿐이었다.

그리고 한참 뒤, 서서히 연기가 걷히기 시작했다. 왜군들은 다행이라고 생각하면서도, 그사이 무슨 일이 벌어졌는지 참을 수 없는 초조함에 걷히는 연기 사이로 고개를 빼 들고 기웃거렸다.

그러나 아직 남은 연기가 채 모두 걷히기도 전인 그때, 갑자기 여기저기서 비명 소리가 들리기 시작했다.

"아악!"

"털썩."

"아악!"

"털썩."

여기저기서 들려오는 알 수 없는 소리들에 왜병들의 공포심은 극도로 치달았다.

연기가 더 걷히고 서서히 주변이 보이기 시작하는 순간, 왜병들 코앞에는 하늘에서 떨어진 듯, 젖은 천으로 입과 코를 가린 조선 병사들의 모습이 나타났다.

"조, 조선군이다! 조선군이 성벽을 넘었다!"

왜병들은 목청이 터져라 외쳐댔지만 이미 성벽은 조선군 천지였다. 제대로 저항도 해 보지 못한 채 쓰러진 왜병 하나가 기를 쓰고 기어가 성벽 아래를 내려다 보았다. 성벽 아래에는 이미 깊고 깊던 해자가 흙 주머니로 모두 메워져 있고 조선군이 그 위를 딛고 밀물처럼 밀려들고 있었다. 성벽에는 이미 구름사다리를 놓고 오르는 조선군들의 군복 색깔로 인해 시퍼렇게 뒤덮여 있었다.

이어서 들려오는 쿵쿵 하는 소리. 그 소리가 난 지 얼마 지나지 않아 와지끈하고 커다란 무언가가 부서지는 소리. 그리고 울먹이는 듯한 절망적인 외침.

"성벽이 뚫렸다! 조선군이 밀고 들어온다!"

왜병의 조총탄이 집중적으로 쏟아지는 가운데 방패를 우산처럼 쓴 조선 병사들이 귀신머리가 달린 통나무 파문기로 성벽을 부순 것이었다.

성문을 돌파한 조선군은 성안 곳곳까지 들이닥쳐 저항하는 왜병들을 시살했다.

악을 쓰며 소리를 지르던 왜장은 전세가 완연히 기운 것을 느끼자 성 뒷문을 열고 산 쪽으로 도주했다. 이를 본 왜병들도 일제히 왜장을 따라 도망가기 시작하였다.

"쫓아라!"

하신은 병사들에게 소리쳐 명한 뒤, 직접 말을 타고 왜병들을 추격했다.

성 뒤쪽의 숲은 심히 울창하여 왜병들이 숲속으로 들어가자마자 왜병들의 모습이 순식간에 시야에서 사라졌다. 더 이상 말이 들어갈 수 없을 만큼에 이르자 하신은 말에서 내려 계속해서 왜군을 추격했다.

한참을 추격하던 중 하신은 갑자기 섬뜩한 냉기를 느끼고 그 자리에 멈추었다.

"정지!"

앞서가던 병사들이 멈추어 섰다. 병사들이 의아한 듯 하신을 돌아보았다. 같이 추격해 들어가던 군관이 하신에게 와서 상기된 어조로 말했다.

"장군, 어찌 멈추시는 겝니까? 승기를 잡았을 때 밀어붙여서 섬멸해야 하지 않겠습니까?"

군관이 답답한 듯 가슴을 치며 말했다.

"앞쪽 숲길 양쪽에 살기가 있다."

하신이 계속 전방의 숲을 주시하면서 말했다. 군관이 하신의 눈길이 향한 곳을 바라보았다. 군관에게는 아무것도 보이지도, 느껴지지도 않았다. 그저 지금까지 지나쳐 온 숲과 별 다를 바 없는 나무요 풀만이 우거져 있을 뿐이었다. 군관이 불신의 눈으로 하신을 바라보았다.

"정총병 부대 1열 횡대 발사 준비."

하신이 목소리를 낮춰 명령을 내렸다. 정총병들이 얼떨결에 대형을 이루었고, 군관은 이게 무슨 헛짓거리인가 싶어 답답하고 갑갑했다.

하신이 팔을 들었다가 내리자 일제히 발사되는 정총.

"타타타타타타탕."

"아악! 아악! 으악!"

숲속에서 보이지 않는 비명소리가 끊임없이 울려 퍼졌다. 이어 우르르 도망치는 발소리. 군관과 병사들이 천천히 조심스럽게 숲속으로 들어가자 그곳에는 셀 수 없이 많은 왜병의 시체들이 총을 맞고 죽어 있었다. 군관이 입을 다물지 못했다.

"숲이 너무 깊고 험하다. 또 어떤 위험이 도사리고 있을지 모른다. 성으로 철수한다!"

병사들이 군말 없이 하신의 뒤를 따랐다. 군관이 하신의 모습을 눈부시게 올려다보았다.

* * *

"전하, 이순신이 소조천수추와 소서행장을 연이어 격파하고 구주 남쪽으로 진격하고 있다 하옵니다."

성룡이 감격에 겨운 듯이 승전 소식을 전하였다.

"그렇구려."

대꾸를 하는 선조의 말이 별 감흥이 없는 듯 담담했다.

'그가 이기면 무얼 하나. 백성들은 여전히 나를 지지리 못난 임금으로 여기고 있거늘…….'

선조는 가까스로 평소 생활을 회복하기는 하였으나 모든 일에 의욕을 잃은 듯했다. 성리학의 이념으로써 민심을 강요해 보려 했던 시도도 결국 모두 백성들의 비웃음으로 돌아올 뿐이었다.

"원균을 구해 내고 또다시 스스로도 공을 세우니 이순신은 참으로 훌륭한 장수입니다. 상찬하시옵소서!"

이덕형이 청했다.

선조는 아침에 받았던 초라한 수라가 생각났다. 남벌군에 군량을 대기 위해 어떤 날은 흰죽으로만 끼니를 때우기도 할 정도였다. 선조는 자신은 이렇게 긴축하여 힘들게 지내고 있는데 다른 사람만 칭송을 받고 있었다. 고생해서 남 좋은 일만 시키는 건 아닌가 하는 고약한 기분이 들던 중 그 말을 듣자 갑자기 부아가 치밀어 올랐다.

"누가 훌륭한 장수인지 모르는가!"

"전하, 신은 그저…….."

이덕형이 당황하여 고개를 조아렸다.

"자꾸 반복해서 이순신을 치하하는 저의가 무어요? 과인을 능멸하려는 게요? 그래, 그는 훌륭한 장수고, 과인은 백성을 버리고 여기저기 쫓겨 다니던 무능하고 비겁한 임금이다. 그는 대장부 영웅이요, 과인은 졸장부, 소인배, 못난 놈이다, 그 말을 하고 싶은 게요 지금? 이젠 대신들마저도 나를 능멸하려는가!"

난데없는 임금의 역성에 이덕형이 어쩔 줄을 몰라 했다.

"신은 그저 전하께서 직접 그 공을 치하하시어 장병들의 사기를 높였으면 하는 마음에서⋯⋯."

"누가 그 공을 모르냔 말이오? 이미 고한 얘기를, 또 하고, 또 하니 그러는 것 아니오!"

"전하, 죽을 죄를 졌사옵니다!"

이덕형이 어전에 엎드렸다.

"죽을 죄를 지었다. 죽을 죄를 지었다. 매 말로만 떠들어 대는 구려. 그래, 어디 정녕 한번 죽어 보시구려!"

선조가 성마른 투로 말했다. 선조는 이제 보이는 모든 사람, 모든 것들, 모든 말들이 마음에 들지 않고 짜증스럽기만 하였다.

"전하, 고정하시옵소서. 우상의 말은 결코 그런 뜻이 아닐 것이옵니다."

보다 못한 성룡이 나서서 임금을 진정시키려 하였다. 선조는 이제 성룡도 꼴 보기가 싫었다.

'이이가 10만 양병을 주장하자 극구 반대하고, 쳐들어오겠다고 위협하는 왜적들과 화친을 주장하던 유성룡이 아니던가. 그런데 유성룡은 이순신을 천거하고 비호했다 해서 이순신과 더불어 칭송받고, 나는 도망만 다닌 머저리 같은 임금이라 비난받는가?'

선조는 더 짜증이 솟구치고 열이 올라 목이 콱콱 막히는 듯했다.

"휴우, 고정하라, 고정하라, 통촉하라, 통촉하라, 지긋지긋하오! 지긋지긋해!"

선조는 어좌를 박차고 일어나 소리를 버럭 지른 뒤, 그 길로 편전을 나가 버렸다.

* * *

윤두수가 저물녘에 비변사 조당에 들어 있었다. 그의 얼굴에는 항상 아무리 감추려 해도 밖으로 드러나고야 마는 알 수 없는 간악함이 서려 있었다.

윤두수는 오늘 낮 어전에서의 일을 유심히 생각했다. 윤두수가 이제껏 셀 수 없이 많은 신하들이 물러나고, 갈리고, 유배당하고, 숙청당했던 조정에서 살아남을 수 있었던 이유는 단 한 가지, 임금이 차마 말하지 못하는 임금의 마음까지 정확히 포착해 내고 가려운 곳을 긁어 주듯 해결해 주는 비상한 능력 때문이었다.

'주상께서는 이순신의 승전 소식에 언짢아하셨다. 그가 이기기를 바라시지 않는다는 것이 오늘 일로서 분명해졌다. 어차피 원균을 구해 낸 이상 이제 이순신은 쓸모가 없지 않은가? 그렇다면⋯⋯?'

임금의 속내를 읽은 노회한 윤두수의 눈이 간사하게 빛났다.

"군량관을 들라 하라!"

윤두수가 아전에게 명했다.

"찾아계시었습니까?"

이윽고 군량 담당 낭청이 조당으로 들어왔다.

"음, 앉게."

낭청이 윤두수의 눈치를 살피며 주섬주섬 자리에 앉았다.

"무슨 일이신지……."

"남벌군 군량 조달이 어찌 돌아가고 있나?"

"원균군 9만 명, 이순신군 1만 명으로 하여 군사 수효에 비례하여 보급하고 있습니다."

"어찌 그렇게 한단 말인가!"

윤두수가 갑자기 언성을 높였고, 쇳소리가 나는 찢어지는 듯한 음색이 방 안에 울려 퍼졌다. 자신의 의사를 관철하고자 할 때 단숨에 상대방의 기선을 꺾어 놓고자 윤두수가 자주 쓰던 방법이었다.

"예? 저는 그저 비변사 회의에서 정한 대로……."

"그게 어찌 회의에서 정한 대로야? 회의에서 이순신 군이 1만이라 정했던가?"

"예? 군사 수효에 비례하여 보급하도록 정한 것으로 알고 있습니다만……."

낭청이 윤두수의 눈치를 살폈다.

"이 사람 큰일 날 사람일세! 비변사 회의에서 결정하기를, 군량을 보급할 때 그 군량을 누구에게 보급하라 하였는가?"

"그야, 우리 조선군에게······."

"그래! 조선군! 우리 조선의 '관군'들에게 군량을 조달하는 게 우리 비변사에서 해야 하는 일이고, 자네 임무도 우리 '관군'들에게 군량을 보급하는 것이란 말이야! 헌데, 그리 배당을 해서 되겠는가? 지금 나라에서 관리들에게 녹봉도 못 주고 있는 형편이라는 걸 아는가 모르는가? 그런데도 그렇게 군량을 펑펑 낭비해?"

"대감, 저는 도통 무슨 말씀을 하시는 것인지······."

"아, 이 우둔한 인사를 보겠나! 이순신의 군대는 관군이 아니지 않은가! 스스로 굳이 나서겠다고 해서 상감께서 겨우 윤허하신 게 아닌가 말이야? 허면, 윤허해 주신 것만으로도 감사해하고, 군량은 자기네들이 알아서 해야 할 것이 아니냔 말일세!"

"그래도 우리 조선군인데 그것은 좀······."

윤두수의 억지에 낭청이 난처한 표정을 지었다.

"그래, 백번 양보해서 이순신 휘하 병졸들이 관군이라 치세. 그래도 어디 근본도 모를 의병 떼에게 나라에서 거둔 세곡을, 관군이 먹을 군량을 내어 준다는 게 될 소린가 말이야!"

"그, 그것이······."

"그 의병 떼들 중에 왜놈들 첩자가 숨어 있을지 어찌 아나? 이몽학, 김덕령이 반란을 일으킨 걸 못 보았나? 어찌 그런 놈들에게 피 같은 우리 세곡을 내줄 수 있단 말이야!"

쉴 새 없이 떨어지는 윤두수의 호통에 낭청은 정신을 차리지 못하였다.

깨부수고 또 깨부수고

"당장 이순신의 군대에 가는 군량을 반으로 줄이게!"

"예? 허나……."

"이 사람이 그래도 말귀를 못 알아듣는구먼. 당장 줄이지 않으면 내 자네를 군량 착복으로 다스릴 것이야! 지급하지 말아야 할 군량을 자네 마음대로 자네가 주고 싶은 자들에게 나누어 줘 버렸으니, 자네가 군량을 유용한 것이 아니고 무언가? 군량 횡령의 죄가 어떤 벌을 받는지는 자네가 더 잘 알고 있겠지?"

윤두수가 으름장을 놓았다.

"알, 알겠습니다……."

좌절된 상식이 고개를 숙이고 굴복했다.

"진작에 그럴 것이지, 그 사람 참. 그래, 그럼 내 지켜보겠네."

단단히 엄포를 놓고는 윤두수는 자리에서 일어나 총총히 조당을 나갔다.

"하아……."

자리에 혼자 남은 군량관 낭청의 마음이 무거웠다.

* * *

"장군, 군량이 반밖에 오질 않았습니다!"

군관 정사준이 순신에게 고했다.

"어찌하여 그런가?"

"전란 후라 소출이 넉넉지 않다 하여 얼마 전부터 본국에서 오는 군량이

준 데다가, 나라에서 지급하는 군량은 관군의 몫만 지급하겠다 합니다."

순신은 순간 분기가 뻗쳐올랐다. 바다 건너 타국에서 나라를 위해 아무 대가도 바라지 않고 목숨을 바쳐 싸우고 있는 의병들이었다. 나라가 그들에게 이렇게 대우할 수는 없는 것이었다. 순신은 주먹을 불끈 쥐었다. 그러나 병사들 앞에서 조정의 결정을 비난할 수는 없는 노릇이었다. 순신은 이를 악물고 가까스로 분기를 누른 뒤 말했다.

"군량이 얼마나 남았는가?"

"그동안 적군에게서 노획한 것이 있어 당장은 염려가 없으나 이대로 계속된다면 얼마 못 가 바닥이 날 것입니다."

"흠, 우선 먹는 양을 좀 줄이게."

"이미 많이 줄인 상태입니다."

"흠……."

"근처 민가에서 조달하는 것이 어떻겠습니까……?"

정사준이 조심스럽게 말하였다.

"자네 지금 무슨 소리를 하는 게야! 약탈을 하자는 말인가?"

봉안이 불을 뿜었다.

"약탈은 아니고 그저……."

"그게 약탈이 아니면 무언가? 가서 곡식을 달라고 애원이라도 할 텐가? 무고한 양민을 약탈하면 우리와 조선을 침략한 왜군들이나 다를 게 무언가! 우리가 이곳에 왜 왔는지 모르는 겐가? 포고령을 잊었는가? 몇 번이나 강조하지 않았던가!"

봉안이 불을 뿜었다.

"소관이 생각이 짧았습니다."

벽력같은 불호령에 정사준이 움츠러들었다.

"그래도 병사들이 계속 굶주린다면 전투가 있기도 전에 모두 쓰러지고 말 것입니다."

"일단 최대한 아껴서 쓰도록 해 보세. 조정에 건의를 하든 차차 방도를 강구해 보겠네."

순신도 정사준이 악한 뜻에서 한 말은 아니라는 것을 알았기에 흥분을 가라앉히고 침착하게 타일렀다.

"예."

정사준은 꽉 막힌 조정이 어떤지 잘 알기에 조정에 건의한다는 말에 회의가 들었지만, 어쨌거나 순신이 이리 완고하니 별수 없었다. 그저 조정의 졸렬한 결정에 한숨만 내쉴 뿐이었다.

* * *

그 무렵 원균의 군대는 강산오카야마을 공격하고 있었다.

왜군은 조선군의 천·지·현·황자총통, 비격진천뢰, 장군전, 대장군전, 차대전, 신기전을 총동원한 월등한 화력에 이제는 정총까지 보유한 조선군의 상대가 되지 못했다. 원균의 군대는 진격하던 기세 그대로 밀어붙여 강산을 점령하였다.

패잔병을 끝까지 추격하여 천여 명을 베었다. 사로잡은 왜장은 산 채로 태워 죽였다. 일대의 민가를 약탈한 뒤 한 채도 남김없이 불태우고 왜인이라고는 눈에 띄는 대로 죽여 없앴다.

"닥치는 대로 죽여라! 왜놈들이 우리에게 했듯이! 특히 젊은 남자는 한 놈도 빠짐없이 모두 죽여라! 그들이 곧 왜병이다! 씨를 말려 버려라! 최대한 많이 죽여라! 최대한 많이 부서라! 최대한 많이 태워라! 다시는 조선을 넘볼 엄두조차 내지 못하도록, 조선군이란 이름만 들어도, 이 원균의 이름만 들어도 오줌을 지리도록 만들어 주어라! 하하하하하!"

원균은 점점 더 악랄해져만 갔다. 충분히 군량을 약탈하여 이제는 군량이 더 필요치 않은데도, 그리고 민가에 더 남아 있는 것이 없다는 것을 알면서도, 계속해서 죽이고, 불태웠다.

원균의 군대가 쌓아 올린 수급이 산처럼 쌓였다.

* * *

우토에서 이입부, 우치적과 합류한 순신은 구주 남쪽을 향해 진군했다.

조선 침략의 전진기지, 명호옥이 위치했던 구주는 풍신수길 정권에 의해 철저히 징집, 징발당하여 가장 심한 피해를 입은 지역이었다.

사내들이 모두 징집된 탓에 논밭은 잡초만 무성했다. 노인과 어린아이들만이 비썩 말라붙은 몰골로 집들을 지키고 있었다. 마을 여기저기에는 굶어 죽은 듯한 시체가 치워 줄 사람도 없는 채 널려 있었다. 한 왜녀가 갓난아기에게 젖을 물려도 젖이 나오지 않아 아기도 여자도 울고 있었다.

'명분 없는 전쟁으로 양국 백성들을 괴롭혔구나.'

순신은 '부디 죄 없는 왜의 백성들을 가여이 여기어 달라.' 간청하던 순수좌의 말이 떠올랐다.

해골과 같은 몰골을 한 백발 노파가 돌부리를 캐 먹다가 조선군의 행렬을 쳐다보았다. 외국의 군대를 보아도 도망갈 생각도 없는 듯했다. 더 잃을 것도 없다는 듯이, 죽일 테면 죽이라는 듯이, 아니 차라리 죽고 싶다는 듯이, 이니 차라리 죽여 달라는 듯이 그저 멍하고 텅 빈 눈으로 지나가는 조선군들을 쳐다볼 뿐이었다.

행군하는 병사들은 지금 이곳이 침략을 받아 피폐해진 조선의 땅인지, 침략을 해 왔던 왜국의 땅인지 분간이 안 갈 정도였다.

"강 공, 왜의 백성들이 어찌 이리 살고 있소?"

"영주들이 사무라이라는 자들을 보내 논과 밭에 나는 거라곤 풀 한 포기마저 뽑아서 쓸어가 버리고, 반항하면 칼로 베고 죽여 버려서, 왜인들은 헐벗고 굶주려 풀뿌리나 캐 먹으며 겨우 연명하고 있는 것입니다."

강항이 설명했다.

"아니 그라모, 대체 우리 조선에서 노략질해 간 것들은 다 어데로 갔는교?"

김완이 기가 찬다는 듯이 말했다.

"왜에서도 예전에는 백성들을 뜯어 가더라도 염치가 있어서 소출의 절반쯤은 농민에게 주었기에 농민이라도 그다지 헐벗고 굶주리는 일이 없었고, 영주들이라고 해 봤자 그다지 풍족할 것도 없었습니다."

강항이 계속 말을 이었다.

"그런데 각 지역 영주들끼리 서로 치고받고 하는 싸움이 심화되면서 그 군비를 대느라 착취가 더욱 심해졌고, 거기에다 풍신수길이 장군ㅅㅎㄱ이 되자 마구 훑고 사납게 구는 버릇이 생겨, 논밭에서 나는 것이라면 겨풀 한 오라기라도 남겨 두지 않고 낱알까지 샅샅이 긁어 갔습니다. 장군들의 배는 나날이 부풀고 곳간에는 곡식이 썩어 나는 반면 농민들의 독 속은 텅텅 비어 굶어 죽어 가고 있습니다.

더구나 왜란 때는 군량 물자를 대느라 착취가 극에 달하고, 장정들은 물론이고 어린애, 노인들까지 끌고 가 싸움을 시키고 일을 시키고, 가서 태반 이상이 돌아오지 않으니 원망이 하늘을 찔렀습니다.

할당량을 꾸어서 내도 부족하고, 세금을 내지 않으면 갚을 때까지 감옥에 가두어 놓고 고문해서 기어이 할당량을 채워 내고서야 놓아주어 배겨 낼 수가 없고, 풍년이 들어도 칡뿌리를 캐어 겨우 연명합니다. 불쌍한 게 애잔한 농민뿐이었습니다.

"어딜 가나 백성들만 죽어 나는구만 기래⋯⋯."

의병장 정문부가 나직이 읊조렸다.

어디선가 뼈만 앙상한 한 무리의 왜인들이 나와 순신을 향해 절을 했다.

"왜인들은 '일본이 생긴 이래로 이렇게 살기 힘든 적이 없었다.'며 누구라도 나서서 막부의 죄악을 소탕해 주기를 간절히 바라고 있을 뿐입니다. 아마 이들은 조선군이 왜의 막부 영주들을 쓸어 주는 것을 오히려 반기고 감사히 여기고 있을 것입니다."

"그렇구려."

순신은 착잡한 심정이 들었다.

'얼마나 시달렸으면 외국의 군대를 환영하겠는가…….'

조선의 의병들처럼 왜의 민간에서 조직된 어떤 세력에 의해 불측의 공격을 받지 않을까 하는 염려도 되었던 순신이었다.

한편으로는 왜인들에 대한 끓는 복수심으로 이곳에 왔는데 이러한 모습을 보니 허탈하기도 하고 허망하기도 했다. 왜인 전체를 향하던 증오심이 적어도 양민들에 대해서는 걷히는 듯했다. 왜의 농민들 역시 탐욕스러운 영주들과 망상에 빠진 풍신수길의 피해자일 뿐이었다.

순신은 다시 한번 왜의 양민들에 피해를 주지 않도록 엄히 명을 내렸다.

본국에서 오는 군량이 반으로 줄어 주린 배를 부여잡고 버텨야 했고, 그럼에도 불구하고 민가의 곡식을 탈취하는 것을 엄금하는 순신의 조치에 내심 불만을 품었던 병사들도 이제는 그런 마음이 싹 사라졌다.

이제 조선군 병사들의 머리와 마음속에 왜 백성들은 적이 아니었다. 조선을 침략한 장본인 왜의 막부만이 그들이 쳐부수어야 할 적일 뿐이었다.

승군들이 굶주린 왜인들에게 먹을 것을 나누어 주자 비썩 마른 왜인들이 연신 감사를 표하며 먹을 것을 받아 갔다.

순신의 군대가 자신들을 해치지 않는다는 것을 알게 된 왜인들이 시간이 지나며 차츰 경계심을 거두었다. 왜인들은 먼저 친근하게 다가와 부족한 생활에도 불구하고 이러저러한 것들을 선물해 주기도 하고, 자신들도 조선의 물건들을 신기해하며 얻어 가기도 하였다.

하루는 순신의 병사들이 휴식을 취하던 중 씨름을 하며 놀았는데, 왜인들이 우르르 몰려와서 구경을 왔다. 왜인들은 자신들에게도 씨름과 비슷한 것이 있다고 하며 보여 주는데, 조선의 씨름이 당겨 넘어뜨리는 것이라면 왜의 것은 밀어내는 식이었다.

조선의 씨름을 지켜보던 왜인 중 하나가 자신도 한 번 해 보겠다고 나섰다. 맞붙은 조선 병사와 그 왜인은 모두 빡빡머리였는데, 각각 조선 옷과 왜 옷을 벗어 버리고 마주 보고 꿇어앉으니 생김새가 너무 흡사하여 마치 쌍둥이 형제와 같았다. 사람들은 '다른 나라 사람이 맞냐?'며 신기해하였다.

두 사람이 서로 샅바를 잡고 일어나 엉겨 붙어 엎치락뒤치락하기 시작하자 사람들은 누가 누구인지 분간을 할 수조차 없었다.

이때 말고도 이런 일은 종종 있었는데, 옷이 없어 조선옷을 얻어 입은 왜인에게 군관이 지시를 하거나, 왜인 노인이 나무 그늘에서 웃통을 벗고 누워 쉬던 조선 병사가 자신의 손자인 줄 알고 지팡이로 때려 깨운 일도 있었다. 그럴 때마다 사람들은 신기해하며 웃곤 했다.

그렇게 조선군과 가까워진 왜인들 중에는 조선군에 가담해 막부와 싸우겠다 자원하는 자들도 있었다. 이들의 수까지 더해져 순신의 군대는 더욱 늘어났다.

* * *

"장군, 도진의홍시마즈 요시히로이 일향휴가에서 군사를 모두 집결해 태세를 갖추고 있다고 합니다!"

구주 남쪽으로 보냈던 척후가 돌아와 다급히 보고했다.

잔인한 왜군 가운데서도 잔인하기로 악명 높은 부대가 제4군이었다. 이들은 강원도로 들어갔다가 동해안을 따라 남하하면서 온갖 만행을 서슴지 않았다. 고을 부사들의 머리를 장대 끝에 매달고 다니며, 가는 곳마다 예사로 조선 백성들을 학살하고 약탈과 방화를 일삼았다. 그 제4군의 사령관이 바로 도진의홍이었다. 조선 사람치고 그 이름에 이가 갈리지 않는 사람이 없었다.

왜란의 막바지 제4군은 남쪽으로 밀리다 사천에서 조선군에 포위되어 있었다. 패전으로 인해 잔뜩 독이 오른 도진의홍은 왜국으로 최종 퇴각하면서 그 분풀이로 '사천 일대에 살아 있는 것은 모조리 없애라.'는 명령을 내렸다.

그 명령에 따라 미상불의 만행이 행해졌다. 젊은 사람들은 물론이고 노인, 어린아이들까지도 우물이나 깊은 물웅덩이에 빠뜨려 죽였고, 집은 물론 숲까지 모두 불태웠다. 왜군들이 철수한 후 사천 일대에는 말 그대로 살아 있는 것을 찾아 볼 수 없었다.

'도진의홍…….'

그 이름을 듣는 순간 순철은 분노로 몸을 떨었다.

왜란이 한창이던 중 순철이 속한 의병대는 산을 헤매다 마을을 약탈하던 왜군 부대와 맞닥뜨렸다. 수적 열세였던 의병대는 수풀에 숨어 왜군이 지나가기만을 기다려야 했다.

그 왜군 부대의 왜장은 투구를 벗고 있었는데, 그 얼굴에는 지금까지 본 왜장들과는 또 다른 차가운 잔인함이 서려 있었다.

왜군은 그 마을의 주민을 모두 학살한 뒤 이제 막 집들을 불태우려 하던 중이었다. 왜병들이 집에 불을 붙이려는데 어디선가 갓난아이의 울음소리가 들렸다. 왜병들이 집을 뒤져 갓난아이를 찾아냈다. 왜병들의 거친 손길에 갓난아이는 더욱 세차게 울어댔다.

왜장이 병사들이 집어온 갓난아이를 무표정하게 내려다보았다.

"*시끄럽군……*"

왜장은 귀찮은 듯 들고 있던 삼지창으로 갓난아이를 푹 쑤셨다. 왜장이 창을 들어 올려 창끝에 꽂힌 갓난아이를 빙글빙글 돌렸다. 갓난아이가 고통스럽게 발버둥 치며 울부짖었다.

"*와하하하하하하하!*"

왜장이 갓난아이의 버둥거리는 모습을 보며 큰 소리로 웃어댔다. 태어나 웃음을 지어 본 적이라고는 없을 것 같은 왜장의 얼굴에 지독히도 어울리지 않는 뒤틀린 웃음이 퍼졌다. 왜병들도 왜장을 따라 웃어댔다. 갓난아이는 이내 바르르 떨며 움직임이 멎더니 이내 팔다리가 축 처졌다.

수풀에 숨어 이를 지켜보던 의병들은 모두 치를 떨었다. 순철은 갓난아이가 창끝에서 몸부림치던 그 광경을 잊을 수가 없었다. 죽은 아들 윤보의 모습이 겹쳐졌다. 윤보의 고통이, 저 갓난아이의 고통이 전해져 순철의 가슴이 미어졌다.

순철이 뛰쳐나가려는 것을 돌이아범이 가까스로 붙잡아 말리지 않았더라면 순철은 왜병들에게 붙잡혀 목숨을 잃었을 것이었다. 이를 악물고 참아야만 했다. 순철의 눈에 눈물이 맺혔다. 순철은 그 왜장의 얼굴을 결코 잊지 않으리라며 가슴 깊이 새기고 또 새겼다.

군사는 장수를 닮는다고 했던가. 도진의홍의 군대는 왜국 내에서도 살마군이라 불리는 군대로 악명이 높았다. 전투에서 승리하면 적병들을 꼬챙이에 꽂아 죽이거나 산 채로 가죽을 벗겨 버렸다. 나머지 왜국 전체를 정복한 풍신수길에 끝까지 맞서며 그 표독한 풍신수길마저도 끝까지 괴롭히던 독하디 독한 군대였다. 그런 살마군과의 일전이었다. 순신의 군대로서는 긴장하지 않을 수 없었다.

"적의 수효는?"

"2만 명 정도로 보입니다."

척후가 대답했다.

"강공, 도진의홍에 대해 더 아는 바가 있소?"

순신이 강항에게 물었다.

"원래 구주 남쪽에서 대대로 영주를 하던 자인데, 대를 이어 내려오는 가신들이 그에게 절대적으로 충성하고 있어 그 기세가 대단합니다. 한때 구주 전체를 제패하여 그 지배하에 둘 정도로 세력이 강대하였고, 구주 남쪽에서는 마치 왕과 같이 군림하던 자였습니다.

그래서인지 남에게 굽히는 것을 죽기보다 싫어하는 자인데, 풍신수길도 이 자 때문에 끝까지 고생하다가, 원래 영지를 원래대로 다스리게 해 주는 조건으로 겨우 굴복시켰다 합니다."

"혹시 지원군이 오지는 않겠소?"

"이 자는 원래 자기에게 굽히지 않는 자와는 무리 짓는 것을 좋아하지 않기에 풍신수길이 죽은 이후 어느 편에도 가담하지 않고 독자적인 세력을 유지하고 있는 상황입니다.

언제 한번은 그 부하 중 하나가 딴마음을 품고 반란을 일으킨 적이 있었는데, 가등청정, 축전금오 등이 응원병을 보내 준다 해도 자기 힘으로 죽이고 말겠다며 끝내 거절하고 기어코 혼자 힘으로 진압하고 만 자인데, 아마 지원군을 보내 준대도 받지 않을 자입니다."

"독하디독한 자로군……. 어쨌거나 지원군은 오지 않는다……."

"그렇다고 보시면 될 것 같습니다."

"흠, 모두 동쪽으로 진군할 채비를 하라!"

"예!"

때는 7월, 왜국의 장마철이었다. 아니나 다를까 진군하는 내내 계속해서 장맛비가 쏟아지고, 어떨 때는 태풍까지 불어 막사가 날아갔다. 병사들은 비와 추위에 지쳐 갔다.

그보다 더 심각한 것은 군량이었다. 군량미가 부족해 제대로 먹지도 못한 병사들은 점차 기력이 떨어지고 있었다.

먹구름이 짙게 내려앉아 사방이 어둡고 장마비도 추적추적 내려 음산하고 스산한 가운데 마침내 일향의 들판에서 살마군과 맞닥뜨렸다.

일단 싸움을 피하고 장맛비가 지나가기를 기다려야 하는 게 옳았다. 순신은 그렇게 판단했고, 그렇게 하고 싶었다. 그러나 한편으로 이미 군량이 바닥나고 있고, 병사들의 기력이 갈수록 떨어지고 있다는 사실을 통감했다. 며칠만 더 시일을 지체한다면 병사들은 정말이지 싸우기도 전에 스스로 쓰러질 것 같았다. 장마가 지나가기를 기다릴 시간도, 공략의 방법을 더 깊이 생각할 시간도 없었다.

저 멀리서 다가오는 군대의 선두는 기마대였는데, 기괴한 해골에 머리에는 뿔이 달렸고, 해골 아래쪽에는 거친 수염이 제멋대로 뻗쳐 있었으며, 온몸이 시꺼멓고, 낫같이 생긴 창까지 들고 있어 마치 저승사자 같았다. 말도 온통 검은 말에다가 검은색 갑옷마저 입혀 마치 악귀의 군대 같아 보였다.

병사들은 행군에 지치고, 장맛비에 지치고, 먹지 못해 굶주린 데다가, 음산한 빗줄기 속에서 괴기한 적군의 모습을 보자 소름이 돋고 머리털이 쭈뼛쭈뼛 서는 것 같았다.

"공격 준비!"

순신이 명령을 내렸다. 순신의 음성을 듣고 조금은 정신을 차린 궁수들이 일제히 활을 들었다.

"둥, 둥, 둥."

악귀 탈을 쓸 왜병들이 무슨 짐승의 가죽인지 모를 가죽으로 만든 북을 두드리자, 괴기한 북소리가 음산함을 더하였다. 조선 병사들은 오금이 저려 왔다.

적장이 팔을 높이 들었다가 앞으로 뻗자 선봉에 있던 검은 철기병들이 일제히 돌격해 왔다. 지친 병사들의 눈에 마치 검은 말을 탄 저승사자가 긴 낫을 들고 날아오는 듯 보였다.

"발사!"

조선 병사들이 쏜 화살이 하늘을 뒤덮으며 적진으로 날아갔다.

철기마병들은 기다렸다는 듯이 일제히 두꺼운 철 방패를 들어 올렸다.

"팅, 팅, 팅."

도진의홍도 이미 구주 북쪽에서 일어난 전투에서 왜군이 어떻게 당했는지를 들어 알고 있었으며 미리 이에 대비한 것이었다. 화살이 적군의 철 방패와 철갑옷에 맞고 모두 튕겨져 나왔다.

"아, 아니!"

조선 병사들이 당황하기 시작했다. 순신이 다시 침착하게 명했다.

"2열 발사!"

"팅, 팅, 팅."

이번에도 마찬가지였다. 비와 바람에 화살의 힘이 약해진 데다가 병사들의 기력이 달리어 쏜 화살이 사거리에 미치지 못하거나, 간간이 미치더라도 철기병의 두꺼운 방패와 철갑을 뚫지 못했다. 비바람에 조준도 쉽지 않아 명중률이 급격히 떨어졌다.

"이, 이런!"

어느덧 적의 철기병이 코앞까지 다가왔다. 조선 병사들이 칼을 빼 들고 대항할 준비를 했다. 해골 가면을 쓴 철기마 부대가 조선군 진영으로 진살해 들어왔다. 쏟아지는 비와 흙탕물 속에서 혈투가 벌어졌다.

며칠을 제대로 먹지도 못한 조선군은 제대로 싸울 힘도 없었다. 굶주리고 지친 병사들은 철기병이 휘두르는 창에 하나둘 쓰러져 갔다. 조선군은 점차 뒤로 밀리고 진영은 뭉그러졌다.

"장군, 일단 퇴각하시는 것이⋯⋯."

송희립이 청했다.

"흠⋯⋯. 퇴각하라."

"퇴각! 퇴각하라!"

장수들이 순신의 명령을 받아 주위에 크게 외쳤다.

뼈아픈 패배였다. 순식간에 병사 천여 명을 잃었다. 노경임이 큰 부상을 입어 본국으로 호송되었다. 엎친 데 덮친 격으로 이제 군량마저 완전히 바닥나고 있었다.

'역시 무리였구나⋯⋯. 일단 장맛비부터 지나가기를 기다려야 한다. 그런데 마냥 기다리자니 군량이⋯⋯. 하아⋯⋯.'

장맛비가 지나가기를 기다리지도, 기다리지 않을 수도 없는 진퇴양난의 상황이었다. 순신은 이 난황에 한숨이 났다.

순신의 군대는 진지에 틀어박혀 계절잠을 자는 짐승처럼 죽은 듯 웅크렸다. 굶주려 기력이 약해진데다가, 습하고 눅눅한 날씨로 인해 돌림병까지 퍼지고 있었다. 조선군은 점차 전의를 잃어 갔다.

"장군, 유구국_{현재 오키나와}에서 군수품을 보내왔습니다!"

예정된 운명이었던가, 막부의 악행이 쌓이고 쌓여 그로 인한 업보였던가, 유구국에서 군량미과 군마를 보내왔다.

유구국은 왜국 서남쪽 유구섬상의 소국으로, 오래전부터 조선과 형제국으로서 수교하며 친밀하게 지내 왔다. 그러나 유구국은 풍신수길에 겁박당하여 어쩔 수 없이 조선과의 수교를 중단하여야 했고, 풍신수길로부터 박해받고, 착취당했다.

특히 왜란 때에는 곡식을 남김없이 수탈당하고 남자들은 모조리 징집당해, 화려한 문화를 자랑하며 번영을 구가하던 유구국은 한순간에 궁핍한 나라로 전락했다. 그 후 유구국 사람들은 왜군이라면 이를 갈았다.

그러던 중 조선의 이순신이 왜의 수군을 섬멸시키고 왜군을 패퇴시켰으며, 그 때문에 풍신수길이 속이 뒤틀려 죽었다는 소식을 듣자 유구국은 환호했다.

그 이순신이 왜국에 왔다는 소식을 듣고 어떻게든 그를 돕고자, 없는 재정에 있는 것 없는 것을 모두 긁어모아 보내온 것이었다. 많지는 않았다. 한눈에도 없는 살림에 보탤 수 있는 모든 것을 보내왔음을 알 수 있었다. 이로써 앞으로 몇 주 정도는 버틸 수 있을 것 같았다. 그리고 애지중지 길러 왔던 말도 보내왔는데, 그로써 기병도 더 구성할 수 있게 되었다.

순신은 죽음의 길에서 한 줄기 광명을 얻은 듯했다.

유구국의 사신은 순신에게 고개 숙여 인사하며 '순신의 은덕으로 자기네 나라가 살 수 있게 되었다. 은인에 대한 보답이다.' 하였다.

순신은 '자신의 은덕이 아니라 왜국의 부덕함 때문'이라 답하였다. 막부의 죄악이 주변 나라들에까지 쌓이고 쌓여 당연한 것에조차 고마워하는 모습이 안타까웠다.

군량 걱정을 완전히 해소할 정도로 많은 양은 아니었지만 적어도 당분간은 군량 걱정을 덜게 되었다.

'우선 확보된 군량으로 버티며 장맛비가 지나갈 때까지 기다린다. 자, 그리고 나서 이제 철기병들을 어떻게 한다……?'

머릿속을 어지럽히고 마음을 짓누르던 군량 문제가 해결되자, 순신은 전략을 강구하는 데 오롯이 집중할 수 있게 되었다.

'살마군은 쇠다. 쇠를 쇠로 치면 부러지니……. 철기마는 등도 옆도 머리도 모두 철갑으로 덮여 있다. 그렇다면 단 하나의 약점은…….'

며칠을 골몰하던 순신은 방도가 떠올랐는지 부장들을 불러 주밀하게 지시했다. 순신의 지시를 들은 부장들이 지시를 이행하기 위해 흩어졌다.

어떤 부대는 근처의 대숲에서 대나무를 베고, 어떤 부대는 장마 중 비가 간간이 그치는 때마다 진영 안에 구덩이를 파는 등 이상한 전투 준비에 내막을 알지 못하는 다른 병사들은 의아해했다.

그렇게 착착 준비가 진행되어 가는 가운데, 마침내, 비가, 그쳤다. 장마가 지나간 후 구름 한 점 없는 새파란 하늘에 햇빛이 쨍쨍 눈부시도록 내리쬐었다. 뙤약볕 아래에 병사들은 더워 웃통을 벗고 헐떡거렸다. 순신은 그 모습을 보며 속으로 미소 지었다.

순신은 지난번 전투에서 패한 까닭은 철기마도 철기마였지만, 조선 병사들의 공포심 때문이었다 판단하였다. 결국 전투에서 상대에게 두려움을 느끼는 순간 이미 절반은 진 것이었다.

"적의 갑옷에 속지 마라. 적은 그저 상대방을 두렵게 하려고 일부러 그런 치장을 한 것뿐이다. 해골 가면도 결국 사람이 만들어 낸 것일 뿐이다. 귀신의 군대, 저승사자의 군대 같은 것은 없다! 속지 마라! 두려워 마라!"

순신의 지시를 받은 부장들이 패배로 인해 위축되어 있는 병사들을 독려했다.

삼복 중인데다가 날이 몹시 가물어 소나기 한줄기 내리지 않는 날이 계속되었다. 철기병의 철기가 염천의 햇빛에 달아올랐다. 철갑 없는 조선 병사들마저도 더위에 견디기 힘들어 옷을 훌렁훌렁 벗는 지경인데, 철갑 안은 견디기 힘들 정도로 더울 것이 분명했다. 순신은 가장 더운 날을 기다렸다. 왜군들이 싸움을 걸어와도 진문을 굳게 닫아걸고 나오지 않았다.

대서, 더위의 정점. 구름의 기미조차 보이지 않는 새파란 하늘 뜨겁게 내리쬐는 햇빛 아래 드디어 출전의 날이 왔다. 집결한 순신의 군대가 앞으로 나아갔다. 수차례 싸움을 걸어보아도 조선군이 응하지 않아 점차 초조해지고 있던 왜군은 이때다 싶어 모조리 뛰쳐나왔다.

양군이 대치했다.

눈부시도록 맑은 날, 질식할 듯이 더운 날이었다. 살마군의 병사들과 말들은 전투를 하기 전부터 지쳐 보였다. 내리쬐는 땡볕 아래에서 예의 그 무시무시함은 어디론가 증발해 버리고 더위에 찌는 철기병들만이 서 있을 뿐이었다. 아니나 다를까 덥고 뜨거워 참지 못하고 철갑을 벗은 병사들도 있었다. 해골 가면과 철갑이 벗겨지자 왜소한 왜병의 몸뚱어리가 드러났다.

조선군 선봉 기병대가 적을 공격하다가 뒤로 빠졌다. 철기마대가 뒤쫓아 왔다. 조선군은 목책 뒤에서 활을 쏘아 보았지만 역시나 철기병에게 활은 별 소용이 없었다. 철기병들이 코앞까지 다가오자 조선 병사들은 겁에 질린 듯 군문마저 열어 둔 채 진영을 내팽개치고 도망치기 시작했다.

철기병들이 도망치는 조선 병사들을 보고 신이 나서 뒤쫓아왔다.

"이히히힝!"

그런데 갑자기 땅이 푹 꺼지더니, 신나게 달려오던 철기병들이 우르르 구덩이로 쏟아져 떨어졌다.

"푹, 푹."

"*아악!*"

구덩이 안에 세워져 있던 쇠창과 죽창이 철기마들의 배와 철기병들의 몸을 뚫었다. 맨 앞 열의 기마들이 구덩이로 쓰러지자 그 뒤에 오던 철기마들도 미처 피하지 못하고 우르르 걸려 넘어졌다. 맨 아래에 깔린 왜병들이 철갑의 엄청난 무게에 비명 소리도 내지 못하고 압살당했다. 용케 그 구덩이를 피한 철기마들도 곧 다른 구덩이로 떨어졌다. 구덩이들은 짚과 흙으로 덮어 놓아 미리 위치를 알지 않는 한 분간할 수가 없었다.

또 다른 구덩이에는 구덩이를 깊게 파고, 흙과 물을 섞어 진흙을 만든 뒤 다시 채워 진흙탕 구덩이를 만들어 놓았는데, 왜의 철기병이 진흙 속에 빠져 허우적대며 빠져나오지 못했다. 조선 병사들이 달려가 허우적대는 철기마병들을 척살했다.

위용을 자랑하던 살마군 철기마대가 산산이 무너졌다. 그러나 아직 조총으로 무장한 살마군 철보병대가 만여 명이나 남아 있었다.

살마군 보병대는 구덩이들을 메우고 있는 철기마의 시체를 밟고 구덩이를 넘으며 전진해 왔다.

"탕, 탕."

"으윽, 으윽."

구덩이에서 허우적대며 기어 나오던 왜병들을 시살하고 있던 조선 병사들이 왜군의 조총을 맞고 쓰러졌다.

조선군은 활로 대응해 보려 했으나 조총에는 역부족이었다. 조선군은 밀리고 밀리다가 급기야 등을 보이고 달아나기 시작했다. 조선 병사들의 허둥지둥 도망가는 모습에 사기가 오를 대로 오른 살마군 보병대가 의기양양하게 돌격해 왔다.

왜의 보병들은 기마들보다는 영리하여 위장해 둔 진흙 구덩이를 요리조리 피해 가면서 전진해 왔다.

"이런 잔꾀 따위! 하하하!"

왜군은 조선군의 전략을 비웃으며 어느새 미처 구덩이를 만들지 못한 곳까지 전진해 왔다.

"이제는 구덩이가 없다!"

더 이상 구덩이가 없다는 것을 깨달은 왜의 보병들이 신나게 달려오며 조총을 쏘아댔다. 달아나던 조선 병사들이 조총을 맞고 쓰러졌다. 그런데 그때,

"펑, 펑!"

"*아악!*"

갑자기 여기저기서 폭발음이 들리더니 달려오던 왜병들의 분리된 몸통과 사지가 허공을 날았다.

"*뭐, 뭐냐?*"

"*땅 속에 무슨 폭탄이 있는 것 같습니다. 밟으면 터집니다!*"

조선군이 미리 묻어 둔 지화였다. 왜병들로서는 생전 접해 보지 못한 무기였다. 뒤따라오던 왜병들이 멈추어 서서 더 이상 전진하지 못하였다.

지화로 인해 왜군의 전진이 주춤해진 사이 왼쪽 언덕 뒤에서 대기 중이던 권준의 부대가 나타났다.

"질려탄 발사!"

권준의 명령에 맞추어 대완구에서 질려탄이 발사되었다. 날아간 질려탄이 지화로 인해 주춤거리며 몰려 서 있던 왜병들 사이로 굴러갔다. 왜병들이 무엇인지를 확인하려 몰려든 찰나 터지며 왜병들을 폭살했다.

"화차 총통기 준비!"

대완구가 재장전을 위해 뒤로 빠지고 그 자리에 총통기가 배치되었다. 총알 다발이 장전되고, 이어 발사 명령.

"투투투투투."

이어 화차 총통기에서 총알이 다발로 발사되어 조선군에게 달려들던 왜병들을 쓸어 버렸다.

"와아!"

이윽고 좌우 언덕에서 매복해 있던 의병대가 함성과 함께 달려들어 남은 왜병들을 베었다. 조선군이 적군을 사방에서 에워싸며 시살해 들어갔다.

후방에서 전투를 지시하며 내내 차갑게 무표정하던 적장 도진의홍의 얼굴이 점차 일그러지기 시작했다.

마침내 적의 주력이 모두 섬멸되고 도진의홍은 성으로 도주했다. 순신의 추격 명령에 따라 조선군 기마대가 이들을 쫓았다.

순신이 성에 도착해 보니 성문은 열려 있는데 조선군 병사들이 성안으로 들어가지를 못하고 있었다.

"무슨 일인가? 왜 아니 들어가고 있는가?"

"안에서 웬 사무라이놈들이 격렬히 저항하고 있는데 그 기세가 워낙 맹렬하여 쉽게 진입하지 못하고 있습니다!"

도진의홍의 가신단 친위대 3백 명이었다. 성안 마당에서 도진의홍을 가운데 보호한 채 조선군 병사들에 맞서고 있었다. 가신단 전원이 일당백 무사인데다 결사의 각오로 도진의홍을 지키고 있어 근접하기조차 어려웠다. 다가가려던 병사들이 족족 가신단의 칼을 맞고 쓰러졌다. 다른 병사들도 근접할 엄두를 못 내고 있었다.

조선군은 시간이 계속 흘러도 한 발짝도 들어가고 있지 못하고 발만 구르고 있었다.

주변이 어둑어둑해지더니 소나기가 내리기 시작했다.

살마군 잔병들을 섬멸하고 있던 의병대가 뒤늦게 당도했다. 사정을 들은 의병대장 정문부가 의병대를 돌아보며 외쳤다.

"우리가 들어간다. 따르라!"

"와아!"

정문부의 외침과 함께 의병대가 성문 안으로 돌격했다. 이미 죽창이나 낫이 아닌 지난 전투에서 취득한 무기들로 완전무장한 의병대였다. 쓰던 낫이 익숙해 낫과 검을 양손에 쥐고 쓰는 의병도 있었다.

의병대들이 성안으로 진입하자 친위대가 죽기로 달려들었다. 엄청난 기세로 돌진하는 의병대와 막강한 태세의 가신단이 정면으로 충돌했다. 마치 바위와 바위가 부딪치는 듯했다. 양측의 기세가 워낙 팽팽하여 어느 한쪽도 밀리지 않는 혈투가 벌어졌다.

의병대의 폭풍과 같은 기세에 그 무엇으로도 뚫을 수 없을 것 같던 가신단의 강철 방어선이 밀려나기 시작했다. 의병들은 같은 조선 병사들조차 무서울 정도의 용맹으로 그 사납고 질기던 가신단을 하나둘 쓰러뜨리고 마침내 가신단을 궁지에 몰아넣었다. 이 기세를 빌어 다른 조선 병사들도 뒤를 받치며 밀고 들어가 가신단을 도륙했다.

3백 명의 가신단은 어느덧 최정에 80여 명만이 남게 되었다. 남은 가신단은 죽기로 항전해 왔다. 궁지에 몰린 남은 가신단은 죽을 각오로 저항했다.

"으윽!"

피가 튀는 혼전이 계속되던 중 의병대장 정문부가 극렬히 저항하는 가
신단의 칼을 맞고 쓰러졌다.

"정 대장님!"

정문부가 칼에 맞는 것을 본 순철의 눈이 붉게 타올랐다.

"으아아!"

순철이 범처럼 달려들어 최정예 가신단 한가운데로 진살해 들어갔다.
저지선을 파고드는 순철에 의해 가신단의 방어선이 뭉그러지고 뒤이어
돌이아범과 다른 의병들이 순철의 뒤를 따라 가신단 속으로 파고 들어가
남은 가신단을 도륙했다.

도진의홍과 최측근의 두세 명은 성안의 커다란 못에 놓인 다리 건너로
후퇴하여 맞섰다. 다리는 좁아 한 명 이상은 건널 수가 없었다. 도진의홍
을 이를 노린 것이었지만 순철에게는 소용없는 짓이었다. 순철은 무서운
기세로 두 명 가신단을 모조리 베어 버리고 도진의홍에게 검을 겨누었다.

순철과 도진의홍 간의 결투가 시작되었다. 열 합, 스무 합. 둘 간의 결
투는 오래도록 이어졌다.

"헉, 헉."

계속되는 결투에 둘은 모두 지칠대로 지쳐 갔다.

순철과 도진의홍이 서로에게 달려들어 교차되고 마침내 순철이 도진
의홍의 옆구리를 베었다. 도진의홍이 한쪽 무릎을 꿇으며 주저앉았다.
이윽고 순철이 도진의홍을 쓰러뜨린 뒤 위에 올라타고 도진의홍의 가슴
에 검을 내리꽂기 시작했다. 분노로 가득 찬 순철의 검이 버둥거리는 왜

장의 몸뚱이를 파고들었다.

"*아악! 아악!*"

도진의홍이 비명을 지르며 발버둥 쳤다.

"*일본은 신국이다! 나는 너에게 졌지만 일본의 신들이 너희를 벌할 것이다! 아악! 아악!*"

순철은 이를 악물고 내리꽂고 또 내리꽂았다. 도진의홍의 가슴이 피로 물들어 갔다. 그렇게 수십 차례, 왜장의 움직임이 점차 더디어졌다.

어느덧 도진의홍의 발악도, 비명 소리도, 버둥거림도 멈추었다.

그러나 순철은 멈추지 않았다. 도진의홍은 눈을 치켜뜨고 입을 벌린 채로 축 늘어졌다. 그러나 순철은 멈추지 않았다. 이를 악문 채 내리꽂고 또 내리꽂았다. 정적 속에 오직 순철의 검이 왜장의 몸에 내리꽂히는 소리만이 들려왔다.

"순철아, 그만해……."

돌이아범이 다가와 순철에게 말했다. 순철은 그 말에 아랑곳하지 않고 미친 사람처럼 죽은 도진의홍의 가슴을 계속 내려쩍었다. 피로 뒤덮인 순철과 도진의홍이 마치 한 덩이가 되어 보였다.

"순철아, 그만해……. 됐어……."

돌이아범이 조금 더 큰 소리로 말했다. 순철은 들었는지 못 들었는지 내리꽂기를 멈추지 않았다.

"순철아! 죽었어! 그만해!"

돌이아범이 울부짖듯 소리쳤다.

순철의 움직임이 점점 느려졌다.

"흑흑, 흑흑흑……."

순철의 어깨가 떨리기 시작했다. 10년을 참아 온 눈물이었다. 그리도 오래 속으로만 삭이던 흐느낌이었다. 그리도 말이 없던, 그리도 눈물을 보이지 않던, 속으로만 슬픔을 삭이던 순철이었다.

흐느끼면서도 계속 죽은 왜장에 검을 내리꽂으려는 순철을 떼어 놓으려는 돌이아범의 눈에도 눈물이 흘렀다.

그제야 순철의 움직임이 멈췄다.

'연화야……. 윤보야…….'

빗속에 연화와 윤보의 모습이 떠올랐다. 어깨의 떨림이 거세지더니 참아 왔던 설움이 북받쳐 터져 나왔다.

"아아악!"

순철이 고개를 젖혀 비 내리는 하늘을 올려다보며 울부짖었다.

그 모습을 보는 다른 의병들의 눈에도, 병사들의 눈에도 눈물을 흘렸다. 순철의 마음이 그들의 마음이고, 그들의 마음이 순철의 마음이었다. 쏟아지는 빗줄기가 피로 뒤덮인 그들을 씻어 주었다.

* * *

치열한 전투였다. 조선군의 희생도 적지 않았다. 군사 5천 명을 잃었다. 의병장 정문부, 군관 정사준, 군관 이봉수가 전사하였다. 의병장 권응

수, 군관 김효성과 많은 장병들이 부상을 입어 후방으로 호송되었다.

순신은 전사한 자들을 모두 장사 지내 주었다. 허리 높이로 쌓인 장작더미에 전사자들을 나란히 뉘고 장작더미에 불을 놓았다. 모든 장병이 그 곁에서 동료들의 마지막을 지켰다. 연기가 피어오르고 모두가 숙연해졌다.

순신의 군대가 일향휴가성에 입성했다. 성안에는 왜군이 남겨 놓은 군량이 가득 쌓여 있었다. 앞으로 몇 달은 부족함 없이 지낼 수 있을 양이었다. 전투에 지친 병사들에게 밥과 술을 베풀어 노고를 치하했다. 병사들은 간만에 배불리 먹을 수 있었다.

이제 구주의 왜군 세력은 모두 토벌되었다. 마침내 구주를 모두 평정한 순신은 조정에 구주파왜병장을 올렸다. 순신은 전사자 명단에 사병 한 명, 의병 한 명도 빠뜨리지 않고 모두 이름을 적어 장계를 올렸다.

의병장들이 전사하고 부상을 당해 의병들을 지휘할 장수가 부족해졌다. 막사에서 한동안 생각에 잠겨 있던 순신이 이입부에게 지시했다.

이입부가 군관들을 대동하고 의병대의 숙사로 갔다. 의병들이 일어나 고개 숙여 인사했다. 이입부는 한참을 걸어 들어가다가 순철 앞에 섰다.

"오셨습네까?"

순철이 일어나 꾸벅 인사를 했다.

"이순신 장군께서 내일부터 작전회의에 들어오라 하시네, 김순철 대장."

이입부는 순철에게 이리 전하고는 군관들과 오던 길로 돌아갔다.

순철이 정문부를 대신하여 의병대를 통솔하기로 한 것이었다. 그리되는데 다른 장수들도, 의병들도 누구 하나 이의하는 자가 없었다. 모두들 응당 그렇게 되어야 한다며 고개를 끄덕였다.

담략이 있어 어떠한 적을 만나도 조금도 겁내지 않고 앞장서 공격했고, 과묵하지만 현명하고 지혜로웠으며, 동료들을 제 몸처럼 생각하고 아끼니 모든 사람들이 그를 신뢰하고, 의병들은 물론이고 병사들, 군관, 장수들까지 모두 우뚝 솟은 산을 대하듯 그를 의지했다. 이미 순신의 군대의 모든 이들의 마음속에 순철이라는 이름은 깊이 그리고 높이 자리 잡고 있었다.

제도 속에서 자라나는 영웅이 있고, 제도를 딛고 일어나는 영웅도 있는가 하면, 계급, 감투, 아무런 인위적 권위도 없는 맨몸의 상태에서 자연히 저절로 우뚝 솟아오르는 영웅, 지위의 표시도 없이 모두 똑같은 옷을 입혀 놓아도 모두들 우두머리로 생각하는 그런 영웅도 있는 것이었다.

곁에 있던 의병들이 순철에게 장수에 대한 예를 갖추었다.

일향에 의승장 삼혜를 남겨 지키라 하고 좌백사이키으로 향했다.

좌백으로 향하는 조선군 행렬의 뒤로 왜인들이 쏟아져 나와 외쳐댔다.

"이순신 장군 만세! 조선군 만세!"

* * *

하신은 전투가 끝난 전장을 거닐고 있었다. 왜병들의 시체가 주위를 뒤덮고 있었다.

"으, 으윽……."

어디선가 신음 소리가 났다. 하신이 소리가 나는 곳으로 걸어갔다. 피투성이가 된 채 아직 숨이 붙어 있는 왜병이 있었다. 왜병의 살려 달라 애원하는 듯한 눈빛……. 하신은 그 표정이 아주 마음에 들었다. 하신은 씨익 웃으면서 그 목에 천천히 꾸욱 칼을 꽂았다.

"컥, 컥."

왜병은 온몸을 떨며 발작하더니 이내 움직임이 멈추었다. 그 모습을 천천히 지켜보던 하신은 그 모습으로부터 충분히 만족을 하였는지 다시 발걸음을 옮기었다.

'또 숨이 붙어 있는 놈이 있으면 좋겠군…….'

삼차성을 점령한 이후, 하신은 계속 진격하여 이내 송강성도 점령하였다. 조선군에게는 피해가 거의 없다시피 한 너무나도 쉬운 승리였다. 하신의 전략은 단 한 수도 빗나가지 않았다.

원균의 어리석음과 우둔함에 방해받지 않고 순수하게 자신의 지략과 능력에 의해서만 실행되는 그의 전략과 전술은 불가사의하리만큼 적확했다. 병법서의 습득만으로는 이루어질 수 없는 타고난 기지와 지략이라고밖에 할 수 없었다.

하신은 자신의 책략과 전략이 단 한 번도 어긋남 없이 적중하고 연이어 승리를 거두자 자기 확신과 자신감으로 한없이 부풀어 올랐다.

하신을 따르는 병사들 역시 연승에 도취되어 있었으며, 그들의 하신에 대한 신뢰는 가히 절대적이었다. 그가 지시하는 것이라면 섶을 지고 불 속으로 뛰어들라면 뛰어들 만큼의 믿음이었다.

자기 확신에 병사들의 맹목적 추종까지 더해지자 이제는 자신이 생각하는 것이 곧 진리요, 자신이 하는 것이 곧 법이요, 자신이 가는 길이 곧 길이라는, 자아도취라 불러야 마땅할 상태에까지 이르러 있었다.

자신이 무엇을 하건 옳다는 그 자아도취는 이제 그의 마음속에 모든 거리낌을 사라지게 만들었다. 그리고 자신에 대한 확신이 확고해지면 확고해질수록, 자신의 능력에 도취되면 도취될수록, 한 번도 틀림없이 자신이 생각한 대로 뻔하게 움직이고, 자신의 전략에 바보같이 당하기만 하는 왜인들이 한없이 어리석고 우매하게만 보였다.

'왜란 때는 어떻게 이렇게 멍청한 종자들에게 그렇게 당하기만 하였던가!'

하신은 한탄하였다. 그리고 한탄은 곧 왜인들에 대한 증오로 이어졌다.

'왜놈들아, 그대로 갚아 주마…….'

하신은 병사들에게 점령지 일대를 초토화할 것을 명했다.

"곡식 한 톨까지 남김없이 빼앗고, 개미 새끼 하나 살려 두지 마라!"

처음의 그 경계심과 조심스러움은 어디론가 사라진 지 오래였다. 그리고 이제는 자신이 직접 약탈과 도륙을 주도하고 있었다. 더 이상 예전의

하신이 아니었다. 한바탕 왜인들의 피를 뒤집어쓰고 오고 나면 더없이 개운하고 상쾌했다. 점점 가학의 쾌감과 잔인한 충족감에 취해 갔다.

이성은 이토록 연약한 것인지. 정념에 길을 내어 주고 뒷전으로 밀려나 움츠린 이성은, 끊어져 버린 고삐를 쥐고서 정념이 하는 일을 하릴없이 지켜보고만 있을 뿐이었다.

'더러운 피는 계속 이어진다. 너희를 다 죽여 씨를 말리는 것이 아버님을 위한 것이요, 조선을 위한 것이요, 이 세상을 위한 것이다.'

병사들이 한창 약탈을 하고 있는데 저만치서 조선군 병사 여럿이 무언가를 둘러싸고는 우물쭈물하며 서 있는 것이 보였다. 하신이 불만스럽게 소리를 질렀다.

"빨리빨리 다 처치하지 않고 뭘 하고 섰나?"

"그, 그것이⋯⋯."

하신이 가까이 가 보니 만삭의 임산부 하나가 무릎을 꿇고 손이 발이 되도록 싹싹 빌고 있었다. 그 모습이 애처로웠는지 병사들이 감히 해하지 못하고 서 있었다.

"*저는 산골에서 밭이나 일구며 사는 여자입니다. 왜가 조선을 침략한 것도 몰랐습니다. 부디 목숨만 살려 주세요!*"

여자가 하신을 보더니 손이 발이 되도록 애원했다.

하신이 그 말을 듣고 한쪽 무릎을 땅에 대고 여자의 눈높이까지 앉았다.

"목숨만 살리달라⋯⋯. 흠⋯⋯."

그리고 잠시 멈칫하는 듯하더니, 이내 허리춤에서 단도를 빼어 무심한 표정으로 여자의 배를 찔렀다. 서 있던 병사들이 모두 놀라 눈이 휘둥그레졌다. 하신이 여자의 코앞에 얼굴을 갖다 대고는 잔인한 냉소를 지었다.

"그르게 와 왜년으로 태어났노, 응? 마자 처리해!"

하신이 배에서 단도를 뽑고는 병사들에게 명한 뒤, 별일 아니었다는 듯 무심히 다른 곳으로 걸어갔다.

여자의 놀란 눈에서 눈물이 빗물같이 흘러내리고, 여자의 사타구니에서 피가 흘러내려 땅바닥을 적셨다. 여자의 몸이 덜덜 떨렸다. 여자가 천천히 배에 손을 갖다 대었다. 다시 들어 올린 손에는 피가 흥건했다. 여자의 얼굴이 새파래졌다.

"아악! 내 아이! 내 아이를 죽였어!

충격으로 얼어 있던 여자가 갑자기 절규하며, 양 두 팔을 하신을 향해 뻗치고는 하신의 목을 조를 듯이 달려들었다.

하신은 뒤에서 여자가 달려들고 있다는 것을 알면서도 놀라지도, 뒤를 돌아보지도 않았다. 오히려 마치 기다리고 있었다는 듯이 칼을 뽑고는 덤덤히 내뱉었다.

"뒤돌며 베기."

이윽고 하신의 몸이 왼쪽으로 빙글 돌더니 칼이 허공을 갈랐다.

물 흐르는 듯한 일련의 동작이 멈추자 일순간 정적이 흘렀다.

이윽고 여자의 왼쪽 목덜미에서 오른쪽 옆구리까지 이어지는 부분에 피가 배어 나오더니 이내 여자의 몸이 두 동강 나고, 여자의 잘린 몸뚱이가 땅에 떨어졌다.

"품새 끝."

왜군의 무기고에서 습득한 그 검은 마치 하신의 마음을 읽기라도 하듯 모든 것을 생각한 그대로 베어 내었다. 한 번도 하신을 실망시키는 법이 없었다.

하신이 검지와 중지를 펴서 피 묻은 칼을 스윽 훑었다. 피가 묻어난 손가락을 천천히 코끝에 갖다 대었다.

"스읍, 하아……."

하신이 좋은 술의 향기를 음미하듯, 숲의 맑은 공기를 들이마시듯 피 냄새를 깊이 들이마셨다. 피 냄새가 상쾌했다. 이족의 피 냄새는 항상 하신의 깊숙한 곳의 무엇인가를 충족시켜 주었다.

"왜놈들 피 냄새는 언제 맡아도 좋단 말이야."

칼을 휙휙 털어 피를 털어 버리고는 칼을 칼집에 꽂았다. 그리고는 저열한 쾌감에 취한 채 흡족한 표정으로 가던 길을 계속 걸어갔다.

병사들은 모두 넋을 놓고 그 장면을 바라보고 있었다.

"뭣들 하고 섰나!"

하신이 주위를 둘러보며 말했다.

"무어 그런 놀란 표정들이냐! 왜년이고 왜년의 새끼가 아니더냐? 왜년이 왜놈을 낳고 또 그 왜놈이 커서 칼을 들고 조선에 쳐들어올 것 아니더냐! 씨를 말려 부야지. 아니 그러냐? 하하하하! 하던 일 계속해! 앞으로 망설이는 자가 있으면 내가 그를 베겠다!"

하신이 병사들에게 으름장을 놓고는 다른 곳으로 걸어갔다. 그 비정함에, 그 차가움에 병사들마저 얼어붙었다.

그러나 하신도, 병사들도, 마루 밑에 숨어 손으로 자신의 입을 틀어막은 채, 눈물을 흘리며 이 광경을 보고 있는 그 두 눈을 알아차리지 못했으니……

막사로 돌아온 하신은 대야에서 얼굴을 씻었다. 울렁거리는 물에 비친 하신의 얼굴이 마치 괴물처럼 일그러졌다. 하신은 왠지 그 모습이 보기가 싫어 손으로 물을 흩트려 버렸다.

하신은 윗옷을 벗었다. 품고 다니던 나무칼은 피로 얼룩지고, 그 얼룩진 위에 또다시 피로 얼룩지다 못해, 이제는 완전히 검붉은색으로 물들어, 본래의 색이 전혀 남아 있지 않은 전혀 다른 물건이 되어 있었다.

하신은 그 낯선 나무칼을 한참 동안 바라보았다. 한순간도 품고 다니지 않으면 견디지 못하던 그 나무칼도 이제 왠지 보기가 싫어졌다. 천으로 나무칼을 덮어 버렸다.

피 로 물든 바다

선조 32년 8월 1일.
통제사 이순신이 왜의 수군을 격파하고
해협을 건너 진군하였다.

　원균과 송하신이 두 갈래로 연전연승하며 왜국을 점령해가고 있다는 승전보를 들은 선조는 지난날 꿈 이후 심란했던 마음이 조금은 가시는 것 같았다.

　남벌이 진행되는 내내, 마치 멀리 일을 하러 간 아비가 이제나저제나 돌아올까 매일매일, 시진시진마다 동구 밖을 기웃거리는 어린아이와 같은 마음으로, 전장에서 전해 오는 소식 하나하나에, 그리고 그에 반응하는 민심과 그 향배를 기웃거리는 선조였다.

　'그래, 주막에서 그 사내들이 욕을 해대던 때는 전란이 막 끝났을 때 아니던가. 그때야 그랬을 테고, 이제는 한참이 지났으니 민심도 많이 나아지지 않았겠는가. 그리고 내가 보낸 장수, 원균이 왜에서 연승을 거두고 있으니 나에 대한 예의 그 고약하던 인심도 많이 풀어졌으리라. 이제는……, 이제는……!'

　선조는 나아진 민심을 직접 자신의 눈으로 귀로 살펴보고 싶은 마음을 억누를 수가 없었다. 어려운 시험을 잘 치르고 그 결과를 기다리는 듯한 기대감이요, 설레임이었다. 시간의 힘에 대한 어렴풋한 희망이기도 했다.

　상선에게 평복을 하고 잠행을 나가고자 하는 뜻을 밝혔다.

"전하, 암행을 자주 하시는 것은 자칫 위험할 수 있사오니 순시를 하심은 어떠하시옵니까?"

상선이 염려스러운 표정으로 말하였다. 지난번 암행 이후 선조가 한동안 침울했던 것을 본 상선이 위험을 핑계로 선조를 만류하고자 하였다.

"순시를 하면 세상의 있는 그대로의 정직한 모습, 가식하지 않은 민의를 들을 수 없지 않은가? 또한 순시를 준비하는 백성들과 관리들의 수고로움을 원하지 않네."

선조는 기어이 도포를 걸치고, 갓을 푹 눌러쓴 뒤 숙위대 무관 한 명만을 대동한 뒤 궁을 나섰다.

이제 도성 거리에는 전쟁의 흔적은 전혀 찾아볼 수 없었다. 불탄 자국, 피의 자국도 모두 빗물에 씻기고, 바람에 씻기고, 시간에 씻겨졌다. 사람들의 차림새도 사람들의 표정도 완연히 모두 전란 전의 모습을 되찾아 있었다. 여기저기에서 웃음소리도 들려왔다.

'백성들 마음속에도 전쟁의 상흔이 사라졌기를, 백성들의 머릿속에도 전란의 기억이 씻겼기를……'

백성들의 웃음소리를 듣자 선조는 가슴속을 짓누르고 있던 무거운 쇳덩이가 덜어진 듯 가벼운 기분이었다. 깊은 안도의 숨을 내몰아 쉬었다. 잠시나마 황홀한 심정이 되었다. 선조는 이제 해사한 미소마저 띤 채 흡족한 표정으로 거리의 군상들을 애정 어린 눈빛으로 바라보았다.

한참을 걷다 보니 사람들이 우르르 모여 무언가를 구경하고 있었다. 사람들은 탄성을 지르기도 하고, 배꼽이 빠져라 웃기도 하면서 무슨 구경거리인지 그것에 심취한 모습이었다.

선조는 호기심이 일어 사람들이 모인 곳으로 가 보았다. 슬그머니 까치발을 하고 안쪽을 보니, 탈을 쓴 광대들이 마당놀이를 하고 있었다. 선조는 흥미가 일어 사람들 틈을 헤집고 들어가 보았다. 사람들은 극에 심취하여 옆에 누가 들어오는지 안중에도 없었다. 선조는 자신을 알아보는 이가 없다는 것이 확인되자 안심하고 극에 몰두했다.

"에헴, 에헴, 물렀거라! 주상전하 납신다!"

우스꽝스러운 탈을 쓰고 곤룡포를 입은 광대가 뒷짐을 지고 배를 내밀고 한껏 거들먹거리며 걸어 나온다.

"수라가 이게 무어냐! 맛대가리도 없구나, 에잇!"

광대가 차려진 밥상을 발로 걷어차 버린다.

"김 귀인은 어디 있느냐? 김 귀인을 데려오라!"

남자인 듯한데 나인 분장을 한 광대 하나가 엉덩이를 과장되게 썰룩썰룩 거리면서 걸어 나온다.

"저은하, 찾으셨사옵니꽝?"

나인 광대가 간드러지는 소리를 내면서 교태를 부린다. 광대들의 익살스러운 모습에 군중에서 한바탕 웃음이 터져 나온다.

"그래, 찾았지이! 이리, 이리 가까이 오너라! 어디 얼마나 예쁜지 보자꾸나."

임금 광대가 나인 광대의 뒤로 가더니 쭈그리고 앉아서 나인 광대의 엉덩이를 만져댄다.

"흐흐흐 이년, 궁둥이가 아주 제법이구나!"

"아이, 전하, 부끄럽사와용."

나인 광대가 교태 섞인 목소리를 작위해 내자 사람들이 다시 박장대소한다.

'저것이 나인가? 저것이 나란 말인가! 저것이 정녕 백성들이 생각하는 나란 말인가!'

선조는 몸이 부들부들 떨렸다. 눈에 눈물이 솟구치려는 것을 참고 이를 악물었다.

잠시 뒤 저쪽에서 또 다른 광대들이 등장한다. 머리를 올려 묶고 왜인의 저고리에 아래에는 훈도시로 국부만 겨우 가린 민망한 차림의 광대 두 명이다. 왜병 광대가 이 칼을 들고 뛰어온다.

"이얏! 이얏! 상가무 어디에 숨었스므니까! 상가무!"

하면서 왜병이 칼을 휘적휘적 휘두른다. 그러자,

"어머나, 왜놈들이다. 어머나, 어머나! 도망가자! 궁궐이고, 백성들이고, 뭐고 다 버리고 도망가자! 평양이 어디냐? 의주가 어느 쪽이냐? 명나라가 어느 쪽이냐?"

임금 광대와 나인 광대가 과장되게 깜짝 놀라는 시늉을 하더니 이내 임금 광대는 곤룡포를 벗어 내던지고, 나인 광대는 치마를 머리에 뒤집어쓰고 구경꾼이 모여 있는 쪽으로 도망간다.

구경꾼들이,

"요놈, 요놈!"

피로 물든 바다

하면서 광대에게 꿀밤을 주기도 하고, 가볍게 발길질을 하기도 하면서 웃으면서 즐거워한다.

"이놈들을!"

보다 못한 숙위 무관이 얼굴이 붉으락푸르락해지더니 이내 칼을 뽑으려 했다.

"내버려 두라."

선조가 무관에게만 겨우 들릴 정도의 목소리로 무관을 제지했다. 선조는 몸이 부들부들 떨리면서도 끝내 극을 보고자 했다. 한 장면도 놓치고 싶지 않았다.

잠시 뒤 장수의 복장을 한 광대가 칼을 들고 나타난다.

"이놈들! 조선의 장수 원균이 왔다. 당장 물러가지 못할까?"

장수 광대가 다리를 벌리고 서서, 허리에 손을 얹고, 가슴을 쭉 펴고, 몸을 뒤로 젖힌 채, 짐짓 위엄 있는 태도로 왜병들에게 엄포를 놓는다.

"원균 장군! 원균 장군!"

임금 광대가 반색을 하며 장수 광대를 향해 반갑게 손을 흔든다. 그러나 왜병 광대들은 귀를 파는 시늉을 하거나 엉덩이를 긁적긁적거리면서 전혀 두려운 기색이 없다.

자신의 호령이 효과가 없자 머쓱해진 장수 광대는

"에, 에헴! 이놈들 내가 왔다고 하지 않았느냐!"

라고 하면서 다시 더 큰소리로 왜병들에게 고함을 친다. 왜병들은 여전히 들은 척도 하지 않는다.

군중들 속에서 큭큭거리는 웃음소리가 흘러나왔다. 창피한 듯한 몸짓을 하던 장수 광대는 급기야 칼을 휘두르며 왜병 광대들에게 달려든다.

"네 이놈들!"

그제야 장수 광대를 발견한 왜병 광대들은,

"뭐야 이놈은!"

하면서 장수 광대에게 발길질을 하고 어린 여자아이들이 싸울 때 하듯, 고양이가 앞발 들듯이 두 손을 들고는 장수 광대를 찰싹찰싹 때린다.

"아야! 아야!"

장수 광대는 땅바닥에 쓰러져 달팽이처럼 몸을 말고 우스꽝스럽게 몸부림을 치다가 과장되게 비명을 지르며 도망을 간다. 또다시 사람들의 박장대소.

그때 저 구석에서 또 다른 장수 분장을 한 광대가 나타나 큰 칼을 짚고서서 왜병들을 쳐다본다.

왜병 광대들은 멀찍이서 그 장수의 모습만 보고도 기겁을 하고 도망을 가기 시작한다.

"이, 이순신이무니다! 이순신이 나타났으무니다!"

왜병 어릿광대들은 도망가면서 자빠지고, 뒤돌아보면서 과장되게 허둥대기도 하면서 우스꽝스러운 모습을 자아낸다.

이윽고 그 장수 광대가 달려오더니 왜병 광대들과 날렵하게 진짜배기의 칼 겨루기를 한다.

"와아!"

구경꾼들이 탄성을 지르면서 박수를 친다. 이윽고 장수 광대가 왜병 광대들을 때려눕히고, 널브러진 왜병 광대의 가슴 위에 발을 올리고 위풍당당하게 선다.

극에 심취된 사람들이 진심 어린 박수를 보낸다. 심지어 눈물을 흘리는 사람들도 있다. 우레와 같은 박수 소리가 한참을 이어진다.

이윽고 사물놀이 패들이 나와서 북과 장구를 치며, 광대들, 구경꾼들 모두 어우러져 한바탕 논다.

임금 선조는 온몸에서 기운이 빠져나가는 것 같았다. 갑자기 몸이 천근만근이나 된 듯 무겁고 머리가 어지러웠다. 다리에 힘이 풀려 주저앉으려는 선조를 군관이 가까스로 부축했다. 거리로 나와 잠시나마 느꼈던 짧은 황홀감은 이제 차가운 절망감으로 바뀌어 있었다. 모욕감이 심장을 할퀴었다.

'저것이 정녕 백성들이 생각하는 나란 말인가! 저것이 정녕 백성들이 기억하는 나란 말인가! 백성들의 마음속에 나는 영영 저런 못난 왕으로 기억될 것이란 말인가!'

선조는 참담했다. 파천길에 백성들의 욕을 들을 때보다도, 개성 행재소에서 백성들의 돌멩이 세례를 받을 때보다도, 불타는 왕궁을 보았을 때보다도, 더, 참담했다.

'어쩌다 내가 이런 꼴이 되었단 말인가. 내가 한 나라의 왕실을 저잣거리의 웃음거리로 만들었구나……'

다리가 말을 듣지 않았다. 아무리 조심을 해도 걸음은 비틀거리기만 했다. 축축 늘어지는 몸을 이끌고 겨우 궁으로 들어온 선조는 주위를 모두 물린 후 식음을 전폐했다.

선조는 누구도 만나고 싶지 않았다. 그저 혼자 있고 싶을 뿐이었다. 걱정이 되어 들른 중전과 안빈, 세자도 모두 문앞에서 돌아서야 했다. 내관, 상궁들도 모두 물리고, 비로소 오롯이 혼자 남게 된 선조의 눈에 하염없이 눈물이 흘렀다.

그동안 어떤 일을 겪어도 눈물만은 참아 냈던 선조였다. 그러나 주체할 수 없는 눈물이 흘러내려 뺨을 적시고 베개를 적셨다.

'임금이란 그런 것인가. 모든 책임을 떠안아야 하는 그런 것인가. 백 가지 공이 있어도 하나의 실책에 비난받는 그런 것인가. 섬나라 무뢰배들이 일으킨 전란이라도, 그 모든 원망을 다 떠안아야 하는 그런 것인가.'

선조는 아프도록 심장이 죄어 오는 것을 느꼈다.

선조는 며칠을 제대로 잠을 이루지 못하였다. 야심한 시각 홀로 정자에 나가 앉았다. 조촐한 술상과 상선만이 그의 곁을 지키고 있었다.

"과인도 죽은 백성들의 시신을 보면서, 울부짖는 어린아이들을 보면서 마음이 찢어졌다. 그런데 이순신만 자신들을 생각해 준 사람이고, 나는 도망만 다닌 머저리 같은 임금인가! 이 치욕을 견디고 살아 있는 내가 한심스럽도다! 차라리 죽어 버리면 나을 것인가. 아니, 죽어서도 하늘에 계신 조종이 이 못난 후왕을 용서하시겠는가……."

"전하, 그것이 무슨 망극한 말씀이시옵니까."

상선이 만부당하다는 표정으로 선조의 마음을 부축하려 했다. 선조가 깊은 탄식을 내뱉었다. 잔을 기울여 쓴 술을 넘겼다.

'어찌하여 나만이 이런 수모를 겪어야 하는가! 내가 이순신을 전라좌수사에 앉혔다. 한 번에 세 단계 관등을 올리는 것은 원칙에 어긋나는 인사라며, 경력이 뭐가 있냐며 좌수영 장수들과 병사들이 승복하지 않을 것이라며 철회해 달라는 상소가 빗발칠 때에도, 대신들과 언관들이 비난하고 의심할 때에도, 그런 의심과 비난을 모두 물리치고 방패막이 되어 막아 준 것이 나이다. 그런데 나만이 지탄받고 힐책 받는가?

이순신을 파직시키고 고문시킨 것 때문에? 백의종군을 시킨 것 때문에? 아, 그때 내가 왜 그랬던고……. 믿어 주기로 했으면 끝까지 믿어 주었어야 할 것을……. 그때 파직만 시키지 않았더라도 이리되지는 않았을 것을……. 그의 공로가 곧 내 것이 되고 그의 명예도 곧 내 것이 되었을 터인데……. 내가 왜 그랬던고……. 이제는 어느 하나가 잘되면 어느 하나가 못 되는 어긋난 운명이 되어 버렸으니…….'

선조가 쓴 후회를 삼켰다. 나라가 왜적들의 손아귀에 완전히 떨어지기 직전, 이순신이 연승을 거두고 전란을 극복하기 시작하던 때였다.

선조는 모든 것에 너무 지쳐 있었다. 모든 것에 소심해져 있었고, 모든 것에 방어적이었고, 모든 것이 의심스럽고, 누구도 믿을 수 없었다. 그러다가 누군가가 이순신이 역모를 꾀한다는 소리를 귀에 속삭이자 덜컥, 겁이 났다. 강한 군사와 백성들의 민심이 그에게 있었다. 몸이 벌벌 떨렸다. 머리는 아닐 거라 믿으면서도 마음은 진정할 수가 없었다. 두려움은 걷잡을 수 없게 되고, 결국 이순신을 파직시키고 역모죄로 고문했다.

그리고 지금, 그 후회에 뼈가 저렸다. 더 참담한 것은, 설령 다시 그때로 돌아간들 그때 자신의 마음의 상태로는 별달리 결정하지 않았을 것이라는 사실, 자신의 근본적 나약함을 바꾸지 않는 한 별달리 행동하지 못했을 것이라는 좌절감이었다.

"상선도 과인을 머저리 같은 임금이라 생각하는가? 아니, 과인을 임금이라고 생각하기는 하는가?"

"전하, 무슨 망극한 말씀이시옵니까? 누구도 감히 전하를 그리 생각하는 자는 없사옵니다!"

선조는 너무도 뻔히 예상된 대답을 듣자 쓴웃음이 났다.

'나를 시중드는 내관에게서 무슨 솔직한 대답을 바랐던가. 그렇게라도 입에 발린 말이라도 듣고 싶어 구걸을 했던 것인가.'

선조는 자조했다.

다시 잔을 채우려 기울인 술병에서 술 방울만이 떨어질 뿐이었다. 선조의 반상에는 이미 비워진 술병들이 아무렇게나 널브러져 있었다.

"술을 더 가져오라."

선조가 상선에 명했다.

"전하……."

상선이 널브러진 빈병들을 보며 난색을 비쳤다.

"술을 가져오라 하지 않았는가!"

"전하……, 약주가 과하시옵니다. 밤이 늦었으니 침소에 드심이……."

"과인의 말이 말 같지 않는가? 이제는 상선마저 과인을 업수이 여기는가?"

"전하, 누가 감히 전하를 업신여기겠사옵니까. 소신, 옥체가 상하실까 그것이 염려될 따름이옵니다."

"술을 더 가져오라 하였다!"

선조가 언성이 노기를 띠었다. 상선이 걱정스러운 표정을 지으며 술을 가지러 갔다.

선조는 상선의 당황한 뒷모습을 보며 자신이 과민하여 과한 언사를 한 것이 이내 미안해졌다. 백성들의 자신에 대한 적나라한 인식을 알고 돌아온 선조는 이제 내관과 나인들도 자신을 비웃는 것 같았다.

'세상의 모든 원망이 나를 향한 것 같고, 세상의 모든 비웃음이 나를 향한 것 같구나……'

선조가 밤하늘을 올려다보았다. 달 주변에는 달무리가 져 있었다. 흘러가는 구름 사이 사이로 별들이 반짝였다. 어디선가 바람이 불어와 나뭇가지를 흔들고, 나뭇가지가 흔들리며 사르락거렸다.

'아, 별이여, 구름이여, 바람이여, 너희 모두가 나를 비웃는구나……'

다음 날 동틀 무렵에서야 겨우 잠이든 선조는 오후가 되어서야 눈을 떴다. 선조는 잠에서 깨고 나서도, 다시 깨어나고 싶지 않았던 현실을 다시 마주하고 싶지가 않아 한참을 다시 잠들려 노력하였다. 아무리 애를 써봐도 다시 잠이 오지 않았다. 이불을 걷고 일어나는 것도 싫었지만, 아무

것도 하지 않고 누워 있고자 하여도 온갖 상념이 떠올라 괴로웠다.

한참을 뒤척이던 선조는 견디다 못해 자리에서 일어났다.

시중드는 나인들이 세숫물과 수건을 대령했다. 정신을 좀 차린 선조는 몸을 조금이라도 움직이면 잠시나마 시름을 잊을 수 있을까 하여 활터로 나갔다. 내관들과 나인들이 선조를 따랐다.

날씨가 맑고 바람도 시원하여 기분이 다소 나아지는 듯했다.

모처럼 기분이 나아져 활시위를 당기는데 선조의 귀에 계속해서 소곤거리는 소리가 들렸다. 나인들 쪽에서 나는 소리였다.

선조는 자신도 모르게 신경이 곤두섰다. 무슨 말인지 알아들어 보려 손에는 활시위를 당긴 채로 온 신경을 소곤거리는 소리에 집중하여 보았으나 무슨 말인지 알아들을 수 없었다.

'도대체 뭐라고 하는 것이야!'

더 이상 과녁이 눈에 들어오지도 않았다. 선조가 활시위를 내리고 날이 선 어조로 내뱉었다.

"거기! 방금 뭐라고 하였느냐? 크게 말해 보아라!"

"예?"

소곤거리던 나인들이 놀라 토끼눈이 되었다.

"그래, 도망만 다니는 임금놈이 활쏘기 연습은 해서 뭐 하느냐 그리 말한 것이냐?"

선조가 나인들을 노려보며 소리쳤다.

"쇤네, 그, 그런 말을 한 바 없사옵니다. 그런 것이 아니옵고……."

나인들은 이내 울상이 되었다.

"그러면 무어냐! 과인이 머저리 같다는 소리면 얼마든지 좋으니, 어디 크게 말해 보아라!"

"그, 그것이……."

"말을 해 보라! 대답을 해! 이젠 내 말이 말 같지도 않은 게야!"

노기가 머리끝까지 뻗친 선조가 활시위를 당겨 나인을 겨누었다.

"말하라! 말하라!"

나인들이 식겁을 하고 바닥에 엎드렸다. 내관들도 당황하여 어찌할 바를 몰라 하였다.

"소피가 마렵다 하여…… 뒷간을 좀 다녀오겠다 하여…… 조금만 더 참으라 하였고……. 죽을 죄를 졌나이다!"

나인들이 모두 엎드려 울어댔다. 내관들도 모두 엎드려 벌벌 떨었다.

"하아……."

선조는 나인들이 부복하고 엎드려 비는 모습을 보자 몸에 힘이 빠졌다. 겨누었던 활을 힘없이 내렸다.

자신의 옹졸함으로 애꿎은 이들을 괴롭히고 있다 생각하니 수치스러움이 치솟았다. 활을 내던져 버리고 한없이 부끄러운 자신의 모습의 감출 곳을 찾아 내전으로 향했다.

선조는 몇 주 째 어전회의에도 나가지 않았다.

'언제까지 그 자리에 앉아 있을 것인가.'

'질기고도 질기구나. 뻔뻔하기도 하지.'

선조는 대신들을 볼 때면 대신들의 속마음이 들리는 듯했다. 명나라에 귀부하려 했다는 소식이 전해졌을 때부터 많은 대신들의 마음속에 이미 선조는 자신들의 임금이 아니었다. 그들의 경원시하는 눈빛에 선조는 자신도 모르게 위축되었다. 지난 암행 이후 근자에는 그런 느낌이 더 심해졌다.

'내가 무얼 바라 이렇게 꾸역꾸역 보위를 유지하고 있는 것인가…….'

마지못해 고개를 조아릴 뿐 면종복배하는 태도들, 빨리 죽어 버리기나 하라는 눈빛들……. 선조는 숨이 막혀왔다.

편전에 홀로 틀어박힌 선조는 한탄했다.

'나는 참으로 운명이 기구한 임금이로다. 그 많은 임금들은 왕의 아들로 태어나 살다가 왕이 되고, 무던히 살다가 죽거늘……. 나는 이름만 왕손으로 여염에서 살다가, 난데없이 왕좌에 올라 갑자기 지위가 숫구치고, 태평성대를 구가하며 칭송받더니, 다시 왜란으로 인해 바닥으로 곤두박질쳤으니……. 모두 내가 원치 않는 사정들로 인생이 곡예를 하는구나……. 나는 참 운명이 기구한 임금이로다.'

영락한 임금이 자신의 비운을 원망했다.

'내가 언제 임금이 되고 싶다고 했더냐! 내가 언제 임금이 되고 싶다고 했더냔 말이다!'

선조는 여염에서 책이나 읽으며 마음 편히 살던 때로 돌아갈 수만 있다면 무엇이든 할 수 있을 것 같았다.

고독 속에 속으로 통곡하던 선조의 마음속에 문득 냉정한 마음이 차올랐다.

'그렇다. 백성들은 내가 도와주어야 할 가엾은 자들이 아니다. 과인을 능멸하려고만 드는 무지하고 불충한 자들일 뿐이다. 우매한 것들!'

대신들이라는 자들도 결국 일신의 영리만을 바라는 모리배들일 뿐이다. 내 은덕을 입어 그 자리에 오른 자들이! 인제 와서! 배은망덕한 것들!'

선조가 술잔을 집어 던졌다.

'좋다. 나도 이제 괴로워만 하지 않겠다. 참고만 있지 않겠다. 나라가 어찌 되는지 한번 두고 보자꾸나. 내 이제 그들을 위해 힘써 일하지 않으리라! 내 이제 그들을 위해 아무것도 하지 않으리!'

다음 날, 선조의 속마음을 눈치채지도 못했는지, 아니면 알고서 마음을 달래 줄 요량이었는지 상선이 흐뭇한 표정을 하고 들어왔다.

"전하, 어진이 완성되었사옵니다."

상선이 고했다. 곧이어 상선의 뒤로 젊은 내관 둘이 완성된 어진을 두 손으로 떠받들고 들어왔다.

선조는 그 어진을 한참을 들여다보았다. 비겁하고, 비루한 초로의 사내 하나가 용포를 입고 뻔뻔하게 자신을 똑바로 응시하고 있었다.

울컥, 욕지기가 솟았다. 이유 없는 분노가 치밀었다. 선조는 은장도를 찾아 꺼내 들고는 그 사내의 얼굴 부분을 부욱, 부욱 그어 버렸다.

상선이 놀라 사색이 되었다.

"전하, 어찌하여 이러시옵니까!"

상선이 팔을 휘저으며 만류했다.

"불태워 버려라! 다시는 그리지 말라!"

선조가 쳐다보기도 싫다는 듯이 고개를 돌려 어진을 외면하였다.

"전하, 어진이 없으면 후대가 용안을 알지 못할까 저어되옵니다."

"불태워 버리라 하였다! 내 말이 말 같지 않은가!"

선조가 핏발을 올리며 소리쳤다. 상선과 내관들은 무안한 기색을 감추려 애쓰며 얼른 어진을 말아 들고 종종걸음으로 밖으로 나갔다.

* * *

살마군을 전멸시킨 순신의 군대는 사국_{시코쿠}으로 건너가기 위한 길목인 좌백으로 향하던 중 숙영을 했다.

순신의 막사에는 밤늦도록 불이 켜져 있었다.

어둠을 타고 그림자 하나가 순신의 막사에 도착해 서신을 하나 전해 주고는 다시 어둠 속으로 사라졌다.

"이제 대마도라……."

순신이 서신을 펼쳐 보고는 아무에게도 들리지 않을 소리로 중얼거렸다. 촛불에 불이 붙은 서신이 금세 타오르더니 재가 되었다.

순신과 부장들이 지휘 막사에 모여 전략을 논의하고 있던 중 사국으로 보냈던 척후들이 도착했다.

"구주와 사국 사이의 해협이 왜의 전함들로 까맣게 뒤덮여 있었습니다!"

척후가 적의 동향을 보고했다.

"흠, 몇 척이나 되어 보이던가?"

순신이 척후에게 물었다. 놀란 표정의 다른 장수들과 달리 순신은 딱히 놀란 기색이 아니었다.

"어림잡아도 천 척은 되어 보였고 속속 더 도착하고 있었습니다. 왜국 전체에 있는 전함이란 전함은 다 끌어온 듯 보였습니다."

"천 척?"

같은 자리에서 보고를 들은 장수들이 놀라움을 감추지 못하고 술렁거렸다. 그들은 지금껏 천 척이라는 배가 한데 모여 있는 것을 본 적도 들어본 적도 없었기에 그 모습이 상상조차 되지 않았다.

"사국에 숫제 발을 딛지도 못하게 하겠다는 것이군요."

권준이 표정이 어두워지며 말했다.

"우리를 그대로 바다에서 수장시켜 버리겠다 이기제? 이놈들 우리가 고마 다 물고기 밥으로 만들어 주마!"

김완이 흥분해서 말했다.

"아무리 전함 수가 전부가 아니라 혀도, 열 배나 되는디 그만한 수를 대적할 수 있겠어라?"

송희립이 걱정스럽게 말했다.

"원균 장군에게 전함을 지원해 달라고 해 보는 건 어떻겠습니까? 원균 장군 휘하 전선 중 몇백 척만이라도 빌릴 수 있다면 그나마 대적해 볼 만하지 않겠습니까?"

이입부가 말했다.

"그 인간이 잘도 지원해 주겠습니다!"

우치적이 코웃음 치며 말했다.

"원균 장군이 배를 빌려줄라 할란지요……."

곽재우도 원균의 사람됨을 생각하며 회의를 내비쳤다.

곽재우의 옆에는 순철이 앉아 있었다. 순철은 아무 말도 하지 않고 의연한 태도로 앉아 있었지만, 눈과 귀만은 예민하게 열어 두어 순신과 부장들의 모든 말을 게걸스레 경청하고 있었다. '천 척'이라는 어마어마한 수에 늘 대범하던 순철의 표정에도 근심이 어렸다.

"원균 장군의 군대는 육로로만 진군할 뿐 수백 척의 배를 그대로 놀리고 있다고 합니다. 아무리 원균이라 한들 놀리고 있는 배를 빌려주지 않겠다 거절할 명분은 없지 않겠습니까?"

이입부가 부연했다. 부장들의 말을 곰곰이 듣고 있던 순신이 명했다.

"그게 좋겠네. 일단 원 장군에 전갈을 보내게."

"네."

이입부가 대답을 하고 나갔다.

"배가 있다고 한들, 여기는 왜의 바다이고 우리는 이국의 바다에 익숙지 못하니 걱정입니다."

"익숙지 못하면 익숙하게 해야지."

권준의 우려와 달리 순신은 이미 왜의 바다를 훤히 파악하고 있었다. 순신은 조선에서 출전하기 전부터 왜의 근해에 대한 모든 자료를 수집하고, 보고 또 보며 연구하고 궁리하였다. 왜의 해안 지도는 너무 많이 들여다보아 닳을 정도였고, 해안선도 외우다시피 했다. 이미 구주와 사국 사이의 해협에 대해서도 마치 좌수영 앞바다처럼 훤히 꿰고 있었다.

또한, 왜국에 온 뒤에도 지속적으로 병사들을 보내 탐색케 하여 이미 익힌 지식과 비교하여 보고, 근처 주민을 데려오게 하여 늘 묻고 또 확인하였다. 항상 다섯 수, 열 수 앞을 내다보고 철저하게 준비하는 순신의 주밀함이었다. 문헌의 지식에 현장의 실정을 더하여 판단을 내릴 것이었다.

"김순철 대장, 현지에 사는 왜인들에게 조류, 조석간만, 해류 등 구주와 사국 사이 해협에 관한 모든 것을 알아오게."

"예, 알갔습네다."

순철이 담담히 대답을 하고 일어나 밖으로 나갔다.

* * *

해협을 가로막고 있는 왜군 함대의 장수는 등당고호_{도토 다카도라}와 협판안치와키자카 아스하루였다.

등당고호는 왜 수군의 최고 지장으로 평가받는 왜장이었다. 그는 왜란 이전부터도 명장으로 이름을 떨치며, 풍신수길에게 신임을 받아 대주오즈 성을 받고 7만석 영지의 봉록을 받는 영주가 되었다. 왜란 때는 웅천에서 경상우수사 배설을, 칠천량에서 원균의 수군을 전멸시켰고, 남원성을 함락시키기도 하였다. 그러나 옥포, 명량, 노량 등지에서 순신의 수군에 수십 차례 대패하여 결국 패주하였다.

협판안치는 풍신수길 휘하 최고 장수 7인인 칠본창 중 한 명으로, 용인에서 천 6백여 명으로 조선 삼도근왕병 6만 명을 전멸시켜 임진왜란 사상 조선에 가장 치욕적인 패배를 안겨 주고, 왜군들 사이에서는 '용인의 영웅'으로 명성을 떨치던 자였다. 또한 칠천량에서는 등당고호와 더불어 원균의 수군을 전멸시키기도 하였다. 왜에서는 이 칠천량 전투를 가리켜 '기리시마 전투'라 하며 벽제관 전투, 진주 전투와 더불어 왜란 3대 대첩으로 꼽기도 하였다.

그러나 협판안치 역시 결국 한산도, 명량, 노량 등에서 순신의 수군에게 수십 차례 패하여 수백 척의 전선과 수만 명의 병사를 잃었었다.

이들은 일본에 돌아와서도 섶에 누워 쓸개를 핥으며 복수의 날만을 고대하고 있었다. 그런데, 이순신이 왜국으로 온 것이었다.

"제 발로 찾아오셨겠다? 이번에야말로 기필코 물고기 밥으로 만들어 주마!"

협판안치가 호기롭게 외쳤다.

'이순신이 왜에 왔다. 설욕의 기회가 왔다……'

등당고호가 이를 갈았다.

이들은 이순신이 사국으로 넘어오면 더 이상 경도까지의 진격을 막을 수 없다 판단했다.

'절대 해협을 건너게 해서는 안 된다!'

이들은 총력을 다해 이순신의 군대가 해협을 건너는 것을 막기를 결의하고는 어선이며 상선까지 왜국에 있는 배라는 배는 다 끌어모았다. 사국 전체의 남자들을 있는 데로 다 끌어와 수만 명에 이르렀다.

'이번만은 네 마음대로 되지는 않을 것이다. 이순신!'

등당고호의 눈에 살기가 뻗쳐 올랐다.

* * *

"무어? 순신이 벌써 구주를 모두 토벌하고 사국으로 향해? 게다가 배를 빌려 달라는 말인가, 지금?"

이순신의 사절이라는 말에 비스듬한 자세로 앉아 나른한 눈초리로 전령을 바라보던 원균이 깜짝 놀라 몸을 일으켰다.

"네, 그렇습니다."

전령으로 온 군관 변존서가 대답했다.

강산을 점령한 뒤 노획품으로 연일 술판을 벌이고 있던 원균은 순신의 진격 소식을 듣자 갑자기 조바심이 났다.

'이순신 이놈이 어느 틈에⋯⋯. 구주와 사국 사이 해협만 건너면 사국 정벌도 금방이란 소리 아닌가? 그렇게 되면 단숨에 경도⋯⋯. 안 되지, 그건 안 되지! 경도는 내가 점령해야 한다! 어서 빨리 왜왕을 잡아서 그 목을 조선에 보내야 한다!'

원균의 둔한 머릿속이 복잡해졌다.

"본국으로부터의 군량 수송에 모두 동원되어 빌려줄 배가 없다."

원균이 염치를 몰수하고 천연덕스럽게 말했다. 원균의 진영으로 오는 길에 배가 남아돌아 심지어 배의 갑판 나무가 썩어 가고 있는 것을 본 변존서는 원균의 뻔뻔함에 울분이 치밀었다.

"장군, 지금 왜의 수군이 구주와 사국 사이의 해협에 배를 천여 척이나 집결시킨 상태입니다. 배가 없으면 조선군이 구주에서 사국으로 건너가지를 못합니다! 아군이 왜군에 의해 모두 수장되기를 바라시는 것입니까!"

변존서가 애가 달아하며 강청했다.

"그건 그쪽 사정이고⋯⋯."

원균은 다시 자세를 비스듬히 기울이면서 귀찮은 듯한 말투로 내뱉었다. 원균의 능청에 변존서는 속이 터졌다. 가까스로 분을 누르고 원균을 달래 보려 하였다.

"저희가 한시 빨리 해협을 건너야 장군의 군대를 도울 수 있지 않겠습니까."

"뭐! 누가 우리가 너희 도움 따위가 필요하다고 했느냐!"

능청을 떨던 원균이 갑자기 열을 내면서 고함을 질렀다..

"허나……."

"더 듣기 싫다! 썩 물러가라! 이순신에게 빌려줄 배 따위는 없어!"

변존서가 참담한 표정으로 밖으로 나왔다.

* * *

"배를 빌려주지 않겠다 했단 말인가?"

"그, 그렇습니다."

변존서가 자신이 무슨 잘못이라도 한 양 난처한 표정을 지었다.

"아니, 같은 조선군끼리 어찌 그리 모른 척할 수 있단 말입니까?"

이입부가 한탄했다.

"내 그럴 줄 알았습니다! 왜군에 포위되어 몰살당하기 직전인 것을 우리가 목숨 걸고 구해 줬더니! 은혜도 모르는 놈!"

우치적도 분통을 터뜨렸다.

"군량 운반에 필요하다 하지 않는가."

순신은 자신도 분노가 치밀었으나 가까스로 이를 억누르고 부장들을 달랬다.

"아니 군량 운반을 수백 척씩이나 가지고 합니까? 정작 우리한테는 제대로 운반해 주지도 않는 것들이!"

우치적이 쉽게 진정하지 못하고 소리쳤다.

"되었네. 그만하게."

'결국 백여 척으로 천여 척과 맞서야 한단 말인가……'

순신은 다시 머릿속이 복잡해졌다. 눈을 감고 골똘히 생각에 잠기었다. 부장들이 조심스러운 표정으로 순신을 기다렸다. 잠시 후 눈을 뜬 순신이 말했다.

"있는 전선들로만 해협을 건넌다."

"장군, 이건 자살 행위입니다!"

"그렇습니다. 다른 방도를 모색해 보시지요!"

장수들이 놀라 만류하였다.

"적선의 수효를 무의미하게 만들어야겠지."

무슨 방도가 있는 듯 그 말에 확신이 느껴졌다. 장수들은 한편으로는 안심이 되기는 하였으나 한편으로는 의아해하며 서로의 얼굴을 쳐다보았다.

"왜에 관한 문헌들을 보니, 왜에는 고래잡이가 성해 고래기름이 많다고 들었네. 김 첨사와 우 부사는 지금 바로 주변 각지를 돌면서 고래기름을 있는 대로 모아 주게. 많으면 많을수록 좋네."

"고래기름이라 하셨습니까?"

우치적이 생각지도 못한 말에 놀라 반문했다.

"그렇네."

김완과 우치적은 여전히 의아한 표정으로 서로를 바라보더니, 그저 알겠다는 대답을 하고는 밖으로 나갔다.

"그리고 송 만호와 정 군관은 병사들 중에서 물질에 능한 자 30명을 모아, 그들을 정예화해 주게."

"예!"

송희립과 변존서가 대답하고 나갔다. 해안가 마을에서 나고 자라면서 어릴 적부터 물에서 살다시피한 송희립과 변존서였다. 이들은 좌수영 시절부터 수병들에게 헤엄을 가르쳐 왔었다.

"그리고 곽 대장과 김 대장은 나무를 베어 뗏목을 만들어 주시오."

순신이 곽재우와 순철에게 말했다.

"나무로 엮은 뗏목 말입니꺼?"

곽재우는 천여 척의 함대와 맞붙는데 고작 뗏목으로 무엇을 하려는지 곧잘 이해가 되지 않았다. 그럼에도 꼬치꼬치 캐묻지는 않았다.

"그렇소. 많으면 많을수록 좋소."

"알겠십니더!"

"알갔습네다!"

곽재우와 순철이 대답하고 나갔다.

"나머지 장수들은 해상 훈련에 전념해 주게. 적은 바로 눈앞에 있고 일각을 허비할 수 없네. 한시바삐 낯선 조류와 해류에 익숙해져야 하네."

"네!"

장수들이 시원하게 대답했다. 장수들은 순신의 머릿속에 든 계획이 무엇인지 궁금하기는 하였으나 굳이 물으려 들지는 않았다. 면밀히 지시를 하니 어떤 확신이 있을 것이라는 믿음이었다. 지휘관 이순신이 스스로 승리에 대한 확신이 없는 전투에 부하들을 내몰지 않는다는 믿음, 지난 수년간 보여 준 그 신중함과 철저함에 대한 굳은 신뢰였다.

순신이 작전에 대해 미주알고주알 모두 설명해 주지 않는 것은 독단적이어서가 아니라 기밀의 유지를 위해서였다. 간자는 어디에나 있었다. 수풀 속에도, 천막 뒤에도, 병사들 사이에도 조선 병사인 척, 모두 그림자처럼 숨어 있었다. 순신은 그것을 잘 알고 있었다.

순신은 사실을 수집하는 것뿐만 아니라, 사실을 보호하는 것에도 심혈을 기울였다. 장수들과의 회의 때에는 지휘 막사 10보 반경을 촘촘히 빙 둘러 보초를 서게 하여 내용이 새어 나가지 않게 주의하였다. 하루에도 두세 번 주변을 철저히 수색시키고, 적의 정탐병을 붙잡을 때면 가차 없이 참수하여 군문에 효수하여 적에게 경고하고, 수시로 장병들로 하여금 기밀에 대한 조심성을 환기시켰다.

이렇듯 순신은 적의 사정을 훤히 알고 있으면서도 적에게는 이쪽 사정을 조금도 노출하지 않으니, 이쪽은 저쪽을 훤히 보면서 싸우고, 저쪽은 이쪽에 대해 캄캄한 채로 싸우는 상황이었다.

* * *

순신은 고래기름을 걱정했다.

'왜의 양민들이 살아가는 데에도 고래기름이 필요할 것인데, 순순히 응할까? 혹시나 저항하여 무력을 사용하게 되면 약탈이 되는 게 아닌가? 그

러면 조선을 분탕질한 무도한 왜병들과 다를 바 없게 되지 않는가…….'

고래기름은 등불을 켜거나 하는 데에 쓰여 왜인들의 생활에 필수적인 것이었다. 김완과 우치적에게 강제력을 최소화하라 당부했지만 염려가 되는 건 어쩔 수 없었다. 그 많은 고래기름을 다 구할 수 있을지도 막막했다.

그런데 그로부터 엿새나 채 되었을까, 김완과 우치적이 필요한 고래기름을 모두 모아서 돌아왔다. 순신의 군대가 고래기름을 구한다는 소식을 들은 왜인들이 구주 각지에서 자발적으로 고래기름을 선뜻 내어놓은 것이었다.

빼앗아 가고 또 빼앗아 가다가 더 빼앗을 것이 없으면 부려 먹고 죽여 버리는, 양민들의 삶과 목숨을 개돼지, 풀벌레만도 못하게 여기는 왜의 막부의 악행에 대한 원망과 분노가 하늘을 찌를 듯하던 때, 순신이 약탈을 엄히 금지하고, 양민들의 삶을 보장했으며, 나아가 막부의 영주들을 물리쳐 주고, 점령지 곳곳에서 의승군들이 선행을 베풀자, 막부의 학정 아래에서 굶주리고, 헐벗고, 신음하며 죽어 가던 자들에게 순신은 마치 구세주와 같았다.

그들은 밤에 등불을 켜지 못해 캄캄하게 지내는 걸 감수하고서라도 순신이 필요한 것을 기꺼이 내어놓고자 했다. 그만큼 막부에 대한 원한이 사무치고 사무쳤던 것이었다.

순신은 놀랐다. 고맙고 감격스러우면서도, 얼마나 학정에 시달렸으면 타국의 군사를 도울까 하는 연민이 들기까지 하였다.

* * *

선조는 옥류정에서 관기들을 끼고 술을 마시고 있었다. 마음 붙일 곳 없던 선조는 매일이 술이요, 풍악이요, 여색이었다.

술이 없으면 가만히 있어도 경멸하는 세인의 눈초리가 떠오르고, 풍악 소리가 없으면 가만히 있어도 귀에 세상의 원망과 조롱이 들리는 듯하여 맨정신으로 버틸 수가 없었다. 유 나인의 품이 아니라면 불안하고 초조하여 잠을 들지 못하였다.

"전하, 통제사 이순신이 구주 정벌을 마치고 사국으로 향하고 있다 하옵니다."

상선이 아뢰었다.

"알겠네."

선조는 술잔을 기울이며 쳐다보지도 않고 건성으로 대답했다.

"전하, 이순신이……."

내관이 아직 더 전할 말이 있는지 얼버무렸다.

"이순신, 이순신, 그 놈의 이순신! 이순신이 또 무어?"

초췌한 용안에 노기가 뻗쳤다.

"이순신이 왜의 백성들에게까지 신망을 얻고 있다 하옵니다."

"무어라!"

선조가 들고 마시던 술잔을 술상이 부서질 듯 쾅 내려치며 고함을 쳤다. 흐르던 풍악 소리가 일제히 멈추고 무거운 정적이 흘렀다. 긴장한 좌중은 숨소리조차 조심스러웠다.

"이순신이 왜의 백성들에게까지 신망을 얻고 있다? 왜의 군대건 왜의 백성이건 왜놈들은 다 우리 조선의 철천지원수가 아니더냐? 모조리 죽여 버려도 시원찮을 판에 그들의 신망을 얻고 있다? 도대체 무엇을 하겠다는 겐가? 무얼 하겠다는 것이야!"

선조가 술상을 발로 차 엎었다. 관기들이 놀라서 비명을 질렀다.

"적과 내통하여 이 도성을 치려는 겐가? 왜의 왕이 되겠다는 겐가? 도대체 무엇이냔 말이다! 아악!"

선조가 발악했다.

"이, 순, 신!"

선조의 눈에 붉은 살기가 차올랐다.

* * *

순신의 막사에 다시 그림자가 도착했다.

"이제 하관_{시모노세키}이라……. 알겠다. 수고했다."

그림자가 다시 어둠 속으로 사라졌다.

* * *

척후선을 사방으로 띄워 적정을 탐색하였다. 확실히 판단이 설 때 비로소 움직일 생각이었다.

순신이 송희립을 불렀다.

"물질 잘하는 병사들은 어찌 되었는가?"

"계속 훈련시키고 있구만이라. 인자는 물에 떠서 먹고 자고 할 수 있을 정도가 되었어라. 검술과 무술도 일당백 정예병이 되었구만이라!"

"그렇군. 계속 훈련시키게."

"예."

고래기름도, 뗏목도, 정예 침투병들도 모두 준비되고, 선단의 해상 훈련도 충분히 되었는데, 무슨 일인지 순신은 출전할 생각을 하지 않았다.

왜의 수군은 순신을 두려워해서였는지 공격해 들어오지는 못한 채, 이따금 전함 두세 척을 보내어 조총을 난사하며 조선 함대를 넓은 바다로 유인해 내려 했다. 순신이 적의 속셈에 넘어갈 리 없었기에 지리한 대치 상태가 계속되고 있었다.

쾌속정을 타고 온 왜병들이 배 위에서 조선군에게 엉덩이를 까 보이기도 하면서 혀 짧은 조선말로 '겁쟁이'니, '계집애'니 하는 조롱을 해댔다.

"저, 저놈들을!"

조선 장병들은 발만 동동 구르며 분을 참아야만 했다.

"왜 출전을 하지 않으실까요?"

"하아……. 글쎄올시다."

장수들은 답답함을 토로했다.

순신은 다음 날 아침 지휘 막사에서 나와서 높이 매달린 깃발만 쳐다보

고는 다시 들어갔다. 그 다음날도, 그 다음날도, 여전히 깃발만 쳐다보고
는 다시 들어가 버렸다. 장병들은 영문을 몰라 했다.

"언제든 출전할 수 있게 만반의 준비를 갖추어 놓게."

순신은 그저 기약 없는 명령만 내리고 돌아설 뿐이었다.

그렇게 이르레가 지났을까, 출전 준비를 갖추어 놓은 채 대기만 하고
있는 병사들은 편히 쉬는 것도 아니요, 그렇다고 몸을 움직여 훈련을 하
는 것도 아닌 하염없는 기다림에 점점 지쳐 갔다.

"천하의 이순신 장군님이라도 천 척이나 되는 함대는 무서우신 겐가?"

"어허! 무신 쓸데없는 소리 말어!"

"그라믄 대체 왜 출전을 안 하신대유?"

"휴우……. 나도 모르겠구먼."

병사들이 궁시렁댔다.

"장군, 병사들의 사기가 떨어질 대로 떨어지고 있습니다!"

부장들의 촉구에도, 근거 없는 소문에도 순신은 묵묵부답이었다.

이제는 왜병들마저도 놀려대는 것이 지쳤는지 그 지껄임도 시들해졌
다.

그리고 스무날 째, 오늘도 순신이 막사에서 나와 깃발을 바라보았다.
전까지만 해도 순신이 막사에서 나올 때면 앉아 있다가도 벌떡 일어나 기
대가 가득한 눈빛으로 순신을 바라보곤 했던 병사들은 이제 기다림에 지
치고 지루함에 지쳐 순신이 나와도 소 닭 보듯 덤덤하게 그 모습을 쳐다
보고만 있었다.

깃발이 동쪽을 향해 힘차게 휘날리고 있었다. 순신의 얼굴에 희미한 미소가 번졌다. 순신이 이입부에게 명했다.

"전원 집합시키게."

"예! 전원 집합! 전원 집합!"

명을 받은 부장들이 반색을 하며 기운찬 목소리로 외쳐댔다. 침잠해 있던 진지 전체에 일순 활기가 돌기 시작했다. 드디어 떨어진 명령에 병사들은 손꼽아 기다리던 명절을 맞은 아이들 마냥 날뛰며 기뻐했다.

순신의 지휘 막사에 장수들과 군관들이 전원 소집되었다.

"이 섬이 호도_{토시마}이네."

순신이 가로 막대에 걸려 아래로 펼쳐진 지도를 지휘봉으로 짚으며 설명했다.

"척후에 따르면 이곳에 적들이 망루를 설치하고, 조총병 100여기 정도를 배치하여 우리 쪽을 감시하고 있다고 하네. 송 만호는 오늘 밤 축시_{새벽 1~3시}에 훈련시킨 정예 침투병들을 이끌고 이곳에 잠입하여 경계병들을 모두 처리하게. 절대 들키지 않고 조용히 처리해야 하네. 적병 단 한 명이라도 적의 본진에 신호를 보내거나 하면 우리 작전은 모조리 수포로 돌아가네. 그리고 임무 완수 즉시 우리 진영 쪽으로 신호를 보내게. 그리고 나서는 침투병들을 먹이고 충분히 쉬게 하며 대기하게."

"야, 알것구만이라."

송희립이 대답했다.

"곽 대장과 김 대장은 배에 고래기름과 뗏목을 싣고 섬 근처 바다에서 대기하다가 송 만호의 신호를 받자마자 호도로 향해 그곳에 기름과 뗏목을 내리시오."

"예."

곽재우와 순철이 대답했다.

"적은 우화우와지마에 정박해 있네. 송 만호는 휴식을 취한 침투병들에게 고래기름을 한 통씩 지게 하여 적 본진으로 헤엄쳐 잠입하게. 그리고는 정박해 있는 적선들에 기름을 뿌려 놓으라 하게. 갑판 바닥에 뿌리면 왜병들이 미끄러져 눈치챌 수도 있으니 바다 이외의 모든 곳에 뿌려 두라 하게. 무엇보다 중요한 건 들키지 않는 것이네. 재빨리 처리한 후 신속히 빠져나와야 하네."

"들어간 김에 바로 불을 확 질러 버리는 게 좋지 않겠어라?"

순신은 송희립의 제안에 잠시 고민을 하는 듯하더니, 그대로 고수하며 명했다.

"아니네. 그대로 신속히 빠져나오게."

"알것구만이라."

송희립이 대답했다. 순신이 김완을 보며 말을 이었다.

"김 첨사는 침투병들이 복귀하는 즉시 선봉대를 이끌고 가서 적을 유인해 주게."

"예, 알겠습니다."

"무척 위험한 임무이네. 부디 조심하시게."

순신이 김완의 눈을 길게 응시하며 가장 위험한 임무를 부담시키는 미안함을 담아 당부했다.

"염려 마이소!"

김완이 순신의 그 당부와 염려를 깊이 받아들였다.

순신이 곽재우와 순철을 보며 말했다.

"그리고 곽 대장과 김 대장은 선봉대가 이 선을 넘는 즉시 준비해 둔 뗏목을 바다로 띄워 주시오. 정확히 그 지점에서 띄워야 하오. 조류가 그쪽에서 이쪽으로 흐르니 뗏목을 띄우기만 하면 뗏목은 알아서 금세 가야 할 곳으로 흘러갈 것이오."

순신이 지도를 짚으며 설명했다.

"그리고 난 후에 이것을 펴 보시오."

순신이 곽재우와 순철에게 각 돌돌 말아 끈으로 묶은 작은 두루마리 쪽지를 건넸다.

"예, 알겠습니다."

"알겠습네다."

곽재우와 순철이 두루마리를 조심스레 받아들며 대답했다.

이윽고 축시, 그믐날인데다가, 흐려서 달빛도 한 점 비치지 않는 칠흑 같은 밤이 잠입하는 자들에게는 더할 나위 없이 반가웠다. 거기다 해무마저 짙게 깔렸다.

'천행이라! 사악한 자들을 벌하려는 하늘의 뜻이로다!'

순신이 좋은 징조에 감사해했다.

호도 남쪽 수면에 머리들이 떠 올라 호도를 응시하다가 다시 가라앉았다. 송희립과 침투병들은 물소리도 내지 않고 헤엄쳐 섬에 침투해 들어갔다. 망루에 보초병들이 있고, 아래에도 보초병들이 순찰을 돌고 있었다. 그러나 지리한 대치 상태에 지쳐서인지, 삼엄한 경계는 어느덧 풀려 있었고, 허술하고 나태한 기미가 만연했다.

송희립은 병사들에게 손짓과 눈짓으로 미리 전해 둔 각 임무를 지시하였고, 병사들은 신속히 흩어졌다.

"털썩."

"털썩."

침투병들이 소리 없이 접근해 왜병들을 처리하였고, 왜병들은 비명도 지르지 못한 채 쓰러졌다. 침투병들이 흩어진지 얼마 지나지 않아 모든 왜병이 처리되고 침투병들은 원래의 지점으로 모였다. 송희립이 횃불을 흔들어 신호를 보냈다.

이윽고 의병들이 섬에 상륙하여 뗏목을 내렸다.

휴식을 취한 침투병들은 다시 적의 본진 쪽으로 헤엄쳐 갔다. 왜의 본진이 있는 항구에는 왜 수군의 관선세키부네들과 배 위에 누각을 지어 올린 안택선아타케부네들이 빼곡히 들어차 있었다.

왜군의 진영은 기다림으로 인해 싸움도 하기 전에 이미 지쳐 있는 듯했다. 이순신의 군대는 움직일 낌새조차 없고, 상대가 상대인지라 이쪽에서 먼저 쳐들어가지도 못하니 역시 아무것도 하지 못한 채, 왜군은 시간만 죽이고 있었다. 보초들도 지쳐 꾸벅꾸벅 졸고 순찰도 하는 둥 마는 둥

하고 있었다.

침투병들은 다시 물속으로 잠겼다. 이윽고 어둠 속에서 상륙한 침투병들은 흩어져 들어가 적선들이 정박해 있는 선창으로 잠입했다. 그리고 배에 기어올라 구석구석에 기름을 뿌렸다.

"어이!"

누군가 부르는 소리에 기름을 뿌리던 병사들이 깜짝 놀라 몸을 웅크렸다. 몸을 숨긴 뒤 주위를 돌아보자 아무도 보이지 않았다.

"어이!"

또다시 소리가 났다. 자세히 보니 졸고 있는 왜병 보초가 중얼중얼 잠꼬대를 하고 있었다.

'에이, 그놈 참!'

한숨을 돌린 병사들이 기름을 마저 뿌리고는 포구를 신속히 빠져나왔다.

순신이 송희립에게 물었다.

"어찌 되었는가?"

"임무 완수 후 전원 무사 귀환했습니다요."

"수고했네."

순신이 만족한 듯 고개를 끄덕였다.

인시새벽 3-5시, 모든 장병들이 좌백의 해안에 집합했다. 병사들이 들고 있는 횃불들이 사방을 낮같이 밝히고 있었다. 순신이 걸어 나왔다.

"쿵, 쿵, 쿵, 쿵."

병사들이 창과 발을 바닥에 구르며 이순신을 맞았다.

순신이 영대에 오르고, 모든 소리가 멈추었다. 일동이 순신의 말에 귀 기울였다.

"우리는 점점 적국의 심장부로 깊숙이 들어가고 있다. 그렇기에 저들은 우리를 반드시 이곳에서 막으려고 저 많은 배들을 끌고 와 발악을 하는 것이다.

저들을 굴복시키고 무릎 꿇릴 날이 얼마 남지 않았다. 처자식을 잃은 자들이여, 부모, 형제를 잃은 자들이여, 조금만 참으라. 얼마 후면 그들의 우두머리가 바다에 이마를 찧으며 우리에게 석고대죄할 것이다. 오늘 저 잔혹하고 사악한 자들을 거리낌 없이 베어라. 베고 또 베어 무고하게 죽은 자들의 원한을 달래라! 이제 나아가서 적을 섬멸하라!"

"와아!"

순신의 훈시가 끝나자 병사들이 떠나갈 듯 함성을 질렀다. 함성 소리가 밤하늘을 가득 채웠다.

"승선하라!"

총 만 5천 명의 인원이 일제히 승선했다. 사명이 유진장을 맡아 진을 지켰다.

곧이어 백여 척의 함대가 적진으로 향했다. 적 진영 근처의 섬인 구도^{구시마} 뒤쪽에 배를 숨기고 대기했다. 적은 아직 눈치를 채지 못한 듯했다.

김완 휘하 전함 열 척이 적의 본진 쪽으로 나아갔다. 조선 전함은 적 진영에 이르자 포구에 정박해 있는 적 함대에 함포를 발사하기 시작했다.

"기습이다. 조선군의 기습이다!"

왜병들이 외쳐댔다.

자다 깬 등당고호와 협판안치가 나와서 소리를 질렀다.

"전 함대 출진!"

왜병들이 허둥지둥 함선에 승선해 닻을 올렸다.

왜병들은 난간 손잡이가 미끈거려 의아해하면서도, 오랫동안 배를 타지 않아 물이끼가 낀 것이려니 정도로 생각했다. 무엇보다 당장 고민하고 있을 시간이 없었다. 그토록 나오기를 기다리던 조선군이 바다로 나온 상황이었다. 왜병들이 서둘러 승선하여 닻을 올리었다.

수백 척의 적함들이 시야를 가득 채우며 몰려오자 선봉대의 조선 병사들이 그 규모에 압도되어 벌벌 떨었다.

"장군, 이쯤에서 퇴각하는 것이……."

군관이 초조해하며 김완에게 말했다.

"기다리!"

김완은 단호하게 명했다.

'적들이 모조리 승선해야 한다. 모조리 바다로 기 나와야 한다. 안 그라모 우리가 퇴각하면 다시 되돌아가 버릴 기다. 모조리 확실히 바다로 끌어내야 한다.'

마침내 적들이 전원 승선해 천여 척에 달하는 적의 함대가 몰려 나왔다. 적의 선봉이 김완의 대장선 2백보 앞까지 왔다.

"장군, 곧 적의 조총 사거리 안입니다!"

김완은 입을 굳게 다문 채 말이 없다.

'조금만 더…….'

"탕탕탕탕탕."

적병이 쏜 수천 개의 총알이 검은 비같이 날아와 조선군의 배 고물에 투투툭 박혔다. 소나기처럼 퍼붓는 엄청난 총알 세례에 조선군 병사들은 응사할 엄두도 내지 못한 채 그저 방패 뒤에 수그리고 숨어 있기에 급급했다. 적의 함대가 백 보 앞까지 육박해 왔다.

"탕탕탕탕."

더 가까이 다가온 적의 발포.

"윽, 윽."

병사들 몇 명이 탄환을 맞고 쓰러졌다.

"장군!"

군관이 다급하게 김완을 부르며 명령을 청했다.

'아즉이다…….'

김완은 여전히 입술을 꾹 다문 채 다가오는 적 함대만을 지켜보고 있을 뿐이었다. 90보, 80보, 왜군이 시시각각 거리를 좁혀 왔다. 그리고 50보.

"지금이다! 배를 돌려라! 퇴각하라!"

김완이 마침내 영을 내렸다.

퇴각 신호가 떨어지자 조선군 전선들이 일제히 뱃머리를 돌리고 전속력으로 퇴각하기 시작했다.

"쫓아라! 놓치지 마라!"

조선군 전선들이 등을 보이며 도망가는 모습을 보자 협판안치가 다급하게 외치며 왜병들을 재촉했다. 조선군이 진지에 틀어박혀 나오지 않아 안절부절 초조하여 속이 타들어 가던 협판안치였다.

조선군 격군들이 있는 힘을 다해 노를 저었지만, 적선은 시나브로 바로 2, 30보 앞까지 추격해 왔다. 왜선들에게 붙잡히기 직전이었다.

왜군들이 갈고리 줄을 던져 걸고 조선군 전함들을 당기려 하였다. 왜병들이 배 이쪽 편으로 뛰어넘어 오려 기회를 엿봤다. 조선 병사들은 기를 쓰고 갈고리 줄들을 끊어 냈다.

"더 빨리 저어라! 더 빨리!"

군관들이 격군들을 재촉했다. 격군들이 젖 먹던 힘까지 다해 노를 저었다. 웃통을 벗고 노를 젓는 격군들의 몸에 땀이 비 오듯 흘러내렸다.

마침내 왜군 함대의 마지막 왜선마저 모두 먼바다까지 쫓아 나왔다. 김완이 순간을 놓치지 않고 명했다.

"본진에 신호를 보내라!"

신기전이 붉은 꼬리를 늘어뜨리며 밤하늘로 밝게 쏘아져 올랐다. 배를 숨긴 채 초조하게 김완을 기다리고 있던 순신은 신호를 보자 반색하며 명령을 내렸다.

"전군, 공격하라!"

명령에 맞추어 조선 전함 백여 척이 일제히 공격해 들어갔다.

조선군 함대를 발견한 왜적들이 놀라 잠시 멈칫하는 듯하였지만 자신들의 압도적인 수에 곧 자신감을 회복하고는 진을 형성하면서 조선군 함대를 향해 전진해 왔다.

그때 왜적선 선체에 툭툭 부딪히는 것들이 있었다. 왜병들이 의아하여 배 아래를 내려다보니 웬 뗏목이 수면을 가득 메우고 있었다.

"이게 무어냐?"

"뗏목 같습니다."

"이딴 걸로 우리 대일본군 함대의 진격을 막을 수 있다고 생각한 겐가? 하하하하하!"

협판안치가 비웃었다.

그런데 함대 뒤편에서 이 모습을 지켜보던 등당고호는 무언가 이상한 느낌이 들었다. 배에 오르면서 손잡이를 잡았을 때 손에 묻어나오던 기름, 그리고 뗏목……. 골똘히 생각하다가 불현듯 스치는 불길함. 그리고 등골을 타고 내려오는 서늘함.

"퇴, 퇴각하라! 뱃머리를 돌려라!"

등당고호의 다급한 외침에 모두가 갑자기 웬 퇴각인지 의아해 하고 있는 그때, 조선군이 쏜 수천 개의 불화살이 불비가 내리듯 왜병들 머리 위로 쏟아졌다. 불화살들이 휙휙 내리꽂히자 기름이 뿌려져 있던 왜선들이 순식간에 화염에 휩싸였다.

뗏목에도 역시 기름이 뿌려져 있어, 불화살이 뗏목에 내리꽂히자 뗏목들도 즉시 활활 타오르기 시작했다. 수면을 메우고 있던 뗏목들이 왜선들 사이의 도화선 역할을 했다. 서풍을 탄 불길이 눈 깜짝할 새에 뗏목을 타고 배에서 배로 옮겨졌다. 밤바다에 수백 척의 적선들이 꽃같이 피어올랐다.

"아아악!"

온몸에 불이 붙은 왜병들이 고통스러운 비명을 지르며 바다로 뛰어들었다.

순신이 정예 침투병들로 하여금 기름을 뿌린 후 즉시 배들을 불태워 버리라 하지 않은 것은 이렇게 한꺼번에 모조리 불태우기 위함이요, 배만이 아니라 수만의 왜병들까지 모조리 태워 버리기 위함이었다.

뗏목 위에는 속에 유황과 염초를 넣은 짚단들이 실려 있었는데, 짚단이 타들어 가면서 그 많은 뗏목들에서 시커먼 연기가 피어올랐다. 독한 연기가 이내 적선 전체로 퍼졌다. 아직 불길에 휩싸이지 않은 적선들에서도 왜병들은 연기에 시야가 가리고, 눈과 목이 따갑고 쓰려 제대로 응전할 수가 없었다. 왜병들은 조총을 내던지고 갑판에 엎드려 캑캑거리며 토해댔다.

"퍼엉! 퍼엉!"

뗏목에 실은 화약이 터지면서 왜선을 부시었다. 그리고 불붙은 파편들에 의해 또다시 불이 번지면서, 왜군의 전 함대가 불바다가 되었다.

그러나 순신에게는 이제 시작이었다.

"일자진!"

순신의 명령에 따라 일자진의 깃발이 오르고, 명령을 알리는 북소리가 울려 퍼졌다.

"둥, 둥, 둥."

전 함대가 일사불란하게 움직여 각 함선이 꼬리에 꼬리를 문 모양으로 늘어섰다.

"전 함대 함포 발사!"

각 배의 우현, 한 척당 10문, 백여 척, 총 천여 문의 포혈에서 화염이 쏟아졌다.

"쾅쾅쾅쾅쾅."

하늘을 뒤흔드는 굉음과 함께 포탄들이 날아가 적의 배들에 우박처럼 떨어졌다. 우지끈거리는 소리와 함께 적의 전함들이 처참하게 깨지고 부서졌다. 불꽃과 연기 속에서 별안간 쏟아지는 포탄에 왜의 대함대는 순식간에 수라장으로 변했다.

"선회!"

순신의 명령에 따라 함대의 배들이 각 제자리에서 사반회전했다.

"발사!"

이제는 고물의 함포들이 발사되었다. 그리고 또다시 사반 선회하여 좌현의 함포들이 발사되고, 또 사반 회전하여 이물에서 발사하였다.

전함의 전후좌우 모두에 함포를 배치하고, 재장전 시간 동안의 공백 없이 끊임없이 화포를 쏟아붓는 전술이었다. 숨돌릴 틈도 없이 쏟아지는 포탄에 적선들이 차례로 격침되어 물속으로 가라앉았다. 왜병들의 비명 소리가 밤바다를 가득 채웠다.

왜선이 뒤로 기울며 고물부터 가라앉자 왜병들이 서로 살겠다고 이물

쪽으로 몰려들어 난간을 잡고 안간힘을 썼으나 이내 외마디 비명만 남긴 채 배와 함께 수장되었다.

왜선 2-3백여 척이 불타고 침몰했다. 왜군은 변변히 대응도 한번 해 보지 못한 채 속수무책으로 무너졌다.

그러나, 아직 적의 함대는 수백 척이 건재했다. 무려 천여 척이던 함대였다. 이들이 반격을 해 올 경우 순신의 함대는 위태로워질 게 분명했다. 서풍이 점차 약해져 갔다. 불길이 더 번지지 않고 정체되었다. 적 함대 뒤쪽 편 왜선들이 긴 막대기로 불이 붙은 배들을 밀어내 불이 번지지 않도록 하고 있었다.

"전열을 정비하라! 응전하라!"

조선군의 맹공에 정신을 차리지 못하던 등당고호와 협판안치가 가까스로 전의를 회복하여 왜병들을 독전했다.

정신을 차린 왜병들이 조총으로 응사하고 조선 전함 위로 올라타 단병접전을 벌였다. 적선이 정신을 차리고 반격해 오자 조선군 장병들이 당황하기 시작했다.

"이것들을 모조리 죽여 버려라! 모조리 죽여!"

분기가 잔뜩 오른 협판안치가 독기를 내뿜었다. 왜병들은 조금 전까지 처참하게 당한 것의 복수라도 하겠다는 듯이 가열차고 악랄하게 달려들었다. 조선 병사들이 하나둘 왜병의 반격에 쓰러져 갔다.

몇 배나 되는 적의 엄청난 규모에 조선군 함대는 점차 포위되고 있었다. 조선 병사들이 불안감에 휩싸여 순신을 바라보며 명령을 간구했다.

'왜 이리 안 오는가⋯⋯. 글렀는가? 분명 금일이라 전했거늘⋯⋯. 전해 지지 않았던가?'

순신이 초조하게 수평선을 바라보았다.

그때였다.

"둥, 둥, 둥."

정체 모를 한 무리의 배들이 북소리를 울리며 수평선에 나타났다. 적군 과 아군이 모두 긴장했다.

"권 장군, 저기 전선 수십 척이⋯⋯!"

권준은 군관이 가리키는 곳을 보았다.

'아, 적군의 간계였던가? 이제 끝이구나⋯⋯.'

권준이 탄식했다.

절체절명의 순간, 조선군이 깊은 절망에 빠져들어 갈 즈음, 어둠을 헤 치고, 해무를 헤치고 드러난 건, 다름 아닌, 거북선이었다. 게다가 한 척 만 해도 일당백 무적인 거북선이 이번엔 십수 척이었다.

연기 속에 갇혀 있던 왜군들에게는 거북선들이 갑자기 물에서 솟은 듯, 하늘에서 떨어진 듯했다. 갑자기 나타난 거북선들이 달려들자 왜병들은 무엇에라도 홀린 듯 질겁했다.

"메, 메구라부네*거북선*다!"

"조선군에 메구라부네가 없다고 하지 않았더냐!"

"이번에는 떼로 온다!"

그 악명 높은 거북선을 본 왜병들이 아연실색 기겁을 하며 서로의 몸을 짓밟고 앞다투어 물속으로 뛰어들었다.

'이제 왔는가?'

'장군, 쪼까 늦었습니다요!'

'나아가 모조리 격침시키라!'

'야!'

순신은 거북선 철갑 안에서 거북선 부대를 지휘하고 있는 거북선 돌격장 군관 이언량과 교감하였다.

순신은 일부러 거북선 돌격장 이언량, 이기남, 거북선 건조 군관 나대용을 통제영에 남겨 거북선을 계속해서 건조하게 했다. 다른 장병들이 왜국에서 왜적들과 사투를 벌이고 있을 때 그들 역시 통제영에서 그에 못지않은 사투를 벌이고 있었다.

배 짓는 도편수들과 온 군민들이 혼연일치가 되어 밤과 낮을 가리지 않고, 재고 자르고, 뚫고, 치고, 두들기며 혼을 쏟아붓다시피 하였다. 그리고 기어코 거북선 부대를 만들어 낸 것이다. 그리하여 무적의 거북선이 총 열두 척, 최대 규모였다.

왜군이 조선 수군의 전력 중에서 가장 두려워하던 것이 거북선이었다. 적들이 거북선이 있는 것을 알았더라면 어떻게든 사전에 거북선을 제거하려 했을 것이었다. 또한 감히 해전을 하려 들지 않고 육지에서만 싸우려 했을 수도 있었을 것이었다. 그렇게 되면 수적 측면에서도, 군수의 측면에서도 절대적으로 불리한 순신의 군대에게 전투는 두 배, 세 배 어렵고 위험해지는 것이었다. 바다로 끌어내 한 번에 수장시켜야 했다. 부하 장수들에게조차 기밀에 부쳐야 했다.

출전 전 이언량에게 진을 지키라 하며 은밀히 임무를 맡긴 것은 왜국이 섬들로 이루어진 나라인 이상 언젠가는 대규모 해전이 있을 것이라 예견한 순신의 포석이었다. 통제영에서부터 대마도, 대마도에서 하관, 그리고 이곳 해협에 이르기까지 순신은 계속 거북선 부대의 이동 상황을 보고받고 있었다.

"아따 참말로 오래도 기다렸다잉. 자, 아그들아, 한바탕 놀아 보자잉!"

"야!"

거북선 돌격장 이언량이 말하자 격군들과 병사들이 힘차게 대답했다.

"자, 거시기, 충파!"

거북선들이 폭풍처럼 왜선에 돌진했다.

"쾅, 우지끈."

거북선 이물의 귀신 대가리가 적선을 들이받자 적선들이 거친 소리를 내며 박살이 났다. 적선에 타고 있던 왜병들이 비명을 지르며 그대로 배와 함께 수장되었다.

적병들이 가까스로 함선을 거북선 옆에 붙이고 거북선 위에 올라타려 덤벼들다가 거북 등에 무수히 꽂혀 있는 녹슨 창과 칼에 그대로 찔려 죽었다. 철갑 거북선에 조총도 먹힐 리 없었다.

서로 흩어져 적진 깊숙이 파고 들어간 거북선들이 사방에 장착된 포에서 불을 뿜었다.

"콰콰쾅쾅쾅."

적선들이 여지없이 부서지고 깨져 나갔다. 좌우전후 사면에서 일시에 포를 쏘니 수백 척 적선이 아무리 바다를 덮어 구름같이 몰려들어도 덤벼드는 족족 침몰될 뿐이었다.

"전 함대, 돌격!"

순신이 때를 놓치지 않고 명령했다. 순신의 대장선에 돌격기가 올랐다. 판옥선 함대가 일제히 적진으로 돌격해 들어가 적함을 깨고, 부시었다. 조선군이 조란탄을 발사하자 한번 포성에 왜선 한 척의 승선 인원 절반이 몰살했다.

바다는 불과 물이 뒤엉켜 분간하기 어려웠다. 아비규환은 이를 두고 한 말일 것이었다. 천여 척의 위용을 자랑하던 왜군의 대함대가 완전히 뭉그러졌다.

김완과 우치적이 칼을 뽑아 들고 소리를 지르며 앞장서서 적선으로 뛰어넘어 가서 적들을 시살했다. 이를 본 병사들도 일제히 적선에 뛰어올라 허둥대는 왜병들을 도륙했다.

왜의 본진이 궤멸되고 마침내 대장선이 드러났다. 왜의 지휘선인 누각선은 배 위에 집채만 한 누각을 올리고 사면에 검은 장막을 치고 단청을 칠한 모양새였다. 장막에는 검은 바탕에 노란 금색으로 문양을 새겨 놓았다. 누각에만 앉아 있던 협판안치가 상황이 다급해지자 갑판으로 내려와서 직접 지휘를 하고 있었다.

"맞서 싸워라!"

그러나 이미 전의를 상실한 왜병들에게 그런 외침이 귀에 들어오지 않았다.

"쿵."

거북선이 돌진해 적의 대장선을 들이받았다. 대장선이 부서지면서 협판안치가 중심을 잃고 비틀거리더니 이어 물속으로 떨어졌다.

"후, 후퇴하라!"

등당고호가 다급히 외쳤다. 그러나 부서진 왜선의 잔해들이 배의 움직임을 방해하고 있었고, 이미 각 왜선의 격군실에도 독한 연기가 가득 차 왜의 격군들은 노를 젓기는커녕 연기에 질식하여 캑캑거리며 움직이지조차 못하고 있었다.

수군대장 등당고호는 눈앞에서 천여 척의 전선이 모조리 불타고 부하 병졸 수만 명이 수장되는 것을 하릴없이 바라만 볼 뿐이었다.

'천여 척이…… 수만 명이…….'

등당고호의 눈에 눈물이 맺혔다. 다리에 힘이 풀려 털썩 무릎을 꿇고 주저앉았다.

'나는 영원히 이순신을 이기지 못하는가…….'

천천히 단도를 뽑아 거꾸로 쥐더니 자신의 배를 찔렀다. 등당고호가 피를 토하며 앞으로 고꾸라졌다.

물속으로 뛰어든 협판안치는 필사적으로 헤엄쳐 뭍으로 도망가고 있었다. 물로 뛰어든 다른 왜병들과 함께 해변에 기어올라 물에 빠진 생쥐 꼴을 하고 겨우 숨을 돌렸다.

협판안치는 다른 왜장에게 몸을 의탁하였다가 후일을 도모하기로 마음

먹고 뭍으로 헤엄쳐 온 몇십 명의 왜병들과 함께 인근의 요새로 향했다.

요새로 향하는 길에 다른 패잔병들이 협판안치에게로 모여들어 그 수가 수백 명에 달하게 되었다.

협판안치와 패잔병들은 전투에 지치고, 물에 지친 몸을 이끌고 무거운 발걸음을 옮겼다. 한참을 걸었을까. 저만치에 목적지인 요새가 보이기 시작했다. 협판안치와 패잔병들은 안도의 한숨을 내쉬었다.

그때였다.

"와아!"

어디선가 함성 소리와 함께 천여 명이 패잔병들에게 달려들었다. 곽재우와 김순철 휘하의 의병대였다. 기진맥진하여 거의 기어가다시피 하여 요새로 향하던 왜병들이 조선 의병대를 보자 얼굴이 백지장처럼 하얘졌다. 순신이 건네준 두루마리에 적힌 정확히 그 지점이었다.

의병들이 일제히 돌격했다. 협판안치와 함께 있던 왜병들이 마지막 힘을 짜내어 대항해 보려다가 의병들에게 차례로 도륙되었다.

부하들이 모두 쓰러지고 홀로 남게 된 협판안치가 분에 겨워 두 주먹을 불끈 쥐었다.

"*이순신! 이순신! 이순신!*"

협판안치가 눈에 핏발을 세운 채 발악을 하며 절규했다. 이윽고 진살해 들어온 곽재우가 발악하고 있는 협판안치를 향해 달려갔다.

"*휙!*"

곽재우의 검이 바람을 갈랐다.

"툭."

협판안치의 목이 땅에 떨어졌다. 목이 달아난 몸뚱이가 채 남아 있던 살기를 한참을 더 내뿜더니 경련을 일으키며 땅에 쓰러졌다.

먼동이 터오기 시작했다. 어둠이 걷힌 바다는 처참하게 부서진 왜선 수백 척의 잔해들과 수만 명 왜병의 시체들이 수면을 가득 메우고 있었다. 왜군의 시체들로 뒤덮인 수면은 바다인지 육지인지 구분이 되지 않을 정도였다.

이윽고 바다에서 태양이 떠오르고 아침 노을이 잔해와 시체들을 밝게 덮었다. 순신의 투구와 갑옷이, 순신의 얼굴이 아침 햇살을 받아 빛났다. 순신이 팔을 뻗어 칼을 하늘 높이 들었다.

"와아!"

조선 병사들의 함성이 새벽 바다를 울리었다.

왜적선 8백여 척 격침, 200여 척 나포, 왜군 5만여 명 사살, 1만 명 생포, 조선군 전선 피해 없음. 장쾌한 승리였다.

다시 좌백의 진영으로 돌아온 순신은 병사들에게 밥과 술을 풀어 승리한 병사들을 격려했다.

조정에 해상의 승리에 관한 장계를 올렸다. 조선 병사들 중에는 이 전투를 우화우와지마 만의 이름을 따서 우화대첩이라 부르는 사람들도 있었다.

하루를 쉰 순신의 군대는 다음 날 해협을 건넜다.

함대는 물살을 가르고 적선의 잔해를 헤치며 거침없이 나아갔다. 순신의 붉은 구군복이 바람에 휘날렸다.

순신의 군대가 우화에 상륙하자 왜군의 진영은 텅 비어 있었다. 왜군은 지난 전투에서 사실상 전멸되다시피 하였고 구사일생 목숨을 건진 잔당들은 이미 흩어져 도망간 상태였다. 검은 새들만이 해변가의 수습되지 못한 시체들 위에 내려앉아 순신의 군대의 상륙을 지켜보고 있었다.

왜군들의 진영에는 군량미 2만 석과 화약과 탄약, 말 먹이 풀 수천 근, 칼과 조총 등 각종 무기들이 산더미 같이 쌓여 있었다. 이제 군량미나 화약 걱정은 할 필요가 없어졌다.

순신의 군대는 이곳에 의승장 의능을 남겨 수비케 하고, 다시 동쪽을 향해 진군했다.

* * *

선조는 왜국에서 온 장계를 읽고 있었다. 순신이 승리하여 사국의 동부로 진격한다고 하였다.

'이자는 어찌 단 한 번을 지지를 않는가! 사람인가, 귀신인가! 무슨 사술을 쓰는 겐가? 아니면 이게 다 진실된 장계가 맞는가?'

선조는 이제 이순신의 승전보가 지겨울 정도였다. 선조는 이순신을 결코 받아들이고 싶지 않았으나, 그가 거짓 장계를 올릴 사람이 아니라는 것을 너무도 잘 알았다. 이순신이 한 번, 또 한 번 승리를 거둘 때마다 자신은 그에 대비되어 한층, 또 한층 비참해져만 갔다.

이순신의 남벌 출전을 윤허할 때 선조의 의중에는, 만약 이순신이 패한다면 이순신의 명성도 수그러들 것이라, 설령 이기더라도 그 휘하 군사들이 죽고 상해 없어질 것이라는 계산도 있었다. 그런데 이순신의 명성은 수그러들기는커녕 날로 높아져만 가고, 그 휘하 군사들은 점점 더 늘어나고만 있었다.

선조는 또다시 두려웠다.

그런 선조의 마음을 눈치챈 윤두수 등이 그 두려움을 부채질하고, 또 한편으로 유성룡 등이 이순신의 충심을 추호도 의심하지 말라며 그 충정을 역설했다.

양쪽의 말이 다 신물이 났다. 이제 선조가 믿을 수 있는 것은 오직 자신의 마음뿐이었다. 그리고 그 마음은 떨고 있었다.

'그 군대가 조선을 향한다면……?'

선조의 등허리에 식은땀이 흘렀다.

* * *

순신은 대주오즈를 거쳐 송산마쯔야마으로 가는 길을 택했다. 사국에 있던 왜군들은 지난 해전에 동원되어 이미 수장되었거나, 남아 있던 자들도 전의를 상실한 채 성을 버리고 도주한 뒤였다. 순신의 군대는 마치 무인지경을 가듯 진격했다.

사국의 왜인들의 삶도 구주의 왜인들과 마찬가지로 비참하기 그지없었다. 곡식이란 곡식은 이미 거덜이 나 풀뿌리나 나무껍질을 벗겨 먹으며 연명하고 있었고, 여기저기 낭인 도적 떼들이 발호해 백성들의 삶은 더욱 괴로웠다. 풍신수길의 막부는 도적 떼가 들끓고 백성들이 굶어 죽는 마당에 침략 전쟁을 벌였던 것이었다. 영주들의 성을 제외하고는 왜국은 가는 곳곳마다 성한 곳이 없었다.

순신은 그 참상에 안타까운 마음이 들었다. 같은 나라 사람이건 다른 나라 사람이건 간에 측은지심이 있는 사람이라면 그 비참한 모습에 애처로운 마음이 들지 않을 수 없었다. 장수들과 병사들의 마음도 안타깝기 마찬가지였다.

아무리 왜인들의 굶주림이 애처롭더라도 차마 피 같은 군량미를 나눠 줄 수는 없었다. 다만 순신은 진군하면서 행군에 지장이 없는 한도에서 가능하면 이들을 도우려고 했다. 거치는 고을들에서 근방의 도적 떼들을 섬멸해 주고, 그 도적들이 쌓아 놓은 식량이며, 피륙이며를 왜 백성들에게 조금씩 나누어 주었다.

굶주리는 사람은 많고 식량은 그에 못 미쳐 한 사람마다 돌아가는 양은 조나 보리 같은 곡식 한 줌뿐이었다. 그러나 그 한 줌을 받아 가면서도 왜의 백성들은 눈물을 흘리며 고개를 연신 숙이며 감사해했다. 왜의 백성들 사이에서도 이순신의 명망은 드높아져만 갔다.

저만치에 대주성이 보이기 시작했다. 이곳에는 석전삼성이시다 미츠나리와 우희다수가우키타 히데이에의 영지였다.

풍신수길의 심복 중의 심복으로 '5대로 5봉행'이라 불리던 자들이 있었는데, 석전삼성과 우희다수가는 이 5대로 5봉행 중에서도 가장 큰 위세를 떨치던 자들이었다. 순신은 이곳에도 또 한 차례 큰 전투가 있을 것이라 예상하였다. 전술의 구상으로 머릿속이 복잡했다.

대주성 인근에 이르러 멀리 성문이 보였다. 그런데 한 무리의 농민들이 성문 앞에 모여 있었다. 무슨 계책이 있을까 하여 긴장한 조선군 병사들이 창과 칼을 힘주어 쥐었다.

그런데 왜인들이 순신의 군대를 보더니 일제히 무릎을 꿇으며 절을 해 왔다.

'이게 무슨 일인가?'

조선 장병들이 놀라서 흠칫 뒤로 물러났다. 침착을 유지하고는 있었지만 순신도 놀란 기색이었다. 조선군이 어리둥절해하고 있는데, 이윽고 이들의 우두머리로 보이는 노인 2명이 각각 작은 보자기를 안고 걸어 나왔다.

"장군, 무기나 폭약일 수도 있습니다!"

이들을 의심한 이입부가 낮은 소리로 간했다. 순신도 고개를 끄덕였다. 이입부가 손짓을 하자 궁수들이 일제히 노인들을 겨누었다.

"서라! 더 가까이 오면 쏜다!"

그 뜻을 알아들은 노인들이 그 자리에 멈추었다. 이어 무릎을 꿇고 앉더니, 보자기를 땅에 내려놓고 보자기의 매듭을 풀었다. 보자기를 풀어

헤치자 그 안에서 나온 것은 다름 아닌 사람의 머리 둘이었다. 노인들은 다시 일어나 뒤로 몇 걸음 물러난 뒤 순신을 향해 엎드려 절하였다.

이입부가 다시 손짓하자 병사들이 그 머리를 들고 왔다.

"석전사무성과 우희다수기이무니다!"

군관 김준사가 놀라워하며 외쳤다.

대주성의 왜인들이 영주의 목을 바치며 투항해 온 것이었다. 왜인 백성들 사이에서는 이미 왜장 영주들은 자신들을 착취하던 악귀요, 순신의 군대는 자신들을 구하러 온 구원자였다. 순신의 군대가 양민들을 해하지 않았고, 점령지 곳곳에 수비병으로 남겨 둔 승군들이 선행을 베풀어 순신에 대한 신망이 더 두터워진 탓이었다.

왜의 백성들이 성문을 열고 순신의 군대를 맞았다.

송산에서는 대우의통오토모 요시무네이 스스로 성문을 열고 나와 항복해 왔다. 이 자는 왜란 때 조선군을 보고 싸워 보지도 않고 도망갔다가 이에 대노한 풍신수길에게 처형을 당할 위기에 처해 도망을 다니다가 다행히 풍신수길이 죽는 바람에 다시 자신의 영지를 되찾게 된 자였다.

왜란 때 포로로 잡혀 온 조선인들이 사국 곳곳에서 구름처럼 모여들었다. 왜의 백성들 중에서도 순신의 군대를 위해 싸우겠다는 이들이 앞다투어 몰려들었다. 순신의 군대는 갈수록 커져만 갔다.

＊ ＊ ＊

“무어? 이순신이 왜의 백성들에게 식량을 나눠 줘?”

원균이 놀라서 물었다.

“그렇다 합니다.”

기효근이 확인했다.

‘옳거니! 이순신 이놈 제대로 걸렸다!’

원균은 간악한 웃음을 지으며 지체 없이 조정에 장계를 올리었다. 이미 원균은 여러 차례 이순신의 행동 하나하나마다 사실을 곡해하고, 그릇되게 해석하여 모함하는 장계를 올리고 있었다.

> 신 도원수 원균, 주상전하께 엎드려 고하옵니다. 통제사 이순신이
> 왜국의 백성들에게 군량미를 풀어 그들을 먹이고 그 인심을 얻고 있
> 다 하니 그 저의가 무엇인지 심히 염려되옵니다.

장계를 받아본 임금 선조가 펄쩍 뛰었다.

“무엇이! 군량미를 왜의 백성들에게 퍼 줘? 피폐해진 나라 살림에 쥐어짜 내다시피 해서 원정군에 군량미를 대고 있는데 그 피 같은 군량미를 원수 같은 왜놈들에게 퍼 줘? 이순신 이 자가 지금 제정신인가? 왕실에서조차 먹을 것을 아끼고 아껴 가며 군량미를 대기 위해 얼마나 고생하고 있는지 아는 게야, 모르는 게야!”

선조의 손이 분노로 벌벌 떨렸다. 선조는 아침에 받았던 수라가 떠올랐다. 밥과 나물이 전부인 조촐한 수라상이었다.

'그래, 과인은 이렇게 아껴 가며 남벌을 지원하고 있는데, 군량미를 왜놈들에게 퍼 줘? 왜놈들에게?'

선조는 부아가 치밀어 올랐다.

"그래서 왜놈들의 인심을 얻어서 뭘 어쩌자는 게야! 무슨 속셈인 게야!"

선조가 장계를 집어던졌다. 장계에 맞은 도자기가 와장창 깨어졌다.

'이순신, 네 이놈 어디 한번 두고 보자꾸나!'

선조의 눈빛이 사납게 빛났다.

결전

선조 33년 9월 15일.
원균의 군대가 왜군과 결전을 벌이었다.

"무어? 이순신이 해협을 건너서 진격하고 있단 말이냐?"

원균이 술상을 내려치며 소리를 질렀다. 원균은 강산에 이어 회로희메지를 점령한 후 왜인들에게서 재물을 착취하고 왜녀들을 노리개로 삼는 분탕질에 빠져 시간 가는 줄 모르고 있었다. 본국에 전공을 증명하기 위해 전투를 마칠 때마다 수급을 챙기는 것에 집착해 진격 속도도 더뎠다.

왜의 대함대에 가로막혀 한참을 허비할 줄 알았던 순신의 진격 소식에 원균은 마음이 조급해졌다.

'이대로라면 앞으로 대엿새면 이순신의 군대가 경도까지 진격한다. 공을 이순신에게 뺏길 순 없지! 왜왕은 내가 잡아야 한다!'

원균이 눈알을 굴리며 한참을 생각을 하더니 장수들에게 소리쳤다.

"내일 당장 출전이다. 신호고베성을 총공격한다!"

신호성에는 경도에서 급파된 왜군의 근왕병 4만이 지키고 있었다. 신호 방어선이 무너지면 경도 함락은 시간문제라 본 왜왕의 근왕군이 병력을 총 동원해 신호를 수비하도록 한 것이다.

원균의 군대의 병력은 8만, 왜군의 두 배였다.

"성을 포위하고 식수를 차단하여 천천히 말리 죽이는 것이 어떻겠습니꺼?

하신이 간했다. 하신은 북쪽 행로의 왜군을 전부 궤멸시키고 다시 합류해 있었다.

"그럴 시간 없네."

원균은 제안을 단박에 쳐냈다.

"궁지에 몰린 적을 정면으로 공격하면 필사적으로 저항할 것이고 우리 군의 피해도 막심할 것입니다. 병가에서도 공성은 최후의 수단이라고 하지 않았습니꺼?"

하신이 간했다.

"그렇습니다. 포위해서 장기전으로 가면 적은 안에서부터 스스로 무너질 것입니다. 그것이 우리 군의 피해를 최소로 하면서 성을 점령하는 방법일 듯합니다."

김수도 거들었다. 지난번 하신에게 구출된 이후 하신의 말을 곧이 존중하는 김수였다.

"됐어. 우리가 병력이 두 배인데 뭘 망설이나? 밀어붙여! 차포장 잡으려면 마상졸 떼 줘야 하는 게야!"

원균은 부장들의 말을 묵살하고 일방적으로 명령을 내렸다.

"장군……."

"아, 시끄러! 하라는 대로 해!"

수적 우위를 믿은 원균은 잴 것 없이 총공격을 명했고 조선군이 성을 사방에서 에워쌌다.

전투는 치열했다. 성을 취하려는 자와 성을 지키려는 자들이 뒤엉켜 혈전이 벌어졌다. 근왕의 사명감과 최후의 위기감이 그들을 분투케 하였는지 수적 열세였음에도 왜군은 쉽사리 밀리지 않았다.

원균의 군대는 투석기, 총통기, 천·지·현·황포, 장군전, 대장군전 등을 있는 대로 퍼붓다시피 했다. 조선 병사들은 사다리를 놓고 성벽을 기어오르고, 왜군들은 높은 곳에서 조총을 쏘고, 돌을 던지고, 끓는 물을 끼얹었다.

양군은 깨고 깨지고, 베고 베이고, 죽고 죽이며 3일 밤낮을 싸웠다. 조선군과 왜군의 시체가 발 디딜 틈조차 없이 쌓여 언덕을 이루고, 병사들은 동료들의 시체를 딛고 싸우고 또 싸웠다.

원균의 군대가 항복한 포로들도 모조리 죽인다는 것을 익히 알고 있던 왜병들은 죽을 각오로 항전해 왔다. 조선군의 피해는 늘어만 갔다.

공성 나흘째, 드디어 지칠 대로 지친 왜군이 밀려나기 시작했다. 승기를 잡은 조선군이 성문을 깨부수고 성안으로 밀물처럼 밀고 들어갔다. 남은 왜군은 결국 버티지 못하고 포위망을 뚫고 도주했다.

이윽고 원균과 군사들이 신호성에 입성했다. 끝내 성을 점령하기는 하였으나 조선군의 희생도 막대했다. 조선군 사망자 2만, 왜군 사망자 1만, 상처뿐인 영광이었다. 곳곳에 부상당한 조선 병사들이 신음 소리를 내고 있었다.

원균은 병사들의 희생은 아랑곳 않고 이제 경도가 눈앞이라는 생각에 들뜨고 설렐 뿐이었다.

* * *

　새벽 동이 틀 무렵, 임금 선조는 어느 바닷가를 걷고 있었다. 사방은 아직 푸르스름하고 수평선에서는 이제 막 해가 오르려 하고 있었다. 오래간만에 아침의 해변가를 걷는 선조는 기분이 상쾌했다.

　그런데 저 먼바다에서 누군가가 이리로 다가오고 있었다. 그런데 이상하게도 배를 타고 오는 것도 아니요, 헤엄을 쳐 오고 있는 것도 아니었으며, 놀랍게도 물 위에 떠서 오고 있는 것이 아닌가.

　자세히 보니 그는 다름 아닌 이순신이었다. 이순신의 뒤쪽으로 해가 밝게 떠오르자 이순신의 몸 전체가 찬란하게 빛나는 듯했다. 선조는 눈이 휘둥그레져서 한참을 넋을 놓고 그 빛나는 모습을 바라보았다.

　그런데 갑자기 어디선가 역한 냄새가 났다. 선조가 얼굴을 찡그리며 두리번거리며 돌아보니 자신의 온몸에 더러운 오물이 묻어 있었다.

　"이게 다 무엇인가! 언제 이런 것들이 묻었단 말이더냐!"

　선조는 첨벙첨벙 바다로 뛰어들어 오물을 씻어 내려 했다. 씻어 내려 하면 할수록 선조의 온몸은 더 더러워져만 갔다.

　저 먼 곳에서 이순신이 그런 자신의 모습을 보고 빙긋이 미소 짓고 있었다.

　"이힉, 이힉, 이게 왜 이런가! 왜 씻겨지지 않는가! 이힉!"

　선조는 손으로 몸을 씻어 내려 버둥거렸다. 오물들이 점점 온몸을 뒤덮고 얼굴까지 덮어 왔다.

"아악! 아악!"

"헉, 헉, 헉."
선조가 가쁜 숨을 내쉬었다.
"전하, 괜찮으시옵니까?"
놀라 깨어난 유 나인이 옆에서 걱정스레 물었다.
"별일 아니다."
"나쁜 꿈을 꾸셨사옵니까?"
유 나인이 걱정스러운 표정으로 물었다. 선조의 얼굴에 땀이 비 오듯
쏟아지고 옷이 땀으로 모두 젖어 있었다.
"신경 쓸 것 없다. 계속 자거라."
선조는 가슴이 쉽게 진정되지 않았다.

* * *

늦은 밤, 밀실, 윤두수와 윤근수가 머리를 맞대고 낮은 목소리로 무언
가를 수군거리고 있었다. 작당을 끝냈는지 윤근수가 하수인을 불렀다.
그리고 하수인의 귀에 다시 무언가를 속삭이는 윤근수……. 그리고 얼마
뒤 길거리의 아이들 사이에서는 이상한 노래가 떠돌았다.
"이 씨가 망하고~ 또 다른 이 씨가 흥한다네~. 다른 나라~ 좋은 나라~
다른 나라~ 좋은 나라~."

이런 풍문은 선조의 귀에도 들어갔다. 선조의 머릿속에 지난 밤의 꿈과 노랫말이 무섭게 겹쳐졌다.

"지려 천박한 아해들이 무엇을 알겠느냐."

선조는 애써 태연한 척 말을 하면서도, 심장이 서늘해지고, 장부가 울렁거리고, 입이 바싹 말라오는 것을 어찌할 수가 없었다.

* * *

원균은 신호를 점령한 여세를 몰아 바로 경도로 총진격하고자 했다.

"장군, 점령지 방어는 하지 않으실 생각이십니꺼?"

하신이 걱정스러운 표정으로 물었다.

"결국 경도가 우리의 최종 목표네. 총력을 기울여야 해! 공격이 최선의 방어야."

"그래도 최소한의 수비 병력은 남기시는 것이……."

원균은 간언을 묵살하고 전 병력을 동원해 경도로 진격했다. 경도 근교에 이르렀을 때 척후가 급히 돌아와 보고했다.

"무어? 성이 이미 비어 있어?"

신호의 최후 방어선이 뚫린 이상 경도에는 조선군과 맞서 싸울 만한 군대가 남아 있지 않았다. 왜왕과 친위대는 성을 비우고 도주했다.

"혹시 매복이 있을지 모르니 수색대를 보내 알아보시는 것이 좋을 듯합니다."

김수가 간했다.

"그래, 무어 그러든지."

매복은 없었다. 경도의 왜 왕실은 이미 동쪽으로 도피한 후였다.

"내뺐군. 왕이란 놈들은 다 별수 없구먼, 하하하하!"

원균은 은근히 임금 선조를 비꼬았다. 출전 전 자신의 손을 잡고 당부하던 그 임금에 대한 존경심 따위는 그에게 없었다.

'충의? 그딴 것들은 이성계가 역적질해서 나라를 탈취하고, 자신도 자신이 한 것처럼 또 역모를 당할까 봐, 개처럼 말 잘 듣고 충성하는 자들에게 감투 씌워 주고, 녹봉을 주면서 달래고 세뇌하려 한 것일 뿐이지.'

원균의 군대는 왜의 도읍 경도에 무혈입성했다. 원균과 병사들은 곧 왜왕이 머물던 성안으로 들어섰다. 이렇게 쉽게 왜의 도읍을 점령할 수 있으리라 전혀 예상치 못한 일이었다. 원균은 이 모든 것이 다 자신의 탁월함 덕분이라 여겨졌다.

성안에는 황급히 달아나느라 미처 가져가지 못한 금은보화와 패물들이 가득 쌓여 있었다. 원균은 솟아나는 웃음과 입가에 흐르는 군침을 감출 수가 없었다.

원균은 성안에 있는 술과 음식으로 주연을 열고 왜의 미녀들을 잡아 오라 시켜 시중을 들게 했다.

"술을 따라라."

양팔에 왜녀를 낀 원균이 왜녀의 옷 속에 손을 넣어 그 젖가슴을 주무르며 말했다. 하얗게 분을 바른 왼쪽 편의 왜녀가 잔에 술을 따르고 원균이 잔을 들이켰다. 오른쪽 편의 왜녀가 안주를 집어 원균의 입에 대령했다.

원균은 술기운이 오른 채 왜왕의 성에서 가득가득한 금은보화와 미녀들에 묻혀 있으니 구름 위를 떠다니는 기분이었다. 마치 자신이 임금이라도 된 듯했다.

그 탐욕스런 얼굴에 득의만면한 표정이 넘쳐흘렀다.

'이대로 내가……, 이곳의, 주인이, 된다……?'

원균은 불쑥 불순한 생각이 들었다.

'못할 것도 없지 않은가? 덜떨어진 임금놈은 수천 리 밖에 있고, 조선의 군대는 내 손에 있고, 왜군들은 별것도 아니고……. 왕후장상의 씨가 따로 있더냐? 결국 성공하면 왕이요, 실패하면 역적이 아니더냐. 못할 것도 없지, 못할 것도 없어! 결국 새 나라를 세우고 새 나라의 주인이 된 자들은 모두 역도가 아니었던가!'

원균은 생각이 여기까지 미치자 흥이 절로 났다. 돼지머리에 웃음이 박힌 듯 원균의 표정에 웃음이 가시질 않았다. 이제 왜적에 대한 복수심은 사라지고, 탐욕만이 그 자리를 대신하고 있었다.

"하하하하, 좋구나! 마셔라! 마셔! 오늘은 일단 마시자꾸나! 하하하하하!"

원균이 양옆에 낀 왜녀들을 끌어안으며 호호탕탕하게 말했다.

병사는 장수를 닮는다고 했던가. 병사들이 약탈한 물건들과 약탈한 여자들로 광란의 축제를 벌였다. 축제는 며칠 밤낮을 이어졌다. 이제는 그들이 그토록 경멸하던 왜인들이 야만인인지, 그들이 야만인인지조차 알

수 없었다. 그리고 그들에게 이제 그딴 것은 이미 중요치 않았다.

* * *

"원균이 왜의 도읍을 점령했다? 그게 사실이냐?"

선조가 기쁜 소식을 재차 확인하고자 했다.

"그러하옵니다. 전하!"

"장한지고!"

"경하드리옵니다! 이것이 다 주상전하의 홍복이시옵니다!"

대신들이 선조에게 축하를 해 올렸다. 그간의 설움이 밀려와 선조는 눈물까지 글썽거렸다.

"내 원균을 숭록대부에 제수하여 상찬하나니 부디 마지막까지 무사히 대업을 완수해 주기를 바라노라!"

"성은이 망극하옵니다!"

대신들이 경쾌하게 외치며 고개를 조아렸다. 선조는 그 무엇보다 왜의 도읍을 점령한 게 이순신이 아닌 원균이었다는 것이 너무나도 기뻤다.

'원균, 이대로, 이대로만 해 다오. 나의 불명예를 씻어 다오. 이 왕실의 위엄이 다시금 만방에 떨치게 해 다오!'

천 리 밖 원균의 시커먼 속내도 모른 채 선조는 이렇게 성심껏 원균을 응원했다. 선조의 마음에 다시 한번 한 송이 희망이 피어올랐다.

* * *

원균의 경도 입성 소식을 들은 순신은 갑자기 불안해졌다. 그리 쉽게 도움을 내줄 왜인들이 아니었다.

'방심하게 만들어서 기습을 하려는 것인가? 관동에서 세력을 규합하여 역습을 하려는 것인가?'

순신은 붓을 들어 원균에게 서신을 썼다.

도원수 원균 장군께 올립니다. 장군께서도 아시다시피 경도는 왜의 도읍이요, 왕성입니다. 그들이 그리 쉽게 도읍을 내줄 리가 만무합 니다.

감히 말씀드리건대, 분명 적의 간계가 숨어 있을 터이니, 장군께서 부디 조심하시고 신중하시어 왜적의 술책에 기만당하지 않으시기 를 소장 당부 올리는 바이옵니다.

또한, 장군께서도 익히 잘 알고 계시겠지만, 이제부터 맞을 적군은 관동군입니다. 소장이 듣기로 관동군은 왜란 때 참전하지 않아 군사 가 온전히 보전되었고, 내내 안전한 곳에서 힘을 길러 왔다고 합니 다. 조선에 와서 상하고 지쳐 돌아갔던 지금까지의 적들과는 달리 편히 먹고 쉰 힘이 넘치는 군사들이요, 그 수효도 대군이라 하니 전 조선군이 힘을 합쳐 공격해야 할 것으로 사료되옵니다.

소장이 며칠 뒤면 그곳에 당도할 듯합니다. 조금만 기다려 주시기를 부탁드리옵니다.

아직 술이 덜 깬 원균이 군관에게 전갈을 읽게 했다.

부하가 읽어 주는 내용을 듣고 있던 원균이 벌떡 일어났다.

"홍! 내가 먼저 왜의 도성을 차지하니 안달이 났구먼! 제깟 놈이 무언데 총지휘관인 나에게 이래라저래라야! 몇 번 운 좋게 이겼다고 이제 나를 가르치려 들어?"

원균이 코웃음을 치며 말했다.

"내가 마지막 남은 관동마저 차지해서 왜를 모두 차지할까 겁나는 겐가? 천하의 이순신이 나를 시샘하네, 그려. 하하하하!"

"일리가 있는 말 같습니다. 조심해서 나쁠 건 없을 듯합니다."

하신이 말했다. 다른 부장들도 동의하는 표정이었다. 부장들까지 순신의 의견에 동조하자 원균은 부아가 났다.

"뭐! 자네들 지금 누구의 부장들인가? 이순신의 졸개들인가?"

원균이 인상을 가득 쓰며 신경질을 냈다.

"저희는 그저……."

"병법에 이르기를, 전쟁이 나면 어떤 나라나 도읍을 지키려 최선을 다하고 그렇기에 도읍을 지키기 위해 가장 주력 군사를 동원한다고 하였다. 그런 주력군대를 내가 박살 내지 않았는가? 그런데 뭘 더 위협적일 게 남아 있단 말인가? 잔당들 소탕하는 데 무슨 힘을 합치고 자시고 할 게 뭐가 있냔 말이야! 병법의 기본도 모르는 것들!"

이순신이 도착하려면 엿새는 족히 걸릴 테니, 여기서 이틀정도 쉬다가 군사들 이끌고 휙 가볍게 한 번 잔당들 소탕하고 오면 돼!"

원균이 소리를 질렀다. 막상 내뱉고 보니 문득 드는 생각이 있었다.

'잠깐, 아니지. 생각해 보니 왕을 잡지 못한 이상 도읍에 먼저 입성한 게 무슨 의미인가. 지금도 시시각각 이순신의 군대가 다가오고 있다. 이러다 이순신이 와서 왜왕을 잡아 버리기라도 한다면? 이제까지 고생이 헛수고가 되는 게 아닌가? 이제 관동만 남았다. 관동만 점령하면 왜는 조선의, 아니 나의 영토가 된다!'

그때였다.

"장군!"

온몸이 만신창이가 된 병사 하나가 말을 타고 와서는 원균 앞에 엎드렸다.

"무슨 일이냐?"

원균이 병사의 처참한 몰골에 술이 확 깨는 듯했다.

"신호가 함락되었습니다!"

"무어?"

원균이 경악했다.

경도에 있던 왜장들은 복도정칙후쿠시마 마사노리과 흑전장정구로다 나가마사이었다. 풍신수길 사후 덕천가강 휘하로 들어간 자들이었다. 이들은 조선군과 정면으로 맞서서는 승산이 없다고 판단하자 경도를 내어 주고 복도정칙은 근왕하여 동쪽으로 도주하고, 흑전장정은 남은 근왕병 전부를 이끌고 북쪽으로 우회하여 비어 있다시피 한 신호성을 친 것이었다. 경도를 한시라도 서둘러 점령하기 위해 수비병도 남기지 않고 병력을 총동원해 밀어붙인 결과였다.

이로써 원균의 군대는 보급로가 차단된 채 경도에 고립되어 버렸다. 경도의 군량 창고는 이미 적들이 불을 지르고 갔고, 주변 들판에도 이미 적들이 청야를 하고 간 상태였다.

'아, 이럴 속셈이었던가?'

원균이 눈을 질끈 감았다.

'분명 적의 간계가 숨어 있을 터이니, 왜적의 술책에 기만당하지 않으시기를 소장 당부 올리는 바이옵니다!'

원균의 뇌리에 서신 속 순신의 말이 스쳐 지나갔다. 후에 챙겨 오려고 신호성에 남겨 둔 금은보화들 생각에 가슴이 쓰렸다. 그리도 악랄하게 빼앗아 모은 것들이었다. 원균이 아랫입술을 깨물고 뼈아픈 후회를 삼켰다.

"그 안에 있던 우리 군량들은?"

"모두 적의 손에 들어갔습니다."

원균은 정신이 아찔했다. 급히 경도로 향하느라 군량미 대부분을 신호에 남겨 두고 온 상태였다. 그리도 악독하게 긁어모은 군량미였다. 경도가 비어 있다는 소식을 듣고 얼마 가져오지도 않았다.

"있는 군량으로 얼마 정도 갈 것 같은가?"

원균이 기효근에게 물었다.

"길어야 여드레 정도 갈 듯합니다……."

"하아……."

원균과 부장들의 표정에 짙은 그늘이 드리웠다.

* * *

신호가 함락되었다는 소식이 순신의 진영에 전해졌다.

"하아……."

순신은 우려가 현실화되자 그 낭패감에 온몸에 힘이 빠졌다.

'그래도 아직 희망이 없지 않다!'

잠시 실의에 빠졌던 순신은 다시 정신을 차리고 얼른 붓을 들어 서신을 썼다. 원균에게 보내는 것으로, 며칠 후 대판에 당도하니 기다렸다가 신호부터 먼저 협공하자는 내용이었다.

그리고 순신은 정탐을 담당하는 군관을 불러 명했다.

"관동 지방 척후를 두 배로 늘리게."

"네!"

* * *

순신의 군대는 행군을 거듭하여 마침내 대판오사카 근처에 이르렀다.

숲길을 행군하는데, 인적이 드문 곳에 무덤이 하나 있었다. 묘석도 묘비도 없이, 나무로 된 팻말만이 묘비를 대신하고 있는 초라한 무덤이었다. 순신은 이상하게도 그 초라한 무덤이 예사롭지 않아 보여 가까이로 다가가 보았다. 무덤에 뱀들이 엉켜 있어 병사들이 창으로 쫓아 버렸다.

팻말에 적힌 것을 본 순신은 놀라지 않을 수 없었다.

천하인 풍신수길의 묘天下人豊臣秀吉之墓

'이것이 정녕 적괴 풍신수길의 묘란 말인가? 이토록 초라한 무덤이 우리 조선을 침략하여 강토를 짓밟고 수많은 무고한 목숨을 앗아 간 원흉 풍신수길의 묘란 말인가⋯⋯.'

순신은 충격으로 한동안 말이 없었다. 무슨 이유에서인지는 알 수 없으나 순신은 지금까지 풍신수길이 죽었다는 사실을 잊고 있었다.

곁에 있던 강항이 말했다.

"지난 무술년, 왜란 도중 풍신수길이 죽었을 때, 덕천가강을 위시한 영주들이 아직 전쟁 중인 것을 고려하여 혼란을 막고자 그의 죽음을 숨기고자 했습니다. 배를 갈라 소금을 채워 다시 소금관에 넣은 뒤, 대판 주변에 임시로 묻어 두었다 했는데, 이것이 그 가묘인 듯합니다.

그 후 덕천가강이 실권을 잡은 뒤로, 모두가 덕천가강의 눈치를 살피며 누구도 감히 묘를 제대로 이장하자는 말을 꺼내지 못해 저대로 방치해 둔 것 같습니다."

"하아⋯⋯."

강항의 설명이 끝나자 순신의 어깨가 귀까지 솟았다가 한숨과 함께 깊이 가라앉았다. 순신은 온몸에서 기운이 빠져나가는 것 같았다.

'죽어서 소금에 절여지고, 고작 이렇게 초라하게 묻히려고, 조선을 침략하여 우리 강토를 짓밟고 그 많은 무고한 조선인들을 해쳤는가?'

순신은 원수의 초라한 묘 앞에서 분노, 증오, 허망함, 허탈함 만 갈래 심사가 일어났다.

'복수를 하러 왔는데 원수가 백골이 되고 먼지가 되었으니 어찌할꼬……. 우리는 귀신에 활을 쏘고, 허공에 칼질을 하고 있었던가…….'

"짐승의 무덤이군요."

"에이, 이 드러운 놈의 새끼! 퉷!"

"부관참시를 합시다! 어차피 왜놈들도 우리 임금들의 무덤 파헤치지 않았습니까?"

장수들이 제각각 소회를 토했다. 왜란 때 왜군은 성종과 그의 비 정현왕후의 무덤과 중종의 무덤을 모두 파내어 재관을 부수고 유골을 꺼내었다. 중종은 구렁에서 겨우 찾았고, 성종의 유골은 찾지도 못하였는데, 말하기를 불태웠다고도 하고 강에 띄웠다고도 했다.

"우리는 그들과 같은 야만인이 아니지 않소! 백골을 베고 먼지에 채찍을 친들 무슨 소용이오이까!"

권준이 흥분한 다른 장수들을 진정시켰다.

"인과응보랑께! 뿌린 대로 거두는 법인 거여!"

"죄과를 받은 기라! 배때지에 소금 처박고 꼴 조옿타!"

병사들도 제각각 한마디씩 뱉었다.

팻말에는 묘지의 주인이 죽기 직전 직접 지었다는 시가 한 수 적혀 있었다.

이슬처럼 왔다가
이슬처럼 사라지는 게
인생인가
살아온 한세상이
봄날의 꿈만 같다
나니와오사카의 영화는 꿈속의 또 꿈

순신이 말에서 내려 무덤 가까이로 다가갔다.

순신은 한참을 말없이 무덤을 내려다보았다.

무덤을 내려다보던 순신이 천천히 검집에서 검을 뽑아 들었다. 그리고 두 손으로 검을 거꾸로 쥐고 높이 들었다가,

"푹."

힘껏 내리꽂은 검이 무덤 깊숙이 박혔다. 순신은 검을 내리꽂고 나서도 눈을 감은 채 검 자루를 쥐고 있었다. 자루를 쥔 두 손에 점점 더 힘이 들어가자 두 손, 두 팔이 떨려왔다. 이를 악물고 가슴속 무엇인가를 삭혔다. 한참을 그렇게 있던 순신이 천천히 검 자루에서 손을 떼었다.

순신은 말없이 다시 말에 올라 말머리를 돌려 앞으로 나아갔다. 이 모습을 지켜보던 병사들이 하나둘 무덤 쪽으로 다가갔다.

"퉷!"

"퉷!"

병사들은 각기 무덤에 침을 뱉고 지나갔다. 어떤 병사는 오줌을 갈기기도 하였다. 침과 오줌으로 범벅이 된 무덤을 뒤로하고 병사들은 대판으로 나아갔다.

순신의 군대가 대판성 앞에 당도하자 성은 이미 폐허가 되어 있었다. 뜰에는 수풀만 무성하고, 넓고 깊던 해자는 메워지고, 높고 빛나던 천수각은 불타고 내려앉아 있었다.

"풍신수길은 자식이 없다가 늘그막에 아들을 하나 보았는데, 그가 풍신수길의 유일한 혈육인 풍신수뢰도요토미 히데요리입니다. 왜란 중인 무술년에 풍신수길이 이곳에서 죽고, 일곱 살 된 풍신수뢰가 그 뒤를 이었는데, 덕천가강이 이곳에 쳐들어와 풍신수뢰를 죽이고 그의 집안을 멸문하였다 들었습니다."

강항이 설명했다.

"자알 혔다! 씨를 말려 버려야 혀!"

부장들이 시원하다는 듯 말했다.

"제행무상이라……."

곁에 있던 사명이 혼잣말을 읊조렸다. 그의 읊조림에 다들 각자만의 깊은 생각에 잠기는 듯했다.

곳곳에서 한숨이 터져 나왔다. 그 한숨의 의미가 무엇인지는 그들 스스로도 알지 못했다. 그들은 한참을 서 있다가 발걸음을 돌렸다. 병사들은 한동안 말이 없었다.

* * *

원균은 기다렸다가 신호를 협공하자는 순신의 통문을 받고는, 머리를 싸매고 고심하고 있었다.

'군량이 얼마 남지 않았다. 게다가 이순신이 턱밑까지 쫓아왔다. 이대로라면 며칠뒤면 그자가 이곳에 합류하고, 왜군에게 이기더라도 결국은 또다시 이순신의 이름만 빛나게 된다!'

원균은 결심을 한 듯 주먹을 꽉 쥐었다.

"이대로 관동군을 밀어붙인다."

"하지만 장군, 군량미가 턱없이 부족합니다. 우선 신호를 탈환하여 보급로를 확보하고, 군량 보급을 튼튼히 한 후에 적을 치시는 것이 좋을 듯합니다. 더구나 우리가 출전한 사이 신호에 있는 왜군이 우리 뒤를 치게 되면 앞뒤로 적을 맞을 수도 있습니다!"

하신이 만류했다.

'기다리면 이순신이 오질 않느냐!'

원균은 속으로 외쳤다.

"어차피 이번 전투만 이기면 더 이상의 왜군은 없네. 여드레 정도는 충분히 먹으니 그 안에 결판을 내면 돼. 게다가 이순신이 신호의 적을 치겠다 하지 않는가. 그자가 막아 주고 있는 사이에 우리는 동쪽으로 진격하면 돼!"

원균은 하신의 간언을 단박에 쳐내 버리고 고집을 피웠다.

"내일 새벽 출진한다. 전군 출전 준비를 하라!"

하신은 단념하고 각자 부대로 돌아가 출전 준비를 하였다. 더 설득해서 설득될 원균도 아니었거니와, 원균을 만류하기는 하였으나 하신의 마음속에도 이제껏 왜군을 상대로 압도적으로 연승을 해 온 데 대한 자신감이 있었다.

관동군도 왜군인 이상 크게 걱정할 것은 없다는 심산이었다. 마지막 전투, 마지막 승리 한 번이면 되었고, 원균만큼은 아니더라도 하루라도 어서 이 과업을 마무리 짓고 싶은 것은 하신도 마찬가지였다.

* * *

"무어? 벌써 출발을 하였다? 지금부터 싸울 왜군은 지금까지와 다르다고 힘을 모아야 한다고 그렇게 말했건만……."

낭보를 들은 순신이 이마를 싸매고 털썩 주저앉았다.

"말을 들을 사람이었으면 진작 들었겠지요."

이입부가 원균에 대해서 무슨 기대를 하냐는 듯 한탄 섞인 푸념을 하였다.

"지금 쫓아간들 제때 도착할 수 없을 겁니다."

곽재우가 이미 벌어진 일, 되어 가는 대로 두라는 식으로 순신에게 위안을 건넸다.

"이기기를 바라는 수밖에 없겠습니다."

권준이 말했다.

"그랬으면 좋겠군……."

그렇게 말하면서도 순신은 근심을 떨칠 수가 없었다. 왜란 때 칠천량에서 원균이 이끌던 조선 수군이 전멸당했던 기억이 떠올랐다. 대역죄 누명을 쓰고 옥에 갇혔다가 뒤에 복직하여 다시 돌아온 순신은 싸우려야 싸울 배도 군사도 없었다. 이번에도 그렇게 되는 것은 아닌지 불안했다.

"신호의 왜군이 비어 있는 경도로 덤벼들 수도 있으니 우선 급히 경도로 가야겠소. 곽 대장이 기병 5천을 모두 이끌고 먼저 가서 수비를 강화해 주시오."

"예, 알겠습니다."

부장들은 매번 다른 사람들이 원균이 벌인 일의 뒤치다꺼리를 하는 것만 같아 한숨이 났다.

* * *

원균의 군대는 관동을 향해 진격하여 기부_{기후}지역에 이르렀다.

왜군 측에서는 관동의 각 지역에서 모인 군사들이 정강_{시즈오카}에서 총집결한 뒤 서진하고 있었다. 총병력 6만 명. 이제까지 조선군이 대적했던 왜군 중에 최대 규모였을 뿐만 아니라, 왜란 때 조선군과 전투를 벌이지 않아 상하지 않고 기력이 넘치는 군대였다.

원균의 군대의 병력은 7만. 원래 10만 명이었던 군대가 그동안 죽고 상해 현저히 줄어 있었다. 지난번의 밀어붙이기식 공성 탓에 그나마도 부상자가 4분의 1이었다.

"장군, 왜군이 이리로 향하고 있다고 합니다. 하루 이틀 뒤면 이곳에 당도할 것 같습니다."

척후가 돌아와서 보고 했다.

"좋다. 이곳에서 적을 기다린다."

병사들이 숲을 등진 채 관원세키가하라 평원을 앞에 두고 진지를 구축했다.

갑자기 바람이 세차게 불더니 원균의 대장기가 부러졌다. 병사들은 알지 못할 불안감에 휩싸였다.

이틀 뒤 왜의 관동군이 평원에 도착했다. 그러나 왜군은 멀찍이 진지를 구축하고는 아무런 움직임이 없었다. 왜군은 자신들이 신호를 점령하여 원균의 군대에 군량이 거의 남아 있지 않다는 것을 잘 알고 있었다. 애가 타는 조선군이 싸움을 걸어 보아도 왜군은 응전하지 않았다.

여드레가 지나자 조선군의 군량이 바닥나기 시작하였다. 점점 먹는 양이 줄자 병사들의 기력이 급격히 저하되기 시작하였다.

그리고 열사흘 째, 마음이 다급해진 데다가, 수적으로나 화력 면에서나 우위에 있다고 판단을 내린 원균이 행동에 나섰다.

"출전 준비!"

원균이 명령을 내리자 병사들이 태세를 갖추기 시작했다.

조선군이 들판으로 나와 태세를 갖추고 있는데, 왜군의 방책이 열리더니 왜군이 들판으로 쏟아져 나왔다.

드디어 왜군이 응전해 오자 원균은 반가움을 감추지 못했다.

"공격 준비!"

원균이 호기롭게 외쳤다.

그때, 왜군의 진영에서 기이한 부대가 천천히 전면으로 나왔다. 보통 왜병들보다 키와 덩치가 두 배는 더 커 보이고, 윗옷을 걸치지 않은 상체와 팔다리에는 털이 북슬북슬 돋아 있었다. 가죽으로 만든 혁대를 왼쪽 어깨에서부터 오른쪽 허리까지 둘러 등 뒤로 돌려 매고 있었는데, 그 등 뒤쪽 가죽 혁대에는 커다란 도끼가 묶여 있었다. 칼 대신 가시가 돋친 쇠망치를 들고 있는 자들도 있었다. 그리고 얼굴에는 온갖 문신이며 칠을 하여 마귀 같아 보였다.

그 거인 병사들은 저마다 손에 쇠사슬을 쥐고 있었는데, 쇠사슬 끝에는 불곰이나 호랑이, 표범 같은 온갖 사나운 맹수들이 묶여 있었다. 맹수들이 이빨을 드러내며 으르렁거렸다. 며칠을 굶었는지 호랑이와 표범들이 쇠줄을 놓기만 하면 당장이라도 뛰쳐나갈 듯 조선군 쪽을 노려보았다.

"유, 유오무쓰군이다."

원균은 그동안 포로로 붙잡은 왜병 5천여 명을 총알받이로 앞세웠는데, 왜병 포로들이 그 부대를 보자 하얗게 질린 얼굴로 슬금슬금 뒷걸음질을 쳤다.

육오는 본주훈슈 북단에 위치한 지방인데, 동산도 8국 중 가장 북쪽에 있었다. 그곳 사람들은 사납고 난폭하기로 유명했다. 제멋대로 모여 살 뿐 누가 제재하는 법도 없었다. 덩치가 산같이 크고 몸에 털이 돋아 있어 왜인들을 이들을 '에비스'라 불렀다. 애비가 아들을 죽이고, 아들이 애비를 죽이고, 형을 죽이고, 동생을 죽이는 왜인들 중에서도 오랑캐였다. 또한 그곳의 숲속에는 날짐승, 들짐승들이 많았는데, 그들은 표범, 호랑이 같은 맹수들을 길들여 부렸다.

잠시 뒤 그 기이한 병사들 사이로 다른 거인 병사들보다 머리 하나만큼이나 더 크고, 짐승의 가죽을 머리에 쓴 자가 어슬렁어슬렁 걸어 나왔다. 눈은 애꾸였는데, 그 하나 남은 눈에서 쏟아 내는 눈빛은 마치 야수의 그것과 같았다. 그 기운이 주위의 다른 거인 병사들마저 압도하고 있었다. 양 허리에는 칼을 두 자루 차고 있었는데, 보통 왜병들의 칼들보다 크고 휘어서 더욱 날카로워 보였다.

"다, 다테 마사무네이달정종……."

왜병 포로들이 그 거인대장의 것인 듯한 이름을 중얼거리더니 급기야 달아나기 시작했다. 이달정종은 어릴 때 천연두를 앓아 한쪽 눈이 애꾸였는데, 일찍부터 잔인하고, 괴팍하고, 흉악하기로 왜국에서 악명 높은 자였다.

"물러나면 벤다!"

기효근이 달아나는 포로 왜병 몇 명을 베었으나, 그들의 두려움은 이미 조선 병사들에게까지 전염되어 조선 병사들도 슬금슬금 뒤로 물러나고 있었다.

그 거인 대장이 천천히 팔을 위로 들어 올렸다. 그리고 다시 앞으로 뻗으면서 짐승처럼 포효했다.

거인 병사들이 쥐고 있던 쇠줄을 놓았다. 맹수들이 말의 빠르기의 두 배가 넘는 무서운 속도로 조선 병사들에게 달려들었다.

"공격! 포를 발사하라! 총을 쏘아라!"

다급해진 원균과 부장들이 병사들에게 명령했다. 그러나 호랑이나 표범들은 대포나 총을 쏘기도 전에 무서운 속도로 달려와 병사들에게 달려들었고, 불곰은 총알을 맞고도 끄덕도 않은 채 달려들었다. 병사들에게 올라탄 맹수들이 조선군의 머리와 목을 물어뜯었다.

"아악, 아악!"

병사들이 맹수들에게 물어뜯기며 비명을 질러댔다.

포수들은 포나 총을 쏘기를 포기하고 칼을 들고 대항했으나 사나운 맹수들에 물리고 쫓겨 이미 전열이 뭉그러지기 시작했다.

어느 틈엔가 거인 병사들이 뒤이어 달려와서는 혼란에 빠지고 우왕좌왕하는 조선 병사들을 도끼와 가시 돋친 쇠망치로 내려찍었다. 조선 병사들이 칼로 막아도 그들이 무시무시한 힘으로 도끼를 내려치자 칼마저 잘려 나갔다. 거인들은 보통 사람이 들지 못하는 무거운 쇠방패를 들고 싸웠는데 총알도, 칼도 뚫지 못했다.

조선 병사들은 도저히 보통 인간의 힘으로 대적할 수 없다는 공포에 사로잡혀 전의를 상실하고는, 급기야 등을 보이며 달아나기 시작했다. 서로 밀고 밀치고 밟고 밟으며 서로 먼저 도망가려 몸부림치느라 조선군 진영은 순식간에 아수라장이 되었다.

거인 병사 하나가 던진 도끼의 날에 원균 곁에 있던 기효근의 머리가 반으로 갈라졌다. 그 모습을 본 원균이 질겁을 하고는 슬금슬금 뒤로 물러났다. 전열이 흐트러졌다고는 하나 아직 수만의 군사가 있고, 진을 재정비하여 싸우면 충분히 승산이 있었건만 원균은 얼어붙어 아무것도 하지 못했다.

"우리가 수적으로 우세하다! 응전하라!"

보다 못한 하신이 독전하자 병사들은 그제야 힘을 내서 싸우기 시작했다.

"달아나지 마라! 싸워라!"

김수와 다른 부장들도 독려하자 병사들이 다시 힘을 찾고 왜병들을 밀어붙였다.

맑고 높은 하늘 푸른 벌판 위에서 피의 백병전이 벌어졌다. 죽고 죽이는 치열한 공방이 계속되었고 조선군은 수적 우세에도 불구하고 점차 밀렸다. 왜군의 주특기인 단병접전에서는 조선군의 막강 화력도 무용지물이었다. 몽고인들이 태어나면서부터 말을 타듯 갓난아이 때부터 칼을 쥐고 논다는 왜인들이었다.

"와아!"

그런데 그때, 뒤쪽에서 또 다른 왜군 부대가 함성을 지르며 공격해 왔다. 가등청정의 기병대였다. 평야를 우회하여 조선군의 뒤를 친 것이었다. 앞뒤로 공격을 받은 조선 병사들이 공황에 빠지고, 조선군의 대오는 걷잡을 수 없이 무너졌다.

결국 원균의 군대는 왜군에 포위되고 말았다. 조선 병사들이 사방에서 적의 칼을 맞고 쓰러져 갔다.

"장군, 더 이상은 무리입니더. 퇴각 명령을 내려 주십시오! 곧 퇴로가 차단됩니더!"

하신이 원균에게 외쳤다.

원균은 토끼눈이 되어서는 당황하고 얼어붙은 채로 정신을 차리지 못하고 있었다.

"그 많던 병사들이…… 그 많던 병사들이……."

원균은 왜란 때의 패퇴의 기억이 떠올랐다. 두려움이 엄습했다. 급기야 원균은 퇴각 명령도 내리지 않은 채 말머리를 돌려 등을 보인 채 도망가기 시작했다. 이윽고 김수도 말머리를 돌려 달아났다. 지휘관도 없이 전장에 남겨진 병사들이 우왕좌왕하다가 차례로 왜병의 칼에 쓰러져 갔다.

지휘관들이 도망가자 병사들도 앞다투어 달아나기 시작했다. 전열은 돌이킬 수 없을 만큼 지리멸렬해졌고 전세는 완연히 기울어졌다.

"퇴각! 퇴각하라!"

하신이 다급히 외쳐 보았으나 이미 때는 늦었다. 무기마저 버리고 도주하던 조선 병사들이 꼬리를 물고 쫓아온 왜의 기병대에 무참히 척살되었다. 조선군의 시체가 언덕을 이루고 벌판이 조선군의 피로 뒤덮였다.

　　　　　　　　＊ ＊ ＊

　"헉, 헉, 헉."

　하신은 가까스로 포위망을 뚫고 정신없이 달리고 있었다. 추격을 따돌리려 말조차 내버리고 숲으로 들어가 미친 듯이 달리고 또 달렸다.

　한참을 정신없이 달리다가 뒤를 돌아보니 더 이상 쫓아오는 적은 없는 듯했다. 달리던 것을 멈추고 잠시 숨을 돌렸다.

　그때 갑자기,

　"부스럭."

　인기척이 났다.

　"누구냐!"

　하신이 칼자루를 쥐고 칼을 뽑을 태세를 취했다. 그러나 아무리 주위를 둘러보아도 아무도 없었다.

　'잘못 들었나?'

　아직 저만치 어딘가에서 들리는 조총 소리, 비명 소리. 하신은 다시 더 멀리, 더 깊숙이 달리고 또 달렸다.

　하신은 정신없이 달리면서도 계속 누군가가 자신을 쫓아오고 있다는 느낌을 떨칠 수 없었다. 그러나 뒤를 돌아보면 분명 아무도 없었다.

　잠시 나무에 기대어 숨을 돌리는데 또다시,

　"부스럭."

　"누, 누구냐!"

하신이 칼을 빼 들었다. 수풀 안에 무엇인가가 있었다. 극도의 긴장 감⋯⋯.

사슴 한 마리가 놀란 듯 껑충껑충 뛰어 도망갔다.

"휴우⋯⋯."

하신은 안도의 숨을 내쉬었다.

'긴장한 탓인가?'

어느덧 날이 저물고 어둠이 내려앉았다. 이제는 멀리서 들리던 총소리 마저도 들리지 않고 주위는 적막했다. 하신은 그제야 낮의 전투를 돌이 켜 보았다.

'아, 그 얼마나 어처구니없는 실책인가. 이순신 장군을 기다리자고 더 만류했어야 했는데⋯⋯. 퇴각 명령조차 내리지 않고 혼자 내빼는 지휘관 이라니⋯⋯.'

하신은 원균의 분별없고 한심한 작태를 떠올리며 고개를 절레절레 저 었다.

'그저 죽어 간 병사들이 불쌍할 뿐⋯⋯.'

가빴던 숨도 잦아들고, 지난날의 후회도 아득해지자, 이제 온종일 전투 를 치르고 숲속을 뛰느라 지치고 고단한 몸에 잠이 쏟아져 내렸다. 하신 은 그대로 나무에 기대어 앉은 채 깊은 잠에 빠졌다.

묘시 경새벽 5시 아직 만물이 잠든 시각, 하신은 이른 새벽의 으슬으슬한 찬 기운에 눈을 떴다. 주위는 캄캄함이 조금 걷힌 듯 어슴푸레했다. 잠깐 눈을 감았다 뜬 것 같은데 벌써 몇 시진이나 흘러 있었다.

'오래 지체할 순 없지. 대판성으로 가서 이순신 장군에게 의탁하는 수밖에……'

하신이 자리를 털고 일어났다. 다시 길을 나서려 하는데 칼이 보이질 않았다.

'어? 어제 분명히 옆에 놓아두었는데?'

주위를 한참 뒤졌지만, 여전히 칼은 보이지 않았다. 어떻게 된 노릇인지 영문을 알지 못한 채 어리둥절해 하고 있는데, 또다시,

"부스럭."

소리가 났다. 소리가 나는 곳을 바라보니 저만치에 웬 왜인 소년이 서 있었다. 열 살쯤 되었을까, 왜인 복장에 빡빡머리를 한 깡마른 소년이었다. 소년의 어수룩한 모습에 하신은 긴장이 풀렸다.

'깜짝이야. 그놈 어디 있다 나온 거고?'

소년을 유심히 보니 소년의 허리춤에 하신의 칼이 묶여져 있었다. 잠든 사이에 그 소년이 가져간 모양이었다.

'저건 내 검인데…… 이 녀석이……!'

하신은 칼을 잃어버린 것은 아니라는 생각에 안도가 되었다.

"아이야, 그 칼은 내 기란다. 이리 다오."

하신이 손을 내밀며 다정한 미소까지 띠고 소년이 알아들을 수 있게끔 왜말로 말하였다. 소년은 알아들었는지 못 알아들었는지 칼자루에서 칼을 뽑았다.

"야야, 뽑지 말고 칼집 채로 주야지. 그건 아들이 갖고 노는 기 아이란 다. 이리 다오……."

하신이 다시 달라는 손짓을 해 보였다.

소년이 하신의 의사를 알아들었는지 칼끝을 하신을 향한 채 불쑥 내밀 었다.

'당돌한 녀석이네.'

"어른에게 칼을 드릴 때는 칼끝은 자기에게 오도록 하는 것인데……."

소년이 하신 쪽으로 천천히 다가왔고, 하신은 칼을 받으려 걸어갔다. 소년의 순순한 모습에 하신은 빙긋 웃었다.

"느그 왜인 부모들은 그런 것도 아니 가르치나 보……."

하신과 몇 발자국 남겨 놓지 않는 상태에서 소년이 갑자기 하신을 향해 내달렸다.

"윽!"

하신의 몸이 앞으로 푹 수그러졌다. 하신의 배를 뚫은 칼끝이 등 뒤로 솟구쳤다. 놀란 하신의 눈…….

하신의 얼굴이 고통으로 인해 점차 일그러졌다.

'울컥.'

하신의 입에서 피가 쏟아져 나왔다.

소년이 칼을 쥔 채로 한 발 한 발 하신에게로 다가왔다. 점점 더 깊숙이 박히는 칼……. 소년의 얼굴과 하신의 얼굴이 코가 마주 닿을 만큼 가까 워졌다. 그리고 앞니 빠진 치아를 드러내고 활짝 웃는 소년의 얼굴…….

"왜……?"

피가 흐르는 하신의 입이 억울함을 내뱉었다.

미소 짓던 소년이 명랑한 목소리로 말했다.

"푸무새 끄토!"

소년이 하신의 코앞에 얼굴을 갖다 대고는 잔인한 냉소를 지었다.

하신이, 천천히, 쓰러졌다.

* * *

동래부. 하신의 어미는 밤늦도록 호롱불 아래에서 삯바느질을 하고 있었다. 문도 닫혀 있었는데, 갑자기 어디선가 스산한 한 줄기 바람이 불더니 호롱불이 꺼졌다.

순간 심장이 멎고 가슴이 덜컥 내려앉았다.

"아아……."

알 수 없는 격정이 어미를 휘감았다. 손이 덜덜 떨리고 하염없이 눈물이 흐르기 시작했다. 어미가 늙고 시든 손으로 눈물을 훔치려 했으나 눈물은 주체할 수 없이 흘러내렸다.

한없는 슬픔, 가슴이 미어지는 비통함…….

어미는 이제 아들을 영원히 다시 볼 수 없음을 직감했다. 지독한 절망과 비탄이 가시 돋친 철사와 같이 어미의 몸을 휘감았다. 어미는 재가 되어 버린 가슴을 부여안고 울었다.

* * *

가까스로 포위망을 뚫고 탈출한 패잔병들이 대판오사카으로 와서 순신에게 낭보를 전했다.

"무어? 원균 장군이 대패해?"

순신이 놀라 벌떡 일어났다.

"그, 그렇습니다."

피투성이가 된 패잔병이 울면서 말했다.

'하아…… 낭패로다……. 낭패로다…….'

순신은 온몸에서 힘이 빠져 의자에 털썩 주저앉고 말았다.

"적은 얼마나 되던가?"

"6만은 되어 보였습니다."

"6만이라……."

순신의 군대의 세 배가 넘는 수였다. 순신은 순간 눈앞이 깜깜해졌다.

"장수들을 모두 어찌 되었는가?"

"기효근 장군은 전사하였고, 나머지는 모두 뿔뿔이 흩어져 그 생사도 행방도 알지를 못합니다."

패잔병이 울먹이며 대답했다.

"알겠네. 고생했네. 여봐라, 이 병사를 데리고 가서 치료해 주고 쉬게 하라!"

병사들이 소식을 전한 병사를 부축해 나가고 나자, 순신은 손으로 이마를 싸쥐었다.

'이제 어쩐다……?'

순신은 깊은 고심에 빠졌다.

'일단 경도로 가자. 적들이 성을 포위하기 전에 가야 한다.'

* * *

그 무렵 원균은 밤의 어둠을 틈타 어딘지도 모를 곳을 정신없이 내달리고 있었다.

"이려, 이려!"

달리는 말의 궁둥이에 채찍을 갈기고 또 갈겼다.

'말아, 날 살려라.'

원균은 혹시 왜병들이 자신임을 알아볼까 봐, 투구와 갑옷을 벗어 내던지고, 구군복마저 벗어 내던지고는 흰 저고리차림으로 말 등에 착 붙어 달렸다. 왜병에게 붙잡히면 조선인 포로인 척할 심산이었다. 혹시나 왜병들이 수상하게 여길지 몰라 임금이 하사한 대장군 검마저 내버리고 단도만 챙겼다.

죽어 가던 부하들을 전장에 내팽개치고 도망치는 원균의 머릿속에 부하들 걱정 따위는 없었다. 그의 머릿속에는 이제나저제나 오직 일신의 안위만이 있을 뿐이었다.

원균의 말은 대장군에게 하사된 오추마였으나 비대한 몸을 태우고 가는지라 힘이 다한 듯했다. 원균은 더 이상 뛰지 못하는 말을 버리고는 어딘지도 모를 들판을 헤매었다. 평소에 손도 까딱하지 않던 몸이라 스스로도 쉽게 지쳤다. 낮에는 몸을 숨기고, 밤이 되면 야음을 타고 도주하기를 반복했다.

들판의 과일을 따 먹거나, 들쥐나 개구리를 잡아먹으며 연명했다. 그렇게 사흘이 지났을까. 저 멀리에 민가의 불빛이 보였다.

'옳거니! 음식도, 왜의 옷도 있으렸다!'

원균은 왜복을 입고 머리만 떠꺼머리로 밀면 무사히 조선까지 갈 수 있다는 생각이 들자 반가운 마음이 들었다.

'조선에 가면 이순신에게 협공을 하자고 했으나 이순신이 명을 거역하고 돕지 않는 바람에 이렇게 되었다 해야겠다.'

그런 순간에서조차 원균의 머릿속에는 책임을 모면할 궁리만이 가득했다.

휘적휘적 민가로 달려가서는 담장 밑에 숨어 안뜰을 살피니, 방에 불이 켜져 있고 인기척이 나는 듯했다.

원균은 단도를 품에 숨기고 방 안으로 들어갔다. 여차하면 단도를 꺼내들 생각이었다.

방에 있던 노부부는 갑자기 방으로 들어온 낯선 사내를 보자 기겁을 했다. 원균은 무릎을 꿇고 조선인 포로라 말하며 먹을 것을 좀 달라고 손짓을 해 보였다. 조선말을 알아듣지는 못했지만, 하도 애처롭게 애원하기에 그 모습이 딱했던지 노부부는 원균에게 음식을 내어다 주었다. 노부

부는 피와 흙으로 얼룩지고 찢어진 원균의 옷을 보더니 왜의 의복도 내어
주었다.

"아, 아리가또, 아리가또 고자이마시다."

원균은 어눌한 왜말로 감사하다며 고개를 조아리며 수차례 절하였다.
노부부는 그 죄지은 눈초리, 불길하고 비굴한 얼굴을 경계심 어린 표정
으로 유심히 쳐다보았다. 이것을 알아차린 원균은 느긋하고 태연한 척을
하며 억지로 미소를 지어 보려 애썼지만, 모래 씹은 듯한 어설픈 미소는
오히려 노부부를 역하게 했다.

왜인 부부는 원균에게 침구를 꺼내 주고 밖으로 나갔다. 원균은 배불리
먹고 긴장이 풀렸던지 이내 곯아떨어졌다. 원균이 완전히 잠든 것을 확
인한 노부부가 어디론가 사라졌다.

얼마쯤 지났을까. 수십 명의 왜인들이 몽둥이나 돌 같은 것을 들고 들
이닥쳐서는 험한 손길로 원균을 마당으로 끌어내었다.

"왜, 왜들 이러느냐!"

자다 깬 원균이 당황해하며 외쳐댔다. 모여든 왜인들은 모두 원균에게
부모, 형제가 참살당하거나, 가진 것들을 모두 빼앗겨 가족이 굶어 죽거
나, 원균에게 아내나 딸을 빼앗긴 왜인들이었다. 원균이 품속을 더듬어
단도를 찾았으나 이미 왜인들이 찾아내어 치운 뒤였다.

"그 원균이라는 놈 맞지?"

왜인들 사이에서도 원균이라는 이름은 이미 듣기만 해도 이가 갈릴 정

도로 악독하고 잔혹하기로 악명 높은 이름이었다. 왜인들은 그 이름을 들을 때마다 부심하며 별러 왔었다.

"응, 그놈 맞아."

왜인들은 자기네들끼리 왜말로 말을 주고받더니 마당에 끌려 나온 원균을 발로 짓밟고, 몽둥이로 내려치고, 돌로 내려찍기 시작하였다.

"으악, 악!"

원균의 비대한 몸뚱이가 점점 피투성이가 되어 갔다.

천명의 막바지

선조 32년 9월 14일.
통제사 이순신이 왜의 왕성에 입성하고
왜적들의 공격을 막아 내었다.

　조정에 원균의 군대 궤멸의 비보가 전해졌다.

　'아아, 하늘이 조선을 버리시는가! 하늘이 나를 버리시는가! 백성들에게서 버림받은 임금, 하늘에게서 버림받은 임금…….'

　선조가 침통함을 감추지 못했다. 이제 선조에게는 마지막 남은 희망마저 사라지고 절망만이 먼지처럼 내려앉았다.

　'이제 이순신이 이긴들 무얼 하나. 이긴들……. 아니, 오히려 이젠 이길 것을 걱정해야 하는가? 백성들은 그를 추종하고, 군사들도 그에게 충성하고, 백성들은 왕실을, 아니 나를 혐오하고…….'

　선조는 장래 있을지 모를 이순신의 개선 행렬 앞에서 자신의 한없는 초라함을 생각했다. 마지막 남은 희망마저 사라진 선조에게 하루하루를 버틸 수 있게 해 주는 것은 이제 그저 술뿐이었다.

　"따르라."

　"전하, 약주가 과하시옵니다."

　곁에 있던 유 나인이 만류하였다.

　"따르라 하였다!"

"쇤네, 전하의 건강이 염려되옵니다."

"네가 걱정할 바 아니다."

"안색이 이리 좋지 않으시니 쇤네가 걱정을 하지 않을래야 하지 않을 수가 없사옵니다. 보약이라도 한 제 올리오리까?

"되었다."

"근래 식사도 제대로 아니 하시고 약주만 하시니, 난을 피해 도망해 다니실 때보다 옥체가 더 야위셨사옵니다."

순간, 선조의 눈에 살기가 돌았다.

"방금 무어라 하였느냐?"

선조의 표정이 싸늘해졌다.

"예……?"

그리도 애틋하게 쳐다보고 다정하게 대해 주던 선조의 눈빛이 차갑고 사납게 돌변하자 유 나인은 놀라고 당황스럽고 두려웠다.

"방금 무어라 했느냔 말이다!"

"안색이 좋지 않고 야위셨다고……."

"도망? 도망이라 하였느냐? 내가 도망 다닐 때보다 더 야위었다 그리 말하였느냐!"

선조의 얼음장 같은 눈빛과 추상같은 목소리에 유 나인은 울음을 터뜨리기 직전의 어린아이와 같은 표정이 되었다. 유 나인은 얼른 침상에서 나가 방바닥에 무릎을 꿇고 엎드렸다.

"쇤네는 그저……."

"이런 발칙한 년이 있나!"

"죽, 죽을 죄를 졌사옵니다!"

유 나인이 울먹이며 말했다.

"여봐라! 게 아무도 없느냐!"

선조가 밖을 향해 소리쳤다.

"전하, 찾으셨사옵니까?"

상선이 들어와 고개를 조아렸다.

"당장 이년을 끌고 가 매우 쳐라!"

"전하……?"

상선이 놀라 선조의 표정에서 진의를 살폈다.

"무얼 하느냐! 당장 이년을 끌어내지 않고!"

"예이…….'"

상선이 손짓하자 밖에 있던 내관들이 달려들어 유 나인을 끌어냈다.

"전하! 전하! 잘못했사옵니다! 전하!"

유 나인이 양팔을 붙들린 채 끌려 나가며 울부짖었다.

"전하! 흑흑! 전하!"

유 나인의 간곡한 외침에도 선조는 명을 거두지 않았다.

"고얀 년! 내가 도망을 했다? 내가 도망을 다녔다? 내 어여삐 여겨 주었
더니 다른 자도 아니고 네 년이…….'"

선조는 유 나인이 끌려 나가고 나서도 한참을 씩씩댔다.

"이제는 아랫것들마저 나를 능멸하려 하는구나!"

그날 밤 유 나인의 비명 소리가 온 궁궐을 채웠다.

* * *

순신은 서둘러 경도성에 입성하여 수비를 강화하였다. 얼마 지나지 않아 뿔뿔이 흩어져 각자도생하던 원균의 군대 패잔병들이 순신이 왔다는 소식을 듣고 경도성으로 몰려들었다. 그 수가 2만여 명. 원균 휘하 7만 명 중 약 5만 명이 죽거나 그 행방을 알지 못하는 것이었다. 송하신, 김수 등 원균 휘하에 있던 장수들도 그 행방을 알지 못했다. 조선군 측에서는 뼈아픈 타격이 아닐 수 없었다.

순신은 원균 휘하에 있던 병사들을 편입시켜 부대를 재편성했다. 순신의 군대의 수는 배가 되어 4만 명에 이르렀다. 그러나 적의 병력은 6만, 여전히 조선군의 한 배 반이나 되었다. 다만 한 가지 고무적인 것은 정총병 5천 명이 생환하여 순신의 군대에 편입되었다는 것이었다. 정총 없이 조총을 든 왜군들과 싸우던 순신의 군대의 전력에 큰 보탬이 되었다.

순신이 영을 내렸다.

"우선 뒤에 있는 적부터 해결해야겠네. 김순철 대장은 지금 군사 1만을 이끌고 신호를 치게."

"예."

순철이 대답하고 나갔다. 애초 5천 명 정도이던 의병대는 왜국에 포로로 잡혀 왔던 조선인들 중 자원한 자들과, 왜인들 중 함께 싸우기를 자청

한 자들이 모두 편입되어 그 수가 배로 불어나 있었다. 의병대는 더 이상 누더기를 걸치고 낫과 죽창을 들고 싸우던 예전의 의병대가 아니었다. 전리품 천으로 부대의 복장도 갖추었으며 왜군에게서 노획한 칼과 총으로 무장한, 수많은 전투로 단련된 최정예부대였다. 왜군의 조총을 입수한 뒤에는 사격 실력마저 이미 정예 총병의 수준에 달해 있었다.

순철이 군사들을 휘동하여 신호성으로 나아갔다. 신호성에 도착해 보니 성벽은 굳게 닫혀 있고 왜군의 붉은 깃발들이 성벽 위에 가득 꽂혀 휘날리고 있었다.

적군의 수 1만. 지휘관은 흑전장정이었다. 왜란 때 제3군 사령관으로 황해도의 조선 백성들을 살육했던 자였다.

성 밖의 의병군과 성벽 위의 왜군들이 대치하여 기싸움을 벌였다. 흑전장정이 성벽 위에 서서 의기양양하게 아래쪽을 내려다보았다. 흑전장정은 성을 점령한 후 성벽을 수리하고, 해자를 더 깊이 파고, 성벽에 대포를 설치해 철저한 농성 준비를 해 둔 터였다.

공성측 1만, 수성측 1만. 병력수가 비등한 경우 공성측이 절대적으로 불리했다. 순철은 성을 한참 살펴보았으나 도성을 수호하는 요새였던 만큼 한 치도 빈틈이 보이지 않았다. 바로 밀고 들어가면 성을 점령하지 못할 뿐만 아니라 설사 점령한다 한들 아군의 피해가 막심할 것 같았다. 공성은 전력이 몇 배나 우월할 때 하는 것이요, 그럴 때에도 최후의 수단이었다.

그렇다고 성을 포위하고 고립시켜 장기전으로 가기에도 마땅치 않았다. 포위할 만한 병력수가 되지 않을 뿐만 아니라, 성 안에는 원균의 군대가 쌓아 놓고 간 군량미가 가득했다. 흑전장정의 1만의 군사가 서너 달은 족히 먹을 양이었다.

순철은 일단 군사를 물려 성문 10리 밖에 진을 쳤다.

'어드렇게 함둥…….'

순철이 궁리를 하였다. 한참을 고민하던 순철은 무슨 수가 떠올랐는지 돌이아범에게 물었다.

"우리 의병대 중에 산척들이 있지 않음매?"

"예, 스무명 남짓 될 것입네다."

순철이 대장이 된 이후로 깍듯이 대장의 예를 갖추는 돌이아범이었다.

"다 불러 모으라우."

"예."

의병대 중에는 그 다양한 배경만큼이나 다양한 재주들이 가진 자들이 많았다. 그중에는 '산척'들도 있었는데, 산을 돌아다니면서 약초를 캐거나 사냥을 하는 사람들이었다. 이들은 웬만한 바위 절벽쯤은 맨손으로도 기어올랐다.

산척들이 모두 모이자 순철이 작전을 지시했다.

"자시밤11시~새벽 1시에 의병대 선봉이 성의 동문을 칠 것임둥. 그때 자네들은 왜병 복장을 하고 서쪽 성벽을 타고 올라 성안으로 잠입한 뒤 곳곳에 불을 지르고, 성 동쪽에 몰려 있는 왜병들의 등 뒤에서 총을 쏘라우. 그리

고 적들이 혼란에 빠지면 더 공격하지 말고 즉각 남문으로 가서 성문을
연 뒤 아군에 신호를 하라우. 알겠음매?"

"예!"

산척으로 구성된 결사대들이 힘차게 대답하고 진지를 나갔다.

이윽고 자시가 되었다.

돌이아범이 이끄는 의병대 선봉 2천 명이 성의 동문을 공격하기 시작
했다. 징을 울리고 북을 치면서 일부러 요란하게 소리를 내었다. 야간 기
습에 놀란 왜군들이 정신없이 동문으로 몰려들었다.

"너무 깊숙이 들어가지 마라우! 공격하는 시늉만 하라우!"

돌이아범이 지시했다.

왜병들이 성을 공격해 들어오는 의병대들을 향해 조총을 난사했다. 의
병들이 들고 가던 방패에 조총 탄환이 두드드드득 쏟아졌다. 그렇게 한
참을 공격하는 척 들어갔다가 못 견디는 척 뒤로 빠지기를 반복했다.

한참을 치고 빠지기를 반복하던 중 인시_{새벽3-5시}경 드디어 성안 곳곳에
서 불길이 올랐다. 산척들이 임무를 완수했다는 신호였다.

'수고했음둥.'

남문에서 대기하던 순철이 미소를 지었다. 성안 곳곳에 불이 나자 적들
이 당황하고 혼란에 빠졌다.

"불이다! 조선군이 성안에 들어왔다!"

왜병들이 다급하게 외쳐댔다.

"뭐야?"

흑전장정이 놀라서 뒤를 돌아보았다. 건물들이 불타 대낮처럼 밝았고, 밤하늘로 연기가 치솟고 있었다.

왜병 복장을 한 결사대들은 재빨리 동문의 적병들 뒤로 다가가 총을 난사했다. 총을 맞은 왜병들이 외마디 비명을 지르며 쓰러졌다.

"뒤쪽에 조선군이다. 조선군이 일본군 복장을 하고 있다!"

왜군 복장을 한 조선군이 있다는 말에 왜병들이 극심한 혼란에 빠졌다. 왜병들은 서로를 믿지 못한 채 서로에게 조총을 난사하고 칼질을 해댔다.

산척 결사대들은 이제 신속히 남문으로 달려갔다.

곧이어 남문이 열리고 남문 밖에 대기하고 있던 순철의 주력부대가 함성을 지르며 우르르 성안으로 쏟아져 들어갔다. 조선 병사들은 서로에게 칼질을 하고 있던 왜병들을 차례로 도륙했다. 왜병들은 전의를 상실한 채 도주하기 시작했다. 이어 동문도 열리고 돌이아범의 선봉대도 성안으로 진입했다.

"싸워라! 도망가는 자는 벤다!"

흑전장정이 아무리 목청이 터져라 외쳐 보았지만 이미 왜병들은 서로를 짓밟으며 지리멸렬 도망가기에 바빴다. 흩어진 왜병들이 의병대의 칼에 차례로 피를 뿜고 쓰러졌다.

"저기, 흑전장정이다!"

흑전장정을 발견한 돌이아범이 검을 쥐고 그에게 다가갔다. 흑전장정은 뒤돌아 도망을 가려 했으나 이미 뒤쪽에도 의병들 여러 명이 다가오고

있었다. 여의치 않게 된 흑전장정이 칼을 뽑아 마구 휘두르며 의병들이
더 다가오지 못 하게 하더니, 옆쪽 편 말이 묶여 있는 곳으로 달려가 말에
오르려 했다. 그러나 수많은 조선인을 학살한 왜장을 순순히 도망치게
놔둘 의병들이 아니었다.

돌이아범이 번개처럼 달려들어 말에 오르려던 흑전장정을 걸어찼다.

"어이쿠!"

흑전장정이 땅에 넘어져 뒹굴었다. 흑전장정이 기듯이 일어나 다시 의
병들이 없는 방향으로 도망가려 했다. 돌이아범이 달려가 흑전장정의 무
릎 아래를 베어 버렸다.

"으아악!"

흑전장정이 비명을 지르더니 남은 한쪽 다리로 비척비척 일어나 또 빈
틈을 찾아 도망을 가려 했다.

돌이아범이 다시 달려들어 흑전장정의 남은 다리 한쪽마저 베어 버렸다.

양다리가 잘린 흑전장정이 땅바닥에 쓰러진 채 한 마리 짐승이 되어 울
부짖었다. 두 팔만 남은 흑전장정이 그래도 정신이 남았는지 비척비척
두 팔로만 기어서 도망을 가려 했다.

"으윽……, 으윽…….'

팔을 허우적거리며 몸뚱이를 끌고 도망을 가려는 흑전장정을 의병들
이 천천히 걸어 쫓아갔다.

의병 한 명이 흑전장정의 앞을 가로막고 흑전장정의 얼굴을 걸어찼다.

"어이쿠!"

흑전장정이 뒤집어졌다. 따라온 의병 한 명이 흑전장정의 한쪽 팔을 베어 버렸다.

"으아악!"

비명 소리가 울려 퍼졌다. 또다른 의병 한 명이 흑전장정의 배에 칼을 꽂았다. 급소를 피해서였다.

"으아아악! 으아아악!"

흑전장정이 비명을 질러댔다.

"으으으, 으으으……."

왜장은 그래도 살 의지가 남았던지 남은 한쪽 팔로 질질 바닥을 기어갔다. 의병들이 그 구차한 모습을 경멸스럽게 바라보았다.

순철이 한쪽 팔로 기어가고 있는 흑전장정을 천천히 걸어 따라갔다. 발로 흑전장정을 뒤집었다.

"이, 이힉! 살, 살려 줘! 살려 줘어!"

뒤집혀 검을 뺀든 순철을 본 흑전장정이 남은 한팔을 휘휘 저으며 발광을 해댔다.

"휙."

순철이 검을 크게 휘둘렀다.

순철이 흑전장정의 잘린 목을 검에 꿰어 하늘 높이 들었다.

"와아!"

의병들은 성이 떠나갈 듯 시원한 함성을 질렀다. 그 함성 속에서 왜적의 손에 부모, 형제를 잃고, 처자식을 잃고 찢어졌던 마음들이 조금은 풀리는 듯했다.

* * *

편전. 아침부터 하늘이 높고 푸르른 데다가 햇빛도 화창하게 내리비추는 쾌청한 날이었다. 선조는 모처럼 기분이 상쾌했다. 선조는 창 안으로 쏟아지는 햇살을 만끽하다가 문득 유 나인 생각이 났다.

'그때 내가 너무 심했던가?'

선조는 방문 밖에 서 있던 상선을 불렀다.

"유 나인은 어찌 되었는가?"

"예? 그, 그것이…….'

상선은 어떤 식으로 말을 해야 할지 몰라 머릿속이 분주하였다.

"그것이 무어? 무어 어찌 되었다는 건가?"

"그, 그날 매를 맞고 상처가 덧나 주, 죽었사옵니다."

"무어? 하아…….'

후회와 죄스러움이 밀려왔다.

'나의 어리석음이, 나의 옹졸함이 아무것도 모르는 아이를 죽게 하였구나…….'

아직 젊디젊은 유 나인의 앳되고 아리따운 모습, 부끄러운 듯 꽃처럼 피어나던 미소가 떠올랐다. 신하들과 정무로 실랑이를 하고 지쳐서 돌아가면 해처럼 밝은 얼굴로 맞아 주던 유 나인……. 이제 다시는 볼 수 없는 모습이 되어 버렸다.

선조의 눈에 눈물이 차올랐다. 행여 상선에게 눈물을 들킬까 고개를 외로 돌렸다. 목소리가 떨리고 목이 메어 차마 말을 이루지 못하였다.

"알, 알겠다. 물러가 보라."

선조는 겨우 목소리를 가다듬은 채 억지로 담담한 척 말했다. 상선이 물러간 뒤, 선조는 방의 창을 닫고 발을 드리웠다. 햇살이 가득하던 방은 다시 어두워졌다. 한없는 쓸쓸함……

"흑, 흑흑……"

하염없이 눈물이 흘렀다. 선조는 초롱마저 꺼 버린 채 칠흑 같은 어둠 속에서 오래, 오래 흐느꼈다. 혹시라도 밖에 소리가 들릴까 손으로 입을 틀어막고 소리죽여 울었다. 눈물과 콧물과 침이 뒤섞여 떨어졌다.

차갑게 등 돌린 세상에서 유일하게 안식이 되어 주던 유 나인이었다. 선조가 그 깊은 공허함에 신음했다. 시간이 흐를수록 공허는 커져만 갔다.

* * *

순철이 신호성을 치러 나간 동안 경도성은 동쪽에서 진격해 온 관동군에게 포위되어 있었다.

성을 포위하고 있는 왜장은 왜란의 제2 선봉장 가등청정이었다. 잔인하고 악랄하기가 비할 데 없어 조선 사람들의 머릿속에 깊이 각인된 악명 높은 이름……

왜군이 조선에서 패퇴할 때 조선 백성들은 '쾌재라, 청정나가네!'를 연신 외치며 환호했다. 왜란 끝난 후에도 경상과 전라의 수영에서는 바다에 전함을 띄우고 바다신에 평화를 비는 제사를 지내고, 그 전함 위에서 인형에 활을 쏘아서 태웠는데 그 인형에는 가등청정이라는 이름자가 적힌 종이가 붙어 있었다.

가등청정은 본디 성정이 경박하고 비열한 자였다. 풍신수길의 심복이었던 그는 풍신수길이 죽자 세력을 규합하여 덕천가강에게 대항해 보려다가 지도력 부족으로 실패한 뒤, 제 발로 납작 엎드려 덕천가강 밑으로 들어갔다. 단순하고 다혈질인 장수는 대개 강직하고 충성스럽기라도 한 법인데 가등청정이란 자는 그마저도 아닌 듯했다.

순신은 대응하지 않고 농성하는 쪽을 선택했다. 왜적이 조총을 쏘아대며 싸움을 걸어왔으나 조선군은 일절 대응하지 않았다. 순신이 화살 하나, 탄환 하나 쏘지 말라고 엄히 지시했기 때문이었다.

가등청정은 성안의 조선군을 밖으로 끌어내기 위해 성 밖에서 온갖 조롱과 욕설을 해대고 있었다.

"성안의 쥐새끼들은 당장 나와라! 우리 일본군이 그리도 무서우냐? 이 가토 기요마사가 그리도 무서우냐? 천하의 이순신이 이 가토 기요마사가 무서워 벌벌 떨고 있구나? 하하하하!"

가등청정의 경망스러운 목소리가 울리었다. 깊은 법령에 잔인함이 흐르는 얼굴이 더욱 표독스러워 보였다.

"저, 저런!"

성안의 조선 병사들이 이를 악물었다. 가등청정에게 부모 형제를 잃은 이들은 당장이라도 달려들어 적추를 찢어 죽이고 싶은 심정이었다. 비록 적진 내부의 일이었지만 풍신수길의 오른팔 노릇을 하다가 이제는 덕천가강 밑에 들어가 앞잡이 노릇을 하는 자의 저 간악한 웃음소리가 역겨웠다.

"이순신아, 눈엣가시 같던 소서행장을 죽여 줘서 고맙다! 하하하하! 앓던 이가 빠진 것 같구나! 내 하도 고마워서 우리집 개 이름을 이순신이라고 지었다. 하하하하!"

가등청정이 조롱했다. 부하들을 시켜 엉덩이를 까고 흔들어대게 하며 조선군을 모멸하였다.

"내 이놈들을 당장에! 장군, 제가 당장 나가서 저놈 목을 베어 오겠습니다! 출전을 명해 주십시오!"

참다못한 우치적이 청했다. 순신이 고개를 저었다. 우치적이 고개를 젖히고 숨을 내쉬며 분을 삼켰다.

'다들 조금만 더 참아라. 조금만⋯⋯.'

왜군은 수적으로 우세하였음에도 상대가 상대인 만큼 쉽사리 공성해 들어오지 못했다.

순철은 신호를 탈환한 즉시 지체 없이 귀환하여 경도 근처에 다다랐다. 숲속에 군사를 숨기고 밀정을 보냈다. 밀정이 어둠을 틈타 포위를 뚫고 순신에게 도착했음을 알렸다.

'드디어!'

순신은 소식을 듣고 기쁨을 감추지 못했다. 이제 모든 것이 해결되고 앞쪽의 적만이 남았다.

순신이 모든 장수들을 불러 모았다.

"다음번 왜군이 싸움을 걸어올 때 총력 응전한다!"

"예!"

마침내 내려진 행동 개시에 누르고 또 눌러왔던 분기를 달랠 날만을 기다려 온 장수들이 씩씩하게 대답했다.

"요놈들아 인자 느그들 다 디졌다이!"

김완이 주먹을 감싸 쥐며 외쳤다.

장수들이 각자의 위치로 가서 탄약을 쌓아 올리고 화살을 준비하고 대포를 점검하면서 가등청정을 짓이길 만반의 준비를 갖추었다.

다음 날 새벽 동이 틀 무렵, 왜군이 공격해 오기 시작했다. 왜병들은 방패를 뒤집어쓴 채 접근하여 조총을 쏘아댔다.

성벽 위에서 웅크리고 있던 조선군이 일제히 일어났다.

"공격!"

"탕탕탕탕탕."

순신의 공격 명령이 떨어지자 조선군이 성에 달려드는 왜군을 향해 화살과 정총을 비 오듯 퍼부었다.

"윽, 윽."

이번에도 응전하지 않겠거니 예상하고 방패마저 내려놓고 있던 왜병들이 화살과 총알을 맞고 차례로 쓰러졌다.

"조선군이 공격하기 시작했다!"

왜병들이 외쳐댔다.

"포수, 발포!"

대완구에서 발사한 비격진천뢰가 왜군 깊숙이 굴러 들어가 터지면서 왜병들을 무더기로 몰살시켰다. 조란탄 수백 발이 한꺼번에 터져 나가 왜병들을 벌집으로 만들었다.

조선군의 거센 응전에 당황한 가등청정이 다급히 외쳤다.

"물러서지 마라! 덤벼들어 싸워라! 성벽 위로 올라가라!"

왜병들이 사다리를 놓고 성벽을 기어오르기 시작했다. 조선군 병사들이 끓는 물을 붓고, 돌을 굴리고, 사다리를 타고 기어오르는 왜병을 창으로 찔러 떨어뜨렸다. 그 덕에 왜병들은 번번이 성벽을 오르지 못하고 비명과 함께 사다리 아래로 낙엽같이 떨어졌다.

정총병들이 탄환을 퍼붓고, 화포대가 총통기를 동원하고, 질려탄을 던지며 공격하자 사납게 공격해 오던 왜군의 예기가 꺾였다.

"탑차를 전진시켜라!"

사다리 공격이 여의치 않자 가등청정이 사납게 명했다. 목재로 성벽보다 높이 지어 바퀴를 단 탑차들이 성벽 가까이 다가왔다.

왜병들이 성벽보다 높은 탑차 위에서 성벽을 내려다보며 조총을 쏘아댔다.

"윽, 윽!"

조선군 병사들이 머리 위에서 쏟아지는 총알에 하나둘 쓰러져 갔다. 급기야 왜병들은 탑차에서 구름다리를 내려 성벽에 걸고 성벽으로 건너오고 있었다. 조선군 병사들이 낭패스러운 표정을 지었다. 순신이 침착히 명령했다.

"탑차를 집중 포격한다! 포수 발사!"

조선군의 지·황자총통 수백여 문이 불을 뿜었다. 집중 포격을 당한 적의 탑차가 산산조각이 나고, 그 위에 타고 있던 왜병들이 그대로 땅에 떨어져 죽었다.

그러나 탑차의 수가 워낙 많아 모두 포격하기에는 역부족이었다. 어느새 탑차에서 건너온 왜병들이 성벽으로 진입하기 시작했다.

"싸워라! 막아라!"

성벽을 수비하던 이입부가 병사들을 독려하였다. 조선군은 점차 밀리고 있었다. 이대로라면 성벽을 내주고 말 것이었다.

그때였다.

"와아!"

왜군들의 등 뒤에서 들려오는 함성 소리.

"무, 무어냐?"

가등청정이 놀라서 뒤를 돌아보았다. 저만치에서 일군의 군대가 언덕을 거멓게 덮으며 몰려오고 있었다. 귀환하여 근처에서 대기하고 있던 순철의 의병대였다. 순신의 신호를 받고 즉각 뒤에서 적을 덮쳐 온 것이었다.

"장군, 뒤에도 조선군입니다!"

왜군 아장 하나가 외치었다. 앞뒤로 적을 맞은 왜군이 동요하기 시작했다.

"조선군이 어느 틈에 성에서 나왔단 말이냐! 아니, 개미 새끼 한 마리 못 빠져나가도록 성을 꽁꽁 포위하고 있었는데, 저만한 군대가 갑자기 어디에서 나타난 것이냐!"

가등청정이 당황한 표정을 감추지 못했다.

"전원 공격!"

순신이 순간을 놓치지 않고 명했다.

성안의 조선군이 성문을 열고 나와 왜병들을 시살해 들어갔다.

"자, 이노무 새끼들아, 오래 기다렸다이!"

김완이 신나게 적진을 휘저으며 적병을 베었다. 앞뒤로 적을 맞은 가등청정과 왜병들은 당황하여 갈팡질팡 어쩔 줄을 몰랐다. 왜군을 포위한 조선군이 지리멸렬한 왜병들을 도륙해 나갔다.

"퇴각, 퇴각하라!"

가등청정이 황급히 명령을 내린 뒤, 자신도 말머리를 돌려 달아나기 시작했다.

순신이 도망치는 가등청정을 발견했다.

'가등청정!'

천천히 활에 노시집승을 사냥할 때 쓰는 화살를 걸고, 조준했다.

'욱씬.'

갑자기 총알이 박혀 있던 지난날의 총상 부위에 통증이 퍼졌다. 순신이 눈을 감고 이를 악물어 고통을 삼켰다. 가까스로 다시 조준한 뒤, 발사.

"휙."

화살이 허공을 가르며 날아갔다.

"푹."

날아간 화살이 가등청정의 왼쪽 팔에 맞았다. 가등청정이 말 위에서 잠시 흔들리더니 다시 말 등에 납작 붙어서 필사적으로 도망을 갔다.

"아……."

순신이 깊은 아쉬움을 내뱉었다.

'명이 질긴 놈이구나…….'

왜병들은 꼬리에 무수한 시체를 남기며 도주했다. 조선군 병사들이 왜병들을 끝까지 추격해 갔다. 왜병들은 달아나다가 돌아서서 총을 갈기고, 또 달아나다가 돌아서 총을 갈겨댔다.

"쫓아라! 한 놈도 살려 두지 마라!"

우치적이 병사들에게 외치고는 가장 앞장서서 추격해 뒤처진 왜병들을 베었다. 그러던 순간,

"윽!"

왜병들을 쫓던 우치적이 도망치는 왜병들이 난사하는 유탄을 맞고 외마디 비명과 함께 말에서 떨어져 굴렀다.

"워, 워!"

뒤이어 같이 추격해 들어가던 순신이 급히 말을 세웠다.

"추격 중지! 추격 중지!"

순신이 말에서 내려 쓰러진 우치적에게로 달려갔다. 우치적의 가슴에 피가 흥건했다.

"우 부사! 정신 차리게! 우 부사!"

순신이 쓰러져 있는 우치적의 손을 잡고서 다급하게 외쳤다. 선혈에 젖은 그의 몸을 일으켜 무릎 위에 뉘었다.

"장군……, 송구합니다……. 감사합니다……."

"무엇이 송구하고, 무엇이 감사하단 말인가? 도리어 내가 미안하고 고마워해야 할 것이네!"

"저는 장군을 홀대하였는데, 장군께서는 저를 알아주시고, 저는 장군을 불신하였는데 저를 믿어 주셨습니다. 사내는 자기를 알아주는 사람을 위해 죽는다는데 저는 이제 죽어도 여한이 없습니다."

왜란이 한창이던 중 순신이 처음 전라좌수사가 되었을 때였다. 괄괄한 성격의 우치적은 자기보다 직위가 낮다가 갑자기 관등이 세 단이나 오른 순신을 인정하지 못하고 사사건건 상관인 순신의 명을 무시하였다. 그럼에도 순신은 우치적의 용맹과 지휘력을 인정하여 주었고 그를 중용했다.

"죽는다니 무슨 말인가! 돌아가 치료하면 회복할 수 있을 것이네! 의무병! 의무병!"

"장군님 밑에서 함께 싸울 수 있어서 영광이었습니다……. 장군님 덕분에 사내 한평생 보람되게 살다 갑니다. 부디 대업을 완수하십시오……."

"우 부사!"

우치적이 미소를 띤 채 눈을 감았다. 10년 이상을 곁에서 함께 싸워 온 우치적이었다. 순신이 우치적의 주검을 붙잡고 눈물을 흘렸다. 둘러서서 그 모습을 지켜보던 다른 장수들도 그 누구보다도 용맹하던 우치적의 전사를 비통해했다. 그들은 큰 들소가 고작 작은 벌레에 물려 죽기도 하듯 큰 장수가 한낱 왜병 졸개의 유탄에 맞아서 쓰러지기도 한다는 사실을 고통스럽게 받아들여야 했다.

* * *

순신의 군대가 경도를 점령하고 가등청정 휘하 관동군마저 격퇴하였다는 소식이 조선에 전해졌다. 윤두수는 퇴조 후 늦은 시각 자택에서 이 소식을 전해 들었다.

'이순신……, 정녕 하늘이 내린 불세출의 영웅인가……?'

윤두수는 그 순간 자신이 역사의 악인이 되어 있음을 깨달았다.

"하아……."

윤두수가 눈을 감고 길고 깊은 한숨을 내뱉었다.

"대감!"

윤근수였다. 분명 왜국에서의 전황을 전해 듣고 달려온 것일 터였다.

"왔는가?"

"소식 들으셨습니까?"

"무슨 소식 말인가?"

윤두수는 알면서도 윤근수를 진정시키고자 모르는 척 반문했다.

"남벌군 소식 말입니다. 남벌군! 이순신이 왜의 도움을 차지하고 원균의 군대의 잔병을 모조리 흡수한 뒤, 가등청정 휘하 관동군까지 패퇴시켰다 합니다!"

"들었네."

"가만히 계실 겝니까!"

"가만히 안 있으면?"

"막아야지요! 이순신이 남벌을 완수하게 해서야 되겠습니까!"

윤근수가 윤두수의 반응이 답답한 듯 손으로 방바닥을 치며 소리쳤다.

"원균이 궤멸한 마당에 이순신이라도 과업을 마저 완수해야 하지 않겠는가……. 나라에서 들인 노력이 얼마인가……."

윤두수가 고개를 돌린 채 윤근수를 보지도 않고 말했다.

"대감, 갑자기 왜 이러시는 겝니까? 이순신이 승전하여 돌아오면 어떻게 되는지 모르셔서 이러시는 겝니까!"

"그만하세……. 나라와 백성들에 죄를 짓는 것이네."

"그만하다니요? 대감 갑자기 노환이 나신 겝니까!"

"자네도 이제 그만하게……. 우리도 조선 사람 아닌가……."

"대감이 안 하시면 저라도 해야겠습니다! 저는 절대 두 눈 뜨고 그 꼴은 못 봅니다!"

"무얼 어찌하겠다는 겐가?"

"뭘 어찌할지는 두고 보시지요!"

윤근수가 자리를 박차고 일어나 밖으로 나가 버렸다. 윤두수가 나가는 윤근수의 뒷모습을 보며 얼굴이 붉어졌다. 그것은, 자신의, 뒷모습이었다.

* * *

왜군은 불의의 일격을 받고 큰 피해를 입은 데다가, 말로만 듣던 이순신의 명실상부한 용병술에 겁을 먹고는 군사를 거두어 멀리 관원 평야까지 물러났다.

경도 싸움에서조차 패하자 왜장들 사이에 동요가 일어났다.

"쇼군, 더 이상 맞서는 것은 무모합니다. 적의 요구대로 석고대죄를 하시는 것이⋯⋯."

"무슨 소리요! 석고대죄라니! 싸우다 죽더라도 끝까지 싸워야 합니다!"

"장군, 강화를 요청하는 것은 어떻겠습니까?"

서소승태_{사이쇼 조타이}가 말했다. 풍신수길의 측근이었던 왜중이었는데, 이 역시 덕천가강에게 넘어간 자였다.

"강화라⋯⋯?"

눈을 감고 부장들이 하는 말들을 듣고만 있던 덕천가강이 입을 열었다. 무겁고 느릿느릿한 말투였다.

"흠⋯⋯."

* * *

순신의 진영에 왜군 측 사신이 왔다.

"저희 주군인 도쿠가와 이에야스 관바쿠님께서는 규슈를 할양하는 조건으로 이순신 장군께서 군사를 물려 주실 것을 바라고 계십니다."

사신으로 온 서소승태가 말했다.

"우리가 고작 느그 땅뗑거리 먹자고 이래 목심 걸고 싸운 줄 아나, 어?"

김완이 고함을 지르며 칼을 빼들고 사신의 목을 겨누었다.

"칼을 거두게!"

순신이 엄한 어조로 제지했다.

"장군, 당장에 이노마 모가지 베 뿌리고 쳐들어 가십시다! 어차피 다 이긴 싸움 아입니꺼!"

우치적이 전사한 후 한층 더 왜적에 대한 적개심이 치솟은 김완이었다.

"죽이시지라! 죽여서 북에 그 피를 바르고, 그 북을 울리며 진격하시지라!"

송희립도 동조했다.

"사신을 죽이는 것은 군도가 아니네."

권준이 만류했다.

"왜놈에게 도의는 무신 도의입니꺼!"

김완이 반박했다.

"그만들 하게!"

순신이 엄히 꾸짖자 언성을 높이던 부장들이 입을 다물었다.

"장군!"

"사신을 죽이는 법은 없네."

순신이 말했다. 김완이 분해서 부들부들 떨면서 칼을 내렸다.

서소승태가 여전히 노려보고 있는 김완을 곁눈으로 힐끔 보더니 말했다.

"그럼 답을 기다리겠습니다."

서소승태가 돌아서 나갔다.

"이 덕천가강이라는 어떤 자요?"

사신이 가고 나자 순신이 강항에게 물었다.

"왜인들이 말하기로 어릴 적 아버지가 부하의 손에 죽고 인질로 잡혀가서 살다가, 차츰 힘을 키워 큰 세력으로 부상했다 합니다.

왜인들이 '자신을 이겨 내는 자'라 하는데, 말수가 적고 인내심과 끈기가 대단한 자로, 자신을 적대하는 자에게도 철저하게 예의를 지키며 미움도 애정도 드러내지 않는다고 합니다. 무슨 일이건 진지하게 임하고, 사람의 그릇을 분별하는 눈이 뛰어나다고도 합니다. 흔들리지 않는 바위 같다고도 하고 큰 산 같다고도 합니다."

"자기 자신을 이겨 내는 자……, 무섭도록 강한 자로군……."

순신이 혼잣말로 중얼거렸다. 강항이 말을 이어 갔다.

"불필요한 싸움으로 왜의 백성들이 고통받는 것을 피하기 위해 풍신수길에 복속하긴 했으나 풍신수길도 함부로 못할 만큼 세력이 막강했던 자입니다. 풍신수길 밑에 있으면서 꾸준히 힘을 키우고 풍신수길 휘하의

장수들을 포섭해 왔습니다. 그러다가 풍신수길이 죽자 실권을 차지했다
합니다.

왜인들이 '풍신수길은 사람 죽이는 것을 좋아하니 사람들이 그를 두려
워하나, 덕천가강은 사람 죽이는 것을 좋아하지 않으니 사람들이 모두 그
에게 복속한다.'고 하며 비교하더이다."

적이 내건 조건을 두고 장수들 사이에서도 의견이 분분했다.

"시간을 벌어 전열을 재정비하려는 수작입니더! 다 이긴 전쟁이니 끝까
지 밀어붙입시더, 고마!"

"우리를 태만하게 하려는 저의이자, 내분을 일으키려는 간계입니다. 휘
말려선 안 됩니다."

"우리 군사들도 많이 지쳤습니다. 계속 밀어붙이면 궁지에 몰린 적이
배수진의 각오로 덤벼들 것이고, 그러면 우리 군사들의 피해도 만만치 않
을 것입니다. 살길을 열어 주고 조건을 수락하는 게 최선입니다."

"구주만으로는 부족하고, 사국까지 할양받아야 합니다."

"철천지 원수 가등청정놈을 죽이기 전에는 돌아갈 수 없습니다. 가등청
정놈이 멀쩡히 살아 있다는 생각만 해도 치가 떨립니다. 가등청정을 넘
겨 달라 하십시다!"

"애초에 남벌의 원래 목표였던 왜왕과 막부 우두머리의 석고대죄를 받
고 신하의 예를 받기 전에는 돌아갈 수 없습니다!"

의견이 분분한 가운데, 결국 조선군 측에서도 사신을 보내 다시금 사죄
를 요구하는 것으로 결정되었다.

"장군!"

싸우기를 주장하던 장수들이 불만스럽게 외쳤다.

"백전백승이 최선이 아니네. 싸우지 않고 이기는 것이 최선이요, 싸워 이기는 것은 가장 하책이라 하였네. 우리는 우리의 목표만 달성하면 될 뿐, 불필요하게 피를 더 볼 이유는 없네."

"……."

"그럼 누가 가는 게 좋겠는가?"

"소승이 가겠습니다."

사명이 나섰다. 왜란 때 이미 여러 차례 왜와 협상한 경험이 있던 사명이었다.

"대사님, 그래 주시겠습니까? 대사님께서 우리 요구 사항을 잘 전해 주십시오. 저도 더 이상 피를 보고 싶지는 않습니다."

"알겠습니다."

사명이 합장을 한 뒤 나가고 순신이 회의를 파했다. 부장들도 모두 흩어져 나가는데, 이입부만이 남아 다른 모든 장수들이 다 나가기를 기다리고 있었다.

"장군, 강화라니요? 장군답지 않으십니다. 왜란 때도 일체 강화를 거부하시던 장군이 아니십니까? 지치신 겝니까? 어찌 이러시는 겝니까?"

이입부가 순신과 둘만 남게 되자 다른 장수들 앞이라 감히 하지 못했던 말들을 쏟아 냈다. 지난 왜란 때 조정에서 강화회담이 진행될 때에도 철천지원수 왜적들과의 강화는 절대 있을 수 없다며 극구 반대했던 순신이었다. 그런 순신이 갑자기 강화를 하려 하니 이입부가 놀라고 분개할 만하였다.

"나라고 어찌 남은 왜적들을 모조리 쓸어 버리고 싶지 않겠는가? 그들이 조선 백성들에게 한 짓거리들을 생각하면 지금도 치가 떨리네. 나도 며칠 전만 하더라도 강화는 생각도 하지 않았을 것일세."

"우 부사 때문이십니까?"

이입부가 물었다. 정곡을 찔린 듯 순신이 답을 하지 못하였다.

"저 역시 애달픈 심정 마찬가지입니다만, 병가의 죽음이란 늘 봇짐처럼 지고 다니는 게 아니겠습니까?"

이입부가 담담하게 말했다.

"왜란 때부터 지금까지 우리 군사들을 너무 많이 잃었어. 죽어 가던 부하 장병들의 모습이 머릿속에서 떠나질 않네."

순신의 말에 이입부의 머릿속에 먼저 간 동료, 부하 장병들의 얼굴이 주마등처럼 지나갔다.

"허나 아깝지 않은 목숨이 어디 있겠습니까? 어차피 여기까지 오지 않았습니까? 여기서 그만두면 그들의 희생이 헛되게 되는 게 아니겠습니까?"

"그만두는 게 아니네. 어차피 우리의 목표는 왜가 다시는 우리 조선을 침범하지 못하게끔 하는 게 아닌가. 석고대죄를 받아 낼 수 있다면 더 이상 피를 볼 필요가 무엇인가? 적은 이제 마지막 궁지에 몰렸네. 궁지에 몰린 적은 결사항전을 할 것이고, 두 배, 세 배 힘을 발휘할 걸세. 그러면 이긴다 한들 우리 군사들의 희생도 그만큼 커지게 될 걸세."

"허나……."

"내 자네 마음 모르는 바 아니데. 우선 답을 기다려 보세 적들이 거절하면 그때 다시 싸우면 될 것 아닌가."

"예……."

이입부가 고개를 끄덕이며 수긍하였다.

* * *

사명이 왜군 진영에 도착했다. 사명이 들어서자 왜군 대열이 그를 맞이했다. 진영의 입구부터 대장 막사까지 왜병들이 칼같이 도열해 있었다. 사명은 통사를 대동하고 그 사이를 의연히 걸어 들어갔다. 사명이 대장 막사에 이르렀다. 왜장의 막사는 검은 바탕에 금색으로 문양을 그린 휘장이 사방에 둘러쳐져 있었다.

사명이 대장 막사로 들어섰다. 막사 안 양 가에는 왜장들이 도열하여 사명과 따라온 통사를 죽일 듯이 노려보고 있었다. 통사는 그 위압감에 좌불안석 이리저리 눈치를 보며 벌벌 떨었으나 사명은 거만하지 않은, 그러나 비굴하지도 않은 태연작약한 태도로 그 사이를 지나쳐 걸어 들어갔다.

막사 깊숙한 안으로 들어가니 정면 중앙에 한 사람이 정좌하고 앉아 짐짓 위엄을 부린 채 사명을 바라보고 있었다.

사명이 중앙에 앉아 있는 사내에게 말했다.

"덕천가강 공을 만나러 왔소."

"내가 도쿠가와 이에야스다!"

"덕천가강 공을 불러주시오. 어찌 당신 같은 자가 그 자리에 앉아 있는 게요? 당신은 그 자리에 앉아 있을 만한 인물이 아니외다."

"무슨 소리를 하는 게냐? 내가 이에야스라 하지 않았느냐?"

왜장이 날카롭고 찢어지는 듯한 목소리로 외쳤다.

"소승을 희롱하려 하시는 것이오이까? 정 그러시겠다면 소승 이만 물러가겠소이다!"

사명은 화가 난 듯 외치고 돌아서 나가려 하였다.

그때였다.

"하하하하하!"

정좌한 장수 뒤에 쳐진 장막 뒤에서 중후한 웃음소리가 들렸다. 이어 시녀들이 나와 장막을 걷었고, 한 사내가 드러났다. 이제까지 보았던 되바라지고 잔인한 인상의 왜장들과 달리, 머리통이 크고 살집이 두툼하여, 묵직하고 후덕한 풍모를 가진 자였다. 몸가짐은 장중하였고 그 눈빛은 온화한 듯하면서도 여느 난폭하고 잔인한 왜장들을 압도할 만한 강한 기운을 내뿜고 있었다.

사명은 한눈에 그가 덕천가강임을 알아보았다. 사명이 그 사내에게 합장하며 공손히 인사를 했다.

"대사, 앉으시오."

시녀들이 좌석을 마련했다. 사내가 미소 띤 얼굴로 앉기를 청했다. 사명은 그제야 대화 상대를 만났다는 듯이 순순히 자리에 앉았다. 도열해 있던 왜장들은 모두 밖으로 나갔다. 중앙에 앉아 있던 가짜 덕천가강도 다른 왜장들과 함께 나갔다.

"소승을 시험하신 겝니꺼?"

"아무나와 대담을 할 수는 없지 않소? 불쾌하셨다면 사과드리지요. 허 허!"

덕천가강이 넉살 좋게 이야기했다.

"아입니더."

대범한 사과에 사명이 답했다. 덕천가강은 패하고 밀리어 영토의 절반 이상을 빼앗긴 나라의 수장이고, 마지막 남은 군대가 겨우 버티고 있을 뿐인데도 조급하거나 초조한 기색이 전혀 없이 여유가 흘러넘쳤다. 도읍 마저 내주고 구차해질 만도 했지만 당당하고 의연하기만 하였다.

'일국의 최고 실력자가 될 만한 자로세.'

사명은 속으로 생각했다. 곧이어 시녀들이 쟁반에 다과를 받쳐 들고 내 왔다.

"이역만리 타국까지 오셔서 고생이 많소이다. 오시는데 별일 없으셨소 이까?"

"예, 덕분에 무사히 왔습니다."

"다행이구려."

"소승 오던 길에 얘기를 듣고 의아하게 생각하던 것이 하나 있습니다."

"그래 그게 무엇이요?"

"소승이 관여할 문제는 아입니다마는, 공께서는 어찌 기존의 도읍을 버리시고 관동 허허벌판에 새 도읍을 지으려 하시는지요?"

"하하, 궁금했던 게 고작 그것이요? 난 또 무슨 대단한 질문이나 하시는 줄 알았소이다. 있는 걸 두고 왜 새로 짓느냐? 흠…… 남들이 모두 이루어 놓은 걸 물려받는 것은 누구나 할 수 있지 않소? 아무 것도 없는 상태에서 지어 올려야 진정으로 자신이 이룬 것이라 할 수 있지 않겠소? 허허허."

"예, 그렇군요."

덕천가강의 높은 기상을 인정하며 고개를 끄덕였다. 자신의 사람 보는 눈이 틀리지 않았음을 확인하고 흡족했다.

"그래, 우리 측의 제안은 생각해 보시었소?"

"네, 이순신 장군께서 숙고하고 계십니다."

"흠……, 그 이순신 장군이란 사람은 어떤 사람이오? 내 그 명성은 익히 들었소만……."

"어찌 이루 다 말로 할 수 있겠습니까마는, 이순신 장군님께서는 용감하시고 대범하신 분으로, 인간과 사물의 근본 이치를 깊이 이해하시는 지혜로우신 분이며, 사람을 진정으로 아끼는 인덕이 있으신 분입니다. 휘하의 장병들이 절대적으로 신뢰하고, 진정으로 충성하는 분이며, 조선 만백성이 우러르고 앙모하는 분입니다."

"흠, 그렇구려. 상부의 명령을 받는 일개 장수에 머무르기에는 그릇이 너무 큰 것 같구려."

"……."

"어찌 답이 없소?"

사명이 대답을 못 하자 덕천가강이 물었다.

"소승 조선의 신하 된 몸으로 그 물음에 답할 수 없습니다."

"불충이다? 하하하! 알겠소이다."

덕천가강이 파안하며 크게 웃었다. 사명이 고개를 살짝 숙이며 무례를 피했다.

"그래, 우리 측에 전할 말씀이 있으시다 들었소만?"

덕천가강이 다시 태도를 가다듬고 진지하게 물었다.

"우리 장군께서도 더 이상 피를 보지 않기를 바라십니다."

"그래요? 잘됐구려. 그러면 우리가 제시한 조건을 수락하겠다 그 말이지요?"

"아닙니다. 그 조건은 받아들일 수 없습니다."

"어허, 그럼 얼마나 더 바라시는 게요? 시코쿠까지 할양하라는 말씀이시오?"

"아닙니다. 우리는 왜국의 땅을 차지하러 온 것이 아닙니다."

"그러면 원하는 것이 무어요?"

"우리의 요구는 한결같이 변함이 없습니다."

"즉슨?"

"덴노일왕님과 쇼군님의 석고대죄입니다."

"흐음, 사죄라⋯⋯."

덕천가강이 잠시 생각을 하는 듯 말이 없더니 다시 입을 열었다.

"이보시오, 대사, 우리 일본에서 덴노님은 상징적인 존재일 뿐이오. 실제로는 아무 권력도 없소. 그런데 어찌 전쟁의 책임을 지고 사과를 한단 말이오?"

"공의 말씀대로 나라의 상징적인 대표자라면 실질적으로 관여하지 않으셨어도 사죄할 책임이 있는 것이겠지요."

"우리 고요제이 덴노님께서는 부처님같이 대자대비하신 분이시오. 히데요시가 함부로 권력을 휘두르고 망동할 때마다 덴노님께서는 그 망동을 그치게 하고 싶었으나 그럴 힘이 모자란 것에 대해 늘 한탄하고 분개하셨소.

더구나 히데요시가 미쳐서 조선을 쳐들어가겠다고 했을 때에는 극구 반대하고 당장 그만두라는 명을 내리신 바도 있소. 도요토미 히데요시가 자기가 하는 일에 반대한다며 덴노님 소유 토지를 모조리 빼앗아 자기의 부하들에게 나누어 줄 때에도 덴노님께서는 묵묵히 견디셔야 했소. 그런데도 덴노께서 책임이 있다고 하겠소?

덴노님께서 그저 묵인하기만 하셨더라도 사죄할 책임이 있다고 하겠소. 허나 히데요시의 침략에 반대하다가 가진 재산마저 모두 빼앗기시고, 침략을 중지하라 명하고 말리다가 히데요시에게 위협을 받기까지 하신 분이오. 그런데 어찌 석고대죄를 할 책임이 있다고 하시오? 오히려 덴노님도 히데요시의 피해자이외다."

사명은 동의도 부동의도 표하지 않은 채 덕천가강의 말을 경청했다.

"또한, 나 역시 조선과의 전쟁에 반대하였소. 처음에 히데요시 그 자가 조선을 쳐들어가겠다고 할 때, 나와 대부분의 다이묘들은 남의 나라에 원한도 없이 아무 명분도 없이 군대를 보내 피해를 입히는 것에 대해 극구 반대하였소.

히데요시가 조선을 공격한다기에 다이묘들 대다수는 그자가 실성을 한 줄 알았소. 사악하고 오만한 덴구 괴물들이 히데요시의 외동아들이 요절한 틈을 타 비애에 빠진 히데요시의 마음에 들어가 미치게 한 것이라는 소문까지 돌았소.

나는 피를 보는 걸 좋아하지 않소. 히데요시는 죽이고 부수는 걸 좋아하지만, 나는 쌓고 짓는 걸 더 좋아하오. 물론 나는 덴노님처럼 성인군자 부처님 같은 사람이 아니기에 단순히 도의적으로 어긋난다고 생각해서 반대한 것만은 아니었소.

알고 있으시겠지만, 우리 일본은 백 년이 넘도록 동서남북으로 갈라져 끊임없이 서로 싸워 왔소. 그 와중에 일본의 백성들과 군사들은 모두 지칠 대로 지쳤소. 그러다가 히데요시가 통일을 하자 모두들 이제 끝이 나나 보다 했소. 나 역시 히데요시에게 대항하던 자들 중 하나였소. 힘이 모자라서가 아니라 조금이라도 충돌을 줄이고 모두에게 고통스러운 이 혼란상을 하루라도 빨리 끝내고 싶어 히데요시에게 굽히고 들어갔던 것이었소. 그런데, 이제는 끝나나 싶었는데, 히데요시가 또다시 광란하여 조선을 치고 명을 치겠다고 하니 극구 반대했던 것이오.

이유가 어찌 되었건, 전쟁을 일으킨 히데요시는 이미 죽어 땅벌레들의 밥이 되었고, 덴노님이나 나나 전쟁을 반대했던 사람들이고 히데요시의 피해자들인데 어찌 사과를 해야 한단 말이오?"

묵묵히 듣고 있던 사명이 입을 열었다.

"한낱 철새들의 무리에도 우두머리가 있듯이 무리지어 살아가는 모든 짐승들의 무리에는 우두머리가 있습니다. 사람도 마찬가지라 할 것입니다.

어떠한 집단이건 그 대표자는 대표자 개인이 아니며 그 집단의 머리이자, 얼굴이요, 상징인 것입니다. 그 대표자의 행위는 곧 집단 전체의 행위가 되는 것입니다. 자식이 타인에게 잘못을 하면 그 부모가 대신 사과를 하듯, 신하가 타국에 잘못을 범하면 그 수장인 군왕이 사과를 해야 하는 것이라 할 것입니다.

방금 쇼군께서도 말씀하셨듯이 덴노님께서 상징적인 존재이시라면 더욱 상징적으로 왜국을 대표하셔서 조선에 저지른 죄악에 대해 사죄를 하셔야 하지 않겠습니꺼? 그리고 쇼군께서도 좋든 싫든 풍신수길의 권력을 승계하시지 않으셨습니꺼? 집단은 대표자가 바뀌더라도 동일한 집단으로서 계속 존속하는 것이고 그 집단을 대표하는 대표자라면 설령 자신이 아닌 이전 대표자의 행위라도 사죄해야 마땅한 것이라 할 것입니다."

"흠……."

덕천가강이 눈을 감고 생각에 잠기었다. 사명이 계속 말을 이었다.

"또한, 방금 공께서도 직접 말씀하셨듯이, 공께서 조선을 침공하는 것에 반대하셨던 이유가 도의적인 이유만이 아니라, 그러한 현실적인 이유 때문이라면, 그러면, 현실적 여건이 충족되고 상황이 유리했다면 침략에 찬성을 하셨을 것이라는 말이 되겠군요. 그렇다면 공께서는 언제든 여건만 되면 다시 조선을 침범할 수도 있다는 뜻이 아닙니꺼? 그러한데 조선의 입장에서 어찌 사죄도 받지 않고 군사를 물리겠습니꺼? 덴노님은 상징적 대표자로서 쇼군님은 실권적 대표자로서 조선에 응당 사죄해야 하는 것입니더."

"나는 현실적 여건이 되더라도 조선을 다시 침범할 뜻은 추호도 없소이다. 나는 조선의 문화를 존숭하오. 어릴 적 나의 스승도 또한 승려였소. 나는 그에게서 조선의 불교와 학문을 배웠소. 그러한 조선에, 그러한 조선의 문화에, 조금이라도 해를 입히고 싶은 마음 털끝만큼이라도 없소이다.

또한 내 이번 일을 통해 배운 게 많소. 일본의 양민들이 이순신 장군을 받들고 따르는 것을 보고 많은 반성을 하였소. 그것이 다 일본의 우두머리들의 잘못이 아니겠소. 내가 일본을 통일하려 하는 것도 내 야심 때문이 아니외다. 양민들의 끊임없는 고통을 그치고자 하는 것이오. 내 전란이 끝나면 덕정을 베풀어 양민들을 성심으로 보살필 것이외다.

조선군이 물러가 준다면 나는 뎃뽀조총도 모두 폐기하고 금지시킬 작정이오. 내 대사에게 근자에 우리 일본에서 있었던 일을 하나 말해 주리다. 아시는지 모르겠지만 검도에 통달하려면 수십 년의 세월이 필요하오. 또한 단순히 기술만 연마한다고 되는 것도 아니며 철저하고 치열한 자기 수양을 거쳐 마음을 다스릴 수 있어야 최고의 사무라이가 될 수 있소.

기후 지방에 수십 년간 검도를 수련하고 피나는 노력을 하여 지존의 무사가 된 사무라이가 있었소. 그런데 그가 어떻게 죽었는지 아시오? 열 살짜리 아이가 가지고 놀던 총에 맞아 죽었소. 이런 무도하고 저열한 무기가 어디 있소이까! 나는 이 무기를 제작조차 못 하도록 할 작정이오."

"훌륭한 말씀이십니다. 그리고 저는 그 말이 진심이고, 공께서 결코 허언을 하실 분이 아니라는 것도 잘 압니다. 그러나 나라를 다스리시다 보면 지도자 일인이 마음대로 할 수 없는 상황이 발생하고, 부하들의 요구로 인해 쇼군님의 의지에 반하는 행동을 하셔야 할 수도 있을 터입니다. 확실한 의지의 표명과 공식적인 약조가 아닌 말뿐인 말은 언제든 뒤집히고는 하지요. 재침을 했는데 삼침을 하지 않으리란 보장이 없지 않겠습니까?"

사명은 완강하게 조선의 입장을 고수했다.

"흠, 기어코 나와 덴노님의 석고대죄를 받아야만 하겠다는 말씀이시구려."

덕천가강은 잠시 눈을 감고 한참을 생각에 잠기었다. 사명은 침착하게 앉아 덕천가강의 다음 말을 기다렸다.

한동안 고요한 침묵이 흘렀다. 덕천가강의 머릿속과 마음속이 심히 복잡함을 사명도 느낄 수 있었다. 이윽고 눈을 뜬 덕천가강이 입을 떼었다.

"대사, 안타깝소이다. 우리는 다시 싸울 수밖에 없겠구려. 내가 이순신 장군에 비해 용병에 있어 부족할지는 모르나, 길고 짧은 건 대어 보아야 한다고 하지 않았소? 지금까지 그쪽이 우세하였더라도 그쪽이 이길지 우리가 이길지는 하늘만이 아는 것 아니겠소? 그리 쉽지는 않을 게외다."

사명은 실망스러웠지만 내색하지 않고 말했다.

"그렇군요. 아쉽습니다."

둘 사이에 어색한 침묵이 흘렀다.

"그럼 소승 이만 물러가 보겠습니더."

사명이 정적을 깨며 말했다.

"대사, 만나서 반가웠소. 살펴 가시오."

사명이 천천히 일어나 합장한 후 막사를 나왔다.

돌아오는 길, 사명의 마음이 무거웠다.

* * *

사명이 돌아와 순신에게 덕천가강의 답을 전했다.

'끝내 싸워야 하는가……?'

순신의 표정이 어두웠다.

"장군, 차라리 잘되었습니다! 저희는 강화고 뭐고 탐탁치 않았습니다!"

"맞어라! 마자 싹 쓸어 버리장게요!"

부장들이 사명의 말을 듣자 반색을 하며 저마다 말하였다. 강화를 맺는다는 소식에 침체되어 있던 장수들의 표정에 다시 활기가 띠기 시작했다.

"장군, 무에 걱정이십니까? 병력수는 비슷하고, 화력은 우리가 월등하고, 병사들의 사기는 충천해 있습니다. 우리가 훨씬 우세하지 않습니까?"

권준이 말했다.

"이길 수는 있을 걸세."

"그런데 어찌 그리 표정이 좋지 않으십니까?"

"적이 마지막 궁지에 몰린 이상 이기더라도 아군의 피해도 적지 않을 것일세. 더는 내 손으로 죽은 부하들을 묻고 싶지 않았건만……."

순신의 말에 막사 안이 숙연해졌다.

"허나."

순신이 말을 이었다.

"이렇게 된 이상 싸워야지! 그리고 싸워야 한다면 이겨야겠지!"

순신이 분연히 말했다.

"모든 장병들을 집합시키게!"

"예!"

순신의 군대 전 장병들이 집합했다. 이윽고 순신이 영대에 올랐다. 전 장병들이 기대로 가득 찬 얼굴로 순신의 말을 기다렸다.

"우리는 적에게 석고대죄와 함께 다시금 침범하지 않겠다는 약조를 받기 위해 싸우고 있다는 것을 모두들 잘 알 것이다. 그런데, 적이 우리에게 강화를 요구해 왔다. 구주를 할양하는 대가로 군사를 물려달라 하였다."

병사들이 술렁거렸다.

"그러나 석고대죄를 받기 전에는 절대 물러갈 수 없다 하였다. 우리가 고작 왜국의 땅덩어리를 잘라 받자고 이 싸움을 시작한 것이 아니기 때문이다! 본국에서는 전란 후 피폐해진 국토에서 마지막 남은 온 국력을 짜내고 짜내어 우리에게 군수물을 보급해 주고 있다. 조선 사람들이 그 고통을 묵묵히 견디는 이유가 무엇인가? 우리가 적들을 응징하고 석고대죄를 받아 내어 그들의 피맺힌 한을 달래 줄 것이라 믿기 때문이다! 왜적들이 앞으로 천년만년 그런 극악한 일을 다시는 저지르지 않게끔 해 줄 것이라 믿기 때문이다!

하여서! 왕실에서도 궁궐을 다시 짓지도 않고 누추함을 견디고 있는 것이다. 하여서! 사람들도 쌀 한 톨을 아껴 가며 곤궁함과 고단함을 견디면서 우리를 지원해 주고 있는 것이다.

헌데! 만일 우리가 땅덩어리 몇 조각을 받고 물러나면 그들의 마음은 어떻겠는가? 그들의 원한은 누가 달래 주는가? 지금까지 이 악물고 참고 견딘 고통은 누가 보상해 주는가? 그리고 지금까지 왜적들과 싸우다 이역만리 타국에서 죽어 간 동료 장병들의 영혼은 어찌 달래려는가? 우리가 이대로 물러나면 그들은 죽어도 죽지 못하고 한 많은 영혼이 되어 이 국땅을 떠돌게 될 것이다!

우리는 그들의 고통이 헛수고가 되고, 그들의 죽음이 헛된 것이 되게 해서는 아니 된다! 아니, 절대, 그렇게 할 수 없다!"

"쿵, 쿵, 쿵!"

고무된 병사들이 발로 땅을 구르기 시작했다. 땅이 울리는 소리가 웅장하게 울려 퍼졌다.

"우리가 그렇게 물러나면 왜는 언젠가 또다시 우리 조선을 넘볼 것이다. 우리는 결코 물러날 수 없다. 타협할 수도 없다. 싸우는 수밖에 없는 것이다! 싸워서, 이기는 수밖에는 없는 것이다!

반드시, 그들의 석고대죄를 받고 다시는 우리 조선을 넘보지 못하게 할

것이다! 이틀 뒤에 출진한다. 만반의 준비를 하라! 최후의 일전이 될 것
이다. 그리고, 우리는, 승리할 것이다!"

순신이 칼을 높이 들었다.

"이야아!"

병사들이 함성을 질렀다. 함성 소리가 땅을 흔들고 하늘을 울리었다.
순신이 결연한 눈으로 사기에 가득 찬 병사들의 모습을 바라보았다.

통한

선조 33년 9월 25일.
상이 남벌군에 마지막 명령을 내렸다.

선조는 유 나인의 죽음 이후 더욱더 침잠되어만 갔다. 그 누구도 보고도 싶지 않았다. 그 누구에게도 자신의 모습을 보이고 싶지도 않았다. 상선도, 시중드는 나인조차도 모두 멀리 물러가라 하였다.

자시가 넘은 시각, 호롱불도 켜지 않은 어두컴컴한 방 안에서 선조는 벌써 몇 병째 술을 들이키고 있었다. 보름달 달빛이 창에 파랗게 비치어 방 안을 파르라니 비추고 있었다.

'어둠 속에 더럽고 비루한 몸을 숨기고자 하나 달빛마저 나를 도와주지 않는구나…….'

선조는 지난 10년간 있었던 모든 참담한 일들을 떠올리고 또 곱씹으며 괴로워하고 또 괴로워했다. 술을 붓고 또 부어 넘겨도 가슴속 괴로움이 꺼지질 않았다.

'이제 내게 남은 사람은 아무도 없다. 백성들은 나를 증오하고, 신하들은 나를 경멸하며, 다들 내가 어서 빨리 죽기만을 기다린다. 아들들은 망나니짓을 하고 다니거나 나와 정적이 되어 맞서려 하고, 비빈들도 나를 지아비로 여기지 않는다. 이제 유 나인마저 죽었다. 아니, 내가, 죽였다.'

임금이 자신의 신세를 한탄하였다. 눈에서 눈물이 흘러 술잔에 떨어졌

다. 선조는 마셨다. 술도, 눈물도, 지독한 외로움도, 실패한 인생의 회한
도 모두 마시고 또 마셨다.

'애초에 보위에 오를 그릇이 아니었어. 왕재가 아니었던 게야……. 나
자신이 한심하도다…….'

손으로 이마를 부여잡고 팔꿈치로 술상을 짚은 채 자꾸만 쓰러지려는
몸을 지탱하고 있었다. 그런데 갑자기 어디선가 바람이 휙 불어와 호롱
불이 꺼지더니,

"전하……. 전하……."

아무도 없는 방 안에서 자신을 부르는 목소리가 들렸다.

"누, 누구냐?"

선조가 깜짝 놀라 눈물이 맺힌 눈으로 방 안을 두리번거렸다. 분명 방
안에는 아무도 없었다. 그렇다고 밖에서 들려오는 소리도 아니었다.

'내가 헛것이 들리는가? 이제 내가 미쳐 가는 것인가?'

"전하……. 전하……."

다시 구슬피 부르는 목소리가 들렸다.

"누구냐! 귀신이냐, 사람이냐! 썩 물러가지 못할까!"

그때 방 한구석에서 유 나인의 모습이 스르르 나타났다.

"오! 유 나인, 살아 있었구나! 살아 있었구나!"

선조가 반가운 마음에 유 나인을 껴안으려 휘청휘청 걸어가자, 유 나인
은 이내 연기처럼 사라졌다.

'이게 어찌 된 영문인가?'

선조가 놀라 두리번거렸다.

"유 나인! 유 나인! 어디로 간 게냐? 지금 과인을 희롱하려는 게냐! 어서 나오라!"

선조가 애타게 유 나인을 찾았다.

"전하……."

그때 방의 또 다른 구석에서 또다시 유 나인이 나타났다.

"오, 그래, 거기 있었구나."

"전하……, 왜 저를 죽이셨나이까……?"

"아니다. 내 너를 죽이려 했던 게 아니다. 그저……."

선조가 유 나인에게 다가가려다가 와장창 하고 술상에 걸려 넘어졌다.

"죽이려 했던 게 아니었단 말이다. 으흑흑……."

선조가 방 한복판에 쓰러진 채 그대로 흐느꼈다.

그때,

"전하……."

이제는 여러 명의 목소리였다. 선조가 놀라 고개를 들어보니, 남녀노소의 백성들이 방을 빙 둘러 서 있었다. 환도길에 보았던 시체가 된 백성들이었다. 백성들의 모습은 찢어지고, 베이고, 잘리고, 피투성이가 되고, 썩고 문드러져 차마 쳐다보기 힘들 만큼 처참했다.

"전하, 왜 저희들을 버리셨나이까? 왜 저희들을 죽이셨나이까?"

"그런 게 아니다. 내 어찌 너희들을 버린 것이겠느냐? 내 어찌 너희들을 죽이고자 했겠느냐? 잠시 피해 있었던 것뿐이지 않느냐!"

선조의 변명에 아랑곳 않고 백성들은 점점 선조를 둘러싸고 좁혀 왔다.

"왜 저희들을 버리고 다른 나라로 가시려 했나이까?"

"그, 그건……."

선조를 빙 둘러싼 백성들이 점점 좁혀 오더니 팔을 뻗어 선조를 붙잡으려 했다.

"머저리 같은 임금놈!"

"도망이나 다닌 임금놈!"

"아하하하하, 아하하하!"

갑자기 어디선가 조롱하는 소리가 들려오더니 점점 사방이 비웃음 소리로 가득 찼다.

"아악! 아악!"

선조는 눈을 질끈 감고 두 손으로 귀를 틀어막았다. 아무리 막아 보아도 소리는 더 크게만 들려올 뿐이었다.

선조는 더 이상 견디지 못하고 소리를 지르며 방을 뛰쳐나왔다. 밖에는 비가 쏟아붓고 있었다. 선조는 방으로부터 멀리 벗어나려 빗속을 미친 듯이 달렸다.

정신없이 달리다 보니 행궁 뒤편 숲속의 한복판이었다. 선조는 그대로 무릎을 꿇고 엎어졌다. 이미 상투관은 어디론가 가 버리고 상투도 풀어진 채였다.

"으, 흑흑. 흑흑흑……."

한스러운 울음이 터져 나왔다. 맨땅에 엎드려 차가운 빗속에서 선조는 하염없이 통곡했다. 통곡하던 선조의 눈앞에 꿈결에 본 찬란하게 빛나던 이순신의 모습이 떠올랐다. 그리고 그 앞에서 한없는 초라함, 그리고 비참함…….

'나는 이렇게 깊은 고통 속에 허우적대며 살아가는데, 누구는 끝없이 칭송받고, 하늘과 같이 추앙받는가! 세상은 왜 이리 불공평한가! 하늘은 왜 이리 불공평한가!'

자신의 운명을 저주하던 선조는 고개를 들어 하늘을 노려보았다.

"하늘이시여! 제가 무얼 그리 잘못했나이까! 어찌 제게 이런 전란을 내리셨나이까? 왜 다른 임금도 아닌 하필 저에게 그런 시련을 주시나이까? 제게 전란을 내리시고는 이순신으로 하여금 그 전란을 거두게 하시어 저를 이리도 비참하게 만드시나이까? 저에게는 전란을 막을 능력도 이겨낼 능력도 주지 않으시고, 왜 저 이순신이라는 자에게는 무한한 능력을 주셨나이까!

저를 내실 거면 이순신을 내시지 마시고, 이순신을 내실 거면 저를 내시지 마시지. 왜 저를 짓고 이순신을 지으셨나이까!"

선조가 귀 없는 하늘에 한없는 원망을 울부짖었다.

"이순신, 이순신, 이순신!"

선조가 눈에 핏발이 선 채 악을 쓰며 절규했다.

"전하, 정신이 좀 드시옵니까?"

"여기가 어디냐?"

선조가 침상에서 눈을 떴다. 어의가 곁에 무릎을 꿇고 앉아 있었다.

"어찌 된 일인가? 쿨럭쿨럭."

선조의 기침 소리가 깊었다.

"숲속에 쓰러져 계신 것을 내관들이 발견하여 안으로 모셨사옵니다. 꼬박 사흘을 누워 계셨사옵니다."

곁에 있던 상선이 말하였다.

"흠……."

선조는 지난 밤의 일이 생각나 다시 고통스럽게 눈을 감았다.

"차가운 빗속에 너무 오래 계셔서 몸이 많이 상하셨사옵니다."

어의가 맥을 짚으며 말하였다. 선조가 몸을 일으켰다.

"대신들을 소집하라. 의관을 준비하라."

선조의 하명에 어의가 펄쩍 뛰며 만류했다.

"전하, 펄펄 끓던 열이 겨우 내렸사옵니다! 무리하시면 아니 되옵니다!"

"의관을 준비하라 하였다!"

선조가 성마른 목소리로 신경질을 냈다. 어의는 더 이상 아무 말도 할 수 없었다.

"예이……."

상선이 대답하고 황급히 의관을 내어 왔다.

* * *

조당에는 대신들이 모여 있었다. 대신들은 날이 저물어 각자의 자택에 있다가 별안간 밤중에 불려 나온 것이었다.

"영감, 주상께서 어인 일로 이리 급하게 모이라 하신 겝니까?"

"글쎄요. 나도 도통 짚이는 구석이 없구려."

몇 달 만에 소집된 어전회의에, 그것도 한밤중에 불려 나온 대신들이 그 연유를 궁금해하였다.

대신들 사이에 서 있던 성룡의 표정이 굳어 있었다. 그는 밤중에 모이라는 소식을 들었을 때부터 무언가 불길한 예감을 떨칠 수가 없었다.

"주상전하, 납시오!"

내관이 고하는 소리에 대신들이 일제히 머리를 조아리고 시립해 섰다. 이윽고 선조가 걸어 나와 어좌에 앉았다.

"내 오늘…… 그대들을 이리 모이라 한 것은…… 쿨럭쿨럭, 쿨럭쿨럭쿨럭, 쿨럭쿨럭쿨럭!"

선조가 말을 꺼내자마자 밭은기침을 해댔다. 선조의 발작스러운 기침 소리에 놀란 대신들이 고개를 들어 선조를 쳐다보았다. 용안을 본 대신들은 놀라지 않을 수 없었다.

몇 년 사이에 하얗게 세어 버린 가늘고 거친 머리칼, 피골이 상접하여 관자놀이와 볼은 움푹 들어가고, 광대는 뾰족하게 솟아 있으며, 얼굴색은 어둡다 못해 암록색을 띠었고, 눈은 움푹 들어가고 눈 밑은 검고 짙었다. 미간의 깊은 내천자의 주름은 가만히 있어도 고통스러워하는 듯 보였으며, 눈은 금방이라도 눈물이 쏟아질 듯하고, 눈꼬리는 아래로 축 처져 있었으며, 눈동자는 마치 죽은 생선의 그것인 양 정기 없이 흐릿하고 멍텅했다. 입가는 처지고 입술도 노인의 그것인 양 쪼그라들어 있었으며, 얼굴에는 주름살이 가득했다. 가만히 있어도 덜덜 떨리는 얼굴과 손은 어느새 피어난 저승꽃이 뒤덮고 있었다.

가냘픈 선조의 몸 위에 곤룡포가 축 늘어져 있어, 마치 아이가 어른 옷을 입은 듯했다. 비쩍 마른 얼굴에 비해 넓고 커서 흘러내리는 익선관을 상투가 겨우 지탱하고 있었다. 구부정한 등과 어깨가 용포의 무게를 견디지 못하는 듯 힘겨워 보였다. 목소리도 위엄이라고는 찾아볼 수 없이 작고 가냘팠다.

'아직 춘추가 젊으신데……'

성룡은 선조의 몰골에 놀라지 않을 수 없었다. 선조의 나이 마흔여덟, 30년은 더 늙어 보이는 그의 몸에는 이미 죽음이 내려앉아 있었다. 그러나 이상하게도 그 앙상한 얼굴에서 알지 못할 살기만이 뿜어져 나오고 있었다.

대신들은 행여 무례가 될까 얼른 놀란 표정을 거두고 다시 고개를 조아렸다. 이윽고 선조의 기침이 멎고, 선조의 입에서 가냘픈 목소리가 흘러나왔다.

"명하노니……, 모든…… 남벌군은…… 철군하라……."

대신들은 귀를 의심하였다.

'다 이긴 전쟁을 철수하라니? 이제까지 들인 공이 얼만데 철군이라니?'

대신들은 창황한 표정으로 서로의 얼굴을 바라보았다.

"전하, 불가하옵니다! 명을 거두어 주시옵소서!"

성룡이 어전에 엎드려 만류했다.

"전하, 며칠만 더 있으면 대업이 완수되옵니다. 헌데 철군이라니요? 당치 않사옵니다! 통촉하여 주시옵소서!"

윤두수도 엎드려 통곡했다. 이미 나라 전체가 남아 있는 모든 힘을 짜내어 여기까지 온 마당에, 이제 남벌의 완수가 눈앞에 있는 마당에, 반대했던 사람들에게도 철군이란 어불성설이었다.

"명을 거두어 주시옵소서! 통촉하여 주시옵소서!"

이윽고 다른 대신들도 모두 엎드려 임금에게 호소하였다.

오직 윤근수만이 여전히 모른 척 서서 딴청을 피우고 있다. 신이 나서 자꾸만 흐뭇한 미소가 지어지는 것을 감추려 애쓰는 것이 역력하였다.

"전하, 지당하신 분부이시옵니다. 왜도 그만하면 조선을 넘보지 못할 것이옵니다. 소모가 너무 컸사옵니다."

윤근수가 선조를 거들었다.

"옳다……. 그만하면 되었다……."

자신의 의견에 동조하는 대신이 있다는 것을 반가이 여긴 선조가 얼른 대답했다.

"전하, 조금만, 조금만 더 기다려 주시옵소서!"

성룡이 호소했다.

"통촉하여 주시옵소서!"

엎드린 대신들이 더욱 소리 높여 통곡했다. 선조는 더 말이 없었다. 선조의 초점 없는 눈이 그저 멍하니 허공을 응시하고 있을 뿐이었다.

선조가 덜덜 떨리는 팔로 어좌의 팔받침을 짚고 일어서서는, 비틀비틀 걸어 나가기 시작했다. 내관들이 행여나 선조가 넘어질까 안절부절못하며 바짝 붙어 뒤따랐다.

"전하! 전하!"

성룡이 울면서 애타게 선조를 불렀다. 성룡이 기어서 쫓아가 선조의 용포 자락이라도 붙잡으려 하는 것을 내관들이 가까스로 제지하였다.

"전하! 전하!"

성룡이 내관들에게 붙잡혀 버둥거리면서 애타게 선조를 불렀다. 그러나 선조는 지치고 시든 몸을 이끌고 그대로 그렇게 비척비척 나가 버렸다.

"통촉하여 주시옵소서! 통촉하여 주시옵소서!"

대신들의 통곡이 밤새도록 이어졌다. 소식을 들은 백성들도 모두 나와 궁 밖에 엎드려 한탄하고 통곡했다. 통곡 소리가 며칠이고 도성 안을 채웠다.

순신의 진영에는 전투 준비가 한창이었다. 마지막 전투가 될 것이라는 사실에 비장하면서도, 이번 전투만 끝나면 남벌이 완수된다는 기대와 설레임에 활기찬 분위기였다.

적군은 관원 평야 바로 뒤쪽에서 진을 치고 있었다. 지난번 자신들이 승리했던 장소로 다시 조선군을 끌어내고자 하는 듯했다.

순신의 지휘 막사에는 장수들이 모여 열띤 작전회의가 한창이었다.

"평야에서 맞붙으실 작정이십니까? 지난번 원균 장군의 패배에서 보았듯 평야에서는 우리가 불리하지 않겠습니까?"

"원균과 우리가 같십니꺼? 적군이 원균에 비해 우세했다 하나 우리에 비해 우세하다고 할 수는 없십니더."

"평야에서 싸우다가 퇴각하는 척 유인해서 매복으로 공격하는 건 어떻겠습니까?"

"약삭빠른 왜놈덜이 쉽사리 속겠어라?"

"원균의 군대 패잔병들이 말하던 그 '육오군'이란 것도 문제입니다."

"병사들 말로는 포나 총을 쏘기도 전에 눈 깜짝할 사이에 맹수들과 거인들이 자신들 코앞에 와 있었다고 합니다. 그렇다면 화포 공격뿐 아니라 정총 공격도 여의치 않습니다."

"사실 그 육오군도 처음 달려드는 것만 막아 내면 상대하는 게 그리 어려울 것 같지는 않습니다."

"그래, 문제는 그 처음의 공세가 아니겠소. 총을 쏘아 맹수들을 막는 건 어떻겠습니까?"

"워낙 수가 많고, 낮게 엎드려, 빠르게 달려와서 조준하기가 어렵다 합니다."

"맹수들이 가장 무서워하는 것이 무엇인가?"

장수들이 의논하는 것을 가만히 듣고 있던 순신이 입을 떼었다. 제장들은 선뜻 생각이 나지 않는 듯 서로의 얼굴만을 바라보았다.

"불 아입니꺼?"

곰곰이 생각하던 김완이 대답했다.

"불이라……."

"그렇구만이라! 호랭이도 횃불로 들이대면 도망가더란 얘기를 들은 적이 있구만이라."

송희립이 거들었다.

"좋네. 그럼 송 만호 자네가 최선봉 병사들에게 긴 횃불을 들고 서 있다가 달려오는 맹수들을 불로 위협하라 하게. 그리고 맹수들이 멈추면 즉시 긴 창으로 맹수들을 척살하라 하게. 짐승들이 오는 곳에 마름쇠도 깔아 놓게."

"야, 알겠구만이라!"

"그럼 이제 그 육오군 거인 병사들이 문제군요."

"병사들 말로는 웬만한 화살은 맞아도 뽑아 버리고 달려든다고 하더이다."

"허나 그들도 사람인 이상 몸이 무쇠로 만들어지지는 않았을 것이네. 일단 맹수들이 제압되면 바로 뒷줄에서 정총병들이 거인들을 집중 저격하도록 하게."

"예!"

새로이 편입된 정총병들의 지휘를 맡은 김완이 대답했다.

"이후 달려드는 왜병들은 대완구로 조란탄을 퍼붓고, 총통기 등 화력을 있는 데로 쏟아부으면 될 듯합니다."

화포대를 맡은 권준이 덧붙였다.

"흠, 그렇게 하게."

"그리고 김 대장은 적 진영 뒤로 돌아가 적이 출전한 사이 진에 불을 지르고 적의 뒤를 치시오."

"예, 알갔습네다."

"그리고 곽 대장은 기병대를 이끌고 목전마키다 강가로 가 주시오. 적들은 패퇴하면 달아날 곳은 동남쪽뿐이니 반드시 그 길로 도주할 것이오. 기다리고 있다가 패잔병들을 남김없이 쓸어 버리시오."

"예."

이렇게 철저한 작전이 세워지자 장수들은 한층 더 사기가 올랐다.

한편 지휘 막사 밖에서도 분위기는 고조되고 있었다. 병사들이 밥을 지어 먹으며 삼삼오오 둘러앉아 있다.

"왜병놈들 수가 우리 한 배 반이라고? 한 명당 두 명씩만 죽이면 되는 거 아녀? 별거 있어?"

이제는 일당백 정예가 된 병사들이 자신만만하게 외쳤다.

"나가 말이여, 내일 딱, 이 천하제일 조선 맥궁으로다가 그 가등청정놈 눈까리를 팍 맞춰 버릴 거이다, 이거여!"

"왜병 궁둥이도 못 맞추던 놈이 눈깔을 어찌 맞춰? 활만 좋지, 활만 좋아!"

한 병사가 설레발을 치자 다른 병사가 퇴박을 주었다. 곁에 있던 병사들이 모두들 한바탕 웃었다.

"아자씨들, 두고 보시라요. 제가 소싯적에 백두산에서 호랭이 때려잡던 솜씨로다가 그 덕천가강놈을 확, 때려눕힐 겁네다!"

스물대여섯 살쯤 먹은 듯한 젊은 병사가 호기롭게 일어나서 몸짓으로 때려눕히는 시늉까지 하며 호호탕탕 장담을 했다.

"니는 말끝마다 백두산 호래이, 백두산 호래이 그카는데 백두산 근처에 가 보기나 했나?"

옆에 있던 마흔쯤 되어 보이는 병사가 핀잔을 줬다. 좌중은 또 한바탕 웃었다. 마지막 전투를 앞둔 병사들의 표정에는 긴장과 여유가 교차했다.

* * *

마침내 출전의 날이 밝았다.

장수들과 병사들 모두 새벽에 눈을 떠 각자의 전투 준비에 차분히 집중했다. 그들의 마음에 비장한 기운이 서려 있기는 하였으나, 한편으로는 이제 끝이 난다는 후련함, 승패는 하늘이 정할 것이라는 초연함, 지휘관 이순신에 대한 신뢰감, 나라의 원수를 갚고 본국으로 개선할 것이라는 영광스러운 기대감, 자랑스러운 승전 병사로서 고향 식구들을 만날 설렘 같은 만 갈래 회포가 뒤섞여 있었다.

장병들은 마치 엄숙한 의식을 치르듯 몸을 깨끗이 씻고, 경건한 마음으로 상투를 새로 틀고, 전날 청결히 해 두었던 군복을 정제된 동작으로 하나하나 차례로 입으며 재계했다.

장병들 전원이 집합하고, 순신은 훈시로서 병사들을 독려하려 막 영대에 오르려던 참이었다. 그런데 기마들이 무엇인가에 놀랐는지 울어대며 법석을 부렸다. 한참 말을 진정시키고 나서야 순신이 영대에 올랐다.

"우리는 그대 장병들의 용맹으로 그리고 하늘의 보살핌으로 이제껏 계속해서 왜적들을 이겨 왔다. 그러나 지금까지의 승리들은 앞으로의 승리와는 상관이 없는 것이다. 백 번을 이겨도 단 한 번 패하면 모든 승리가 아무 의미 없는 것이 될 수도 있는 것이다.

경적필패라 하였다. 적을 가벼이 보지 마라. 그렇다고 적을 두려워하지도 마라. 태산같이 침착하게, 정신을 모아라. 오늘이 마지막 전투가 되기를, 그리고 마지막 승리가 되기를 이 지휘관 역시 간절히 바라는 바이다. 무운을 빈다."

"와아!"

순신의 훈시가 끝나자 병사들이 함성을 질렀다. 병사들의 마음이 벅차올랐다. 사기가 하늘을 뚫을 듯했다.

"전 부대 출진하라!"

명령이 내려지고, 각 부대가 진을 나섰다. 적들이 있는 관원 평야로 향했다. 저 멀리 부사산후지산이 보였다.

순신의 군대가 한참을 진군하는데, 어디선가 다급한 말발굽 소리가 났다.

"멈춰라! 멈춰라!"

소리가 나는 곳을 쳐다보니 저만치에서 선전관이 구군복 자락을 휘날리며 말을 달려 이쪽으로 오고 있었다. 급하게 달려왔는지, 전립마저 벗겨진 채 갓끈에 매달려 덜렁이고 있었다.

선전관이 말을 세우더니 순신이 있는 곳으로 다가왔다. 장병들은 영문을 몰라 어리둥절한 채 서로의 얼굴들만 쳐다보았다.

"통제사 이순신은 어명을 받으라!"

어명이란 소리에 이순신이 북서쪽을 향해 네 번 절한 뒤 무릎을 꿇고 앉았다.

"왕이 명하노니, 통제사 이순신은 지금 즉시 모든 군사를 거두어 철군하라!"

순신은 순간 정신이 아찔하였다. 망치로 머리를 얻어맞은 듯 멍해지고 맥이 탁 풀렸다. 장병들도 놀라 입이 벌어지고 눈이 휘둥그레졌다. 그 어명을 전하는 선전관조차도 목소리가 떨리고 손이 덜덜 떨렸다.

"시방 철군이라고 혔냐? 나가 잘못 들은 것 아니제?"

병사들이 자신의 귀를 의심했다.

"어, 어찌 대, 대답이 없소?"

선전관이 애써 다그쳤다. 순신이 가까스로 정신을 차리고 대답했다.

"어명 받들어 거행하겠나이다……."

순신은 온몸에 힘이 빠져 목소리조차 나오지도 않는 것을 마지막 힘까지 짜내어 대답을 하고는 가까스로 두 손을 들어 교지를 건네받았다.

장병들의 표정이 점차 일그러졌다. 선전관은 수만 명 병사의 날 선 눈초리를 더는 견디기 힘들다는 듯, 황급히 말에 올라왔던 길로 되돌아 달려갔다. 달리는 말 궁둥이에 연신 채찍질을 하는 모습이 올 때보다 더 다급한 모습이었다.

선전관이 가 버린 뒤에도 몸을 일으키지 못한 채 여전히 무릎을 꿇고 앉아 있는 순신 곁으로 장수들이 몰려들었다.

"장군, 철군이라니예? 정벌 완수가 코앞인데 철군이라니예!"

김완이 성이 나서 순신에게 따지듯 물었다. 순신이 말없이 고개를 들어 원망스러운 듯이 하늘을 쳐다본 뒤 깊은 한숨과 함께 고개를 깊이 떨구었다.

"장군, 이건 말도 안 됩니다! 이런 경우가 어디 있습니까! 그럼 우리는 이제껏 무엇 때문에 목숨을 걸고 싸운 것입니까!"

언제나 차분하고 침착하던 권준마저 흥분하여 언성을 높였다. 김완이라고 권준이라고 하여 그것이 순신의 뜻이 아님을 모르겠냐마는 이 황망하고 답답한 마음을 누군가에게라도 하소연하고자 했던 것이다. 순신이라고 그들의 마음을 모르지 않았다.

순신이 천천히 몸을 일으켰다. 그리고 굳게 다물고 있던 입을 떼었다.

"철군한다."

"장군! 이럴 수는 없습니다! 끝이 지척인데 철군이라니요!"

장수들이 모두 달려들어 순신을 에워싸고 호소했다.

"어명이네."

순신의 말은 낮고 단호했다.

"이치에 맞는 어명이라야 따르지요! 누가 봐도 이건 너무도 부당하지 않습니까!"

이입부가 항의했다.

"이제 전투 한 번이면 되지 않어라? 어명이고 뭐고 그대로 밀어 버리지라!"

송희립이 외쳤다.

"장군께서 못 하시겠다면 제가 하겠습니다! 제가 하고 어명을 어긴 벌도 제가 받겠습니다! 여봐라, 전군 계속 진군하라! 진군하라!"

평소에 진중하던 이입부마저 흥분하여 병사들에게 외쳤다. 병사들은 고개를 떨구고 대답이 없었다.

"무엇들 하느냐! 진군하라 하지 않느냐! 진군하라!"

이입부가 점점 발악적으로 외쳤다. 병사들은 이입부의 애처로운 모습을 외면하고 참담한 표정을 지을 뿐이었다.

"그만두게……."

순신이 만류했다.

이입부가 바닥에 털썩 주저앉아 흐느꼈다. 순신은 말에 오르려 발걸음을 옮겼다.

"장군!"

낮고 위엄을 가진 목소리가 순신을 불러 세웠다.

"이대로 왜를 마저 정벌하고, 군대를 몰아 조선도 엎어 버립시다!"

순철이었다. 그의 말이 공간을 짓눌렀다. 순신이 옮기던 발걸음을 멈추었다. 회의 때도 늘 듣기만 하던, 순신이 명하면 묵묵히 그에 따르기만 하던 과묵하고 말이 없던 순철이었다. 그런 그의 말의 무게가 회중을 짓눌렀다.

무거운 침묵이 흘렀다. 그리고 일순 굳어졌던 장수들이 하나둘 순신을 바라보았고, 마침내 모든 시선이 순신의 입을 향했다.

순신의 입에서 쉽사리 말이 흘러나오지 않았다.

이어지는 정적…… . 그 순간 순신의, 그리고 모든 장병들의 머릿속에, 마음속에 소용돌이치는 생각들…… , 감정들…… .

마침내 순신이 입을 열었다.

"말을 삼가게."

순신이 순철의 눈을 똑바로 바라보며 낮고 엄한 목소리로 말했다. 세상 누구도 두려워하지 않는 순철이 유일하게 두려워하는, 그리고 유일하게 존경하는, 순신의 말이었다. 마침내 떨어진 순신의 말에 순철이 눈을 낮추고 고개를 떨구었다. 좌절된 기대에 다른 장병들도 시선을 거두고 고개를 떨구었다.

순신은 말에 올라 천천히 오던 길로 되돌아갔다. 봉황은 날기를 포기하였다. 너무 오래 족쇄에 묶여 있어 나는 법을 잊어버린 것일까. 닭 떼 사이에서 갖은 구박을 받으면서도 족쇄에 순응하려는 것은 무엇 때문이었을까.

장수들은 순신이 돌아가는 모습을 보며 모두 길고 깊은 한숨을 내뱉었다. 그들이라고 순신의 심경을 모르겠는가. 지금 이 순간 그 누구보다 참담하고 억울한 것은 순신이라는 것을 그들을 잘 알고 있었다. 그렇기에 울화가 치밀어도 더 항의할 수가 없었다.

'하늘이 무심하구나……. 그저 나라를 위해 죽어 간 병사들의 희생이 아까울 뿐…….'

"챙그랑, 챙."

병사들이 모두 무기들을 다 바닥에 내팽개쳐 버렸다. 물먹은 솜인 양 온몸이 축 처져 서 있을 힘조차 없었다. 낙심한 병사들이 여기저기 마음대로 널브러졌다. 땅이 꺼질 듯한 한숨들, 그리고 주체할 수 없이 흐르는 눈물들…….

* * *

철군 명령이 있던 날, 성룡은 깊은 밤까지 잠들지 못했다.

'이번 철군으로 인해 왜는 다시 힘을 기를 것이고 언젠가 또다시 쳐들

어올 것이다. 그리고 그때는 막아 내지 못할 것이다. 하늘이 조선을 버리는구나……'

성룡은 깊은 한숨을 내쉬었다. 이제 성룡은 오직 조정에 대한 분개와 증오만이 가슴속에 가득할 뿐이었다. 생각은 부지불식간에 말이 되고 말이 부지불식간에 행동이 되니 생각을 경계해야 함을 성룡은 누구보다 잘 알고 있었다. 그러나 성룡은 자신 마음속에 자기도 모르게 차오르는 불충하고 불순한 생각에 스스로도 놀라면서도 마음이 가는 대로 그저 내버려 두었다.

'조선은 결국 이 정도의 나라인 것이다. 더 나은 나라가 되고자 하는 의지도 없는 나라. 비굴한 평화에만 안주하는 거세된 나라. 이 땅은 원래 그런 땅인가. 아니다. 이 땅에 있었던 이전의 나라들도 이러지는 않았다. 그때의 기상과 정신은 사라지고 썩었다. 조선이 망하고 이 땅에 새로운 나라가 들어서야 한다. 내 설령 다시 태어나도 조선 왕실을 섬기지 않으리!'

성룡은 다음 날 고향으로 돌아갔다. 계속된 조정의 부름에도 병을 핑계로 다시는 응하지 않았다.

* * *

이슥한 밤, 윤근수가 은밀히 편전에 들어갔다. 선조의 멍하고 퀭한 눈이 허공을 응시하고 있었다. 말을 하지 않아도 계속 벌어져 있는 입은 아무것도 하지 않아도 가쁜 숨을 내쉬고 있었다. 윤근수가 엎드려 절하고 임금 앞에 앉았다.

"전하, 철군 명령은 참으로 현명하시고 지당하신 분부셨사옵니다. 소인
배 간신들의 말은 귀담아 듣지 마시옵소서."

"고맙네……, 좌찬성……."

선조가 여전히 멍하니 허공을 응시한 채 가냘픈 목소리로 말했다. 지난
어전회의에서 유일하게 자신을 지지해 준 윤근수가 기특했다.

"전하, 잠시 주위를 물려 주시옵소서."

윤근수가 목소리를 낮추어 청했다. 선조는 잠시 생각을 하는 듯하더니
손짓을 하여 내관과 나인들을 물렸다.

"전하, 전하께서는 이순신이 걱정되지 않으시온지요?"

"……?"

"그 자의 손에는 단련되고 충성스러운 병사들이 수만 명이 있사옵니다.
더구나 수많은 어리석은 백성들이 그를 따르고 있사옵니다."

선조의 초점 없는 눈동자가 미세하게 떨렸다.

"그대로 두시면 후환이 있지 않을까, 소신 그것이 염려되옵니다…….
조선 땅을 밟기 전에 미리 후환거리를 없애시는 것이……."

"후환……."

선조가 희미한 목소리로 윤근수의 말을 곱씹었다.

"전하, 소신 밤낮으로 오직 전하와 왕실의 안위만을 걱정하고 있사옵니
다! 작금의 왕실이 처한 위태로운 사정을 생각하며 밤잠을 이루지 못하
였나이다! 만일 전하께옵서 저의 충심을 헤아려 주시어, 전하와 왕실의

장래를 위하여 제가 남벌과 관련된 뒷일을 잘 마무리 지을 수 있게끔 그 뒤처리를 일임해 주신다면, 모든 것이 전하와 왕실에 이롭게 되도록 성심으로 임무를 거행하겠나이다!"

윤근수가 제법 울먹이는 연기까지 하며 간곡한 어조로 선조에게 말해 올렸다.

"……."

선조가 멍하니 허공을 응시했다.

"전하!"

윤근수가 더욱 간절하게 선조를 재촉했다.

"그리…… 하라……."

선조의 입에서 기다리던 답이 흘러나오자 윤근수는 뛸 듯이 기뻐했다.

"성은이 망극하옵니다!"

윤근수는 저절로 미소가 지어지는 것을 겨우 누른 뒤 편전을 빠져나왔다.

* * *

가까스로 기운을 차린 순신은 밤늦도록 본국까지 무사히 철수할 방도를 궁리하고 있었다.

축시새벽1~3시경이 되었을까, 어딘가에서 나타난 여러 개의 그림자들이 순신의 막사를 향해 소리 없이 움직였다.

촛불 아래에서 왜국 지도를 들여다보고 있던 순신이 막사 밖의 낯선 인기척을 느꼈다.

이윽고 막사를 둘러싼 그림자들이 칼을 빼 들었다.

순신은, 마치 기다리고 있었다는 듯이, 쥐고 있던 붓을 천천히 벼루에 내려놓고, 촛불을 껐다. 그러자 달빛에 비친 그림자들이 막사 천막에 또렷이 맺혔다.

"검을 든 자세를 보니 조선인이로군."

순신이 정좌하고 앉아 그림자들을 향해 의연하게 말했다. 그림자들이 그대로 얼어붙었다.

"주상께서 보내시었는가?"

"……."

그림자들이 당황하여 어쩔 줄 몰라 하며 서로 눈짓을 주고받는 모습이 눈에 보이는 듯했다.

"부탁이 하나 있네."

"……."

"이틀만 주겠는가? 내 미처 끝마치지 못한 일이 있네."

장막 밖의 그림자는 한참을 망설이는 듯했다.

"대판 성을 지나 포구로 가는 길에 깊은 숲이 하나 있다네."

"……."

그림자들은 한참을 멈추어 있더니 이윽고 한 그림자가 손짓을 하자 모두 어디론가 사라졌다.

통한

"고맙네."

순신은 듣는 이 없는 말을 하고는 씁쓸한 웃음을 지었다.

'이 크고 넓은 세상에 이 작은 한 몸 있을 곳 없구나……'

순신은 지난날을 돌이켜 보았다. 자신을 지금껏 여기까지 이끌고 온 그 알지 못하는 높은 힘에 대해 생각했다. 하필 그때, 하필 그곳에, 하필 그 사람과, 하필 그러한 식으로, 하필 그런 일을, 하필 그런 이유로, 하필 그런 일이 있고 난 이후에, 하필 그런 일이 있기 전에, 하필 그러한 때에, 그러한 순간에, 하필 그런 생각이 들게 하고, 하필 그런 말을 하게 하고, 하필 그런 행동을 하게 하고……. 그 오묘하고 돌이킬 수 없는 일련의 우연들을 돌이켜 보며 하늘의 이치에 대해 생각했다.

'얄궂군.'

먹을 갈고 마지막 글을 써 내려 갔다. 순신은 그렇게 이 세상에 대한 미련을 떨쳐 내며 마지막 밤을 지새웠다.

순신은 육로 대신 대판으로 가서 배를 타고 철군하는 길을 택했다. 다음 날 아침, 순신은 후위 부대부터 차례로 철수하도록 지시했다. 비가 추적추적 내려 가뜩이나 처지고 무거운 움직임이 더 더뎠다. 분명히 식사를 하였는데도 힘이 하나도 없어 발도, 들고 있는 무기도 땅에 질질 끌리었다. 병사들은 걷다가 한숨을 한 번 쉬고, 또 걷다가 한숨을 한 번 쉬고 하면서 천근만근한 발걸음을 꾸역꾸역 옮기었다.

순신은 적군이 우리 편의 철군을 알아차리지 못하도록 깃발과 보초를 전과 다름없이 하고 끼니 때가 되면 밥 짓는 연기도 전과 다름없이 하도록 지시했다.

다른 부대들은 모두 철수하고 순신은 마지막 기병 부대만을 거느리고 진영에 남았다.

그리고 다음 날, 아직 어스름이 남아 있는 이른 새벽 순신은 마지막 채비를 하였다. 막사를 나서기 전 순신은 투구와 갑옷을 오래도록 바라보았다. 왜란 때부터 지금까지 오랜 세월 자신과 함께한 갑옷이었다. 순신은 갑옷과 투구를 손으로 쓰다듬어 보았다.

"수고했다."

낮게 읊조리고는 전립에 구군복만을 입은 채 막사를 나섰다.

대판까지 행군을 하며 지금껏 거쳐 온 고을들을 다시 하나하나 지나갔다. 순신이 철군한다는 소식을 들은 왜의 백성들이 거리로 쏟아져 나와 엎드려 울며 순신을 전송했다. 그들에게 순신은 그들을 막부의 학정에서 구해 준 은인이었다.

한참을 행군하여 대판성에 이르렀다. 그리고 성에서 포구로 가는 길, 어느 숲에 이르렀다. 숲은 길고 어두웠다.

순신이 고개를 들어 숲을 올려다보았다.

'흠……, 다 왔구나…….'

"송 만호, 만약 숲에서 무슨 일이 생기면 무조건 대응하지 말고 군사들을 이끌고 앞만 보고 포구로 달리고, 도착한 부대부터 먼저 출발시키게."

순신이 송희립에게 말했다.

"장군님은 어찌하실란단가요?"

순신의 어조에서 어딘가 평소와 다름을 느낀 송희립이 이상한 기분이
들어 되물었다.

"나도 같이 갈 걸세. 혹시나 해서 말해 두는 것이야."

"야, 알것구만이라."

송희립은 여전히 찜찜한 기분을 떨치지 못한 채 대답했다.

순신과 기병부대가 숲에 들어섰다. 햇볕도 잘 들지 않는 울울창창한 숲
이었다. 어두운 숲속으로 점점 깊이 들어갔다. 순신은 지난 밤의 그림자
들이 부대를 따라오는 것을 느낄 수 있었다.

한참을 들어간 뒤 햇빛 한 점 비치지 않아 음기가 짙은 숲의 한복판에
다다랐다. 새소리조차 없이 적막한 곳이었다. 순신이 말의 걸음을 늦추
고 초연한 눈으로 숲을 올려다보았다. 그리고,

"탕!"

별안간 들린 단발의 총성에 병사들이 움찔했다. 말들이 놀라 울어댔다.
병사들은 자기 몸을 살피고 주위를 둘러보았으나 아무도 총에 맞은 사람
은 없는 것 같았다.

"뭐였지?"

병사들이 술렁였다.

순신의 옆구리에서 피가 베어 나왔다. 말에서 떨어지지 않으려 말고삐
를 꼭 붙잡았다. 붉은 구군복이 붉게 베어 나오는 피를 가려 주었다.

"분명히 요 근처에서 나는 소리였는디?"

송희립이 두리번거리면서 혼잣말을 하고는 명을 구하는 듯 순신을 바

라보았다. 순신은 파안하거나 고통을 내색하지 않으려 안간힘을 쓰며 손을 들어 앞쪽을 가리켰다.

"계속 전진!"

송희립이 큰소리로 명령을 전했다. 순신은 흘러내리는 피를 들키지 않기 위해 행렬의 맨 뒤로 빠졌다.

순신의 정신이 점점 혼미해져 갔다. 배어 나온 피가 바지를 적시며 흘러내렸다. 말고삐를 쥐고 떨어지지 않으려 안간힘을 썼다. 병사들을 한 명도 빠짐없이 안전하게 철군시켜야 한다는 일념뿐이었다.

그리고 다시 한참을 전진하던 중,

"탕!"

또다시 날아온 총알이 순신의 가슴을 관통했다. 순신이 더 이상 버티지 못하고 말에서 떨어졌다.

"장군!"

송희립과 병사들이 순신에게 몰려들었다.

"장군, 정신 차리시어라. 장군!"

송희립이 이순신을 부축해 일으켜 세우려 했다.

"퇴, 퇴각……포, 포구로……."

순신이 힘겹게 말을 내뱉었다. 송희립은 그제야 정신을 차리며 순신의 말을 떠올렸다.

"퇴각하라! 포구로 달려라!"

송희립이 다급히 병사들에게 퇴각 명령을 내렸다. 병사들이 먼저 포구로 달리고, 송희립도 순신을 자신의 말에 태운 뒤 정신없이 달렸다.

가까스로 포구에 당도하자 순신을 싣고 갈 마지막 배만이 남아 기다리고 있었다. 철수를 군관들에게 맡긴 장수들이 끝까지 순신을 기다리고 있었다.

송희립이 서둘러 배에 올랐다.

"어서! 어서 출발하라!"

이입부가 다급히 외쳤다.

배가 점차 포구와 멀어졌다.

송희립이 순신을 갑판에 뉘었다. 마지막 임무를 다했다는 듯 순신의 표정이 한결 편안해졌다.

"장군! 장군!"

기다리고 있던 다른 장수들이 놀라서 주위를 둘러쌌다. 그들은 비통한 표정으로 의식을 잃어 가는 순신을 바라보았다.

순신은 점점 숨이 가빠졌다. 점차 주위가 어두워지고 몸이 추워져 왔다. 마지막 힘을 다해 품에서 무언가를 꺼내 이입부에게 건넸다.

"가족들에게……."

지난밤에 쓴 유서였다.

부인, 평생 전장만 떠돌며 제대로 남편 노릇도 못 했구려. 거칠어진 손을 보는 내 마음이 한없이 괴로웠소. 한 나라의 장수 된 몸으로 전장에서 죽기로 결심한 지 오래 목숨에 미련은 없소만, 고생만 시킨

부인을 남겨 둔 채 떠나는 마음이 죄스럽소. 미안하오. 부디 용서하시오. 내 먼저 간 우리 아들 면이를 만나 안부 전하겠소. 건강하시오. 회야, 태야, 이 애비가 애비노릇 한 번 제대로 못 했구나. 그런데도 그렇게 밝고 씩씩하게 자라 주어 이 애비가 얼마나 고마운지 모르겠구나. 앞으로는 너희가 어머니를 더 잘 모셔야 한다. 미안하다. 건강하게 오래오래 살거라.

순신의 눈에 수많은 얼굴들이 주마등처럼 스쳐 갔다. 가족들, 동료들, 부하 장병들…….

순신의 눈앞에 죽은 막내아들 면이 손짓했다.

'그래 면아……, 이 애비를 마중 나왔느냐……. 그래 오냐, 내 곧 그리로 가마…….'

순신이 허공을 향해 힘겹게 손을 뻗었다.

"툭."

순신의 고개가 외로 떨구어졌다.

"장군! 장군!"

배에 있던 모든 장병들이 엎드려 통곡했다. 바다가 울음소리로 가득 찼다. 하늘도 슬퍼하는지 먹구름이 몰려와 주위가 캄캄해지더니 이내 장대비가 쏟아져 내렸다. 빗물과 눈물이 뒤엉켜 흘러내렸다.

이순신, 그는 그렇게 숨을 거두었다. 그를 추앙하는 자들로 가득 찬, 그를 증오하는 자들로 가득 찬 이 복잡한 세상을 그는 그렇게 미련 없이 떠났다.

 순신이 세상을 떠났다는 소식을 들은 조선의 백성들이 엎드려 땅을 치
며 통곡했다. 통곡 소리는 며칠 밤낮이 지나도 그칠 줄을 몰랐다. 온 나라
가 울고 또 울었다.

찢겨진 역사

선조 32년 10월 10일.
말사의 만행이 행해지다.

이슥한 밤, 패랭이를 쓴 의금부 장정들이 횃불을 들고 춘추관에 들이닥쳤다.

"샅샅이 뒤져서 모조리 찾아내!"

"예!"

금부도사가 소리치자 장정들이 일제히 흩어져 사초를 뒤지기 시작했다. 밤늦게까지 기록을 정리하고 있던 사관들이 험악한 표정으로 들이닥친 장정들에 놀라 어쩔 줄을 모르고 떨고만 있었다.

장정들이 사관들이 쓰고 있던 서적을 빼앗고 보관소의 자료들을 험악한 손길로 뒤지기 시작했다.

소란스러운 소리에 춘추관장이 집무실에서 나왔다.

"이게 무슨 짓들이야!"

관장의 준엄한 호통에 장정들이 움츠러들어 그 자리에서 멈추어 섰다. 춘추관장의 기백과 시퍼런 서슬에 그의 체구의 두 배나 되는 장정들이 하던 것을 잇지 못하고 쩔쩔맸다.

"여기가 어디라고 감히 행패야, 행패가!"

또다시 춘추관장의 호통이 이어졌다. 금부도사가 춘추관장에게 다가

가 목례를 한 뒤 말했다.

"즉시 모든 기록을 폐기하라는 어명이십니다. 협조 부탁드립니다, 대감. 무엇들 하느냐! 계속 뒤져!"

금부도사는 딱딱한 사무조로 일방적으로 통고한 뒤 다시 장정들에게 소리쳤다. 장정들이 다시 분주히 춘추관 곳곳을 뒤지기 시작했다.

"그만! 그만두지 못할까!"

춘추관장의 벽력같은 호통이 또 한 번 떨어지자 장정들을 어정어정 금부도사의 눈치를 살폈다.

"사관 위에는 하늘만이 있을 뿐이다! 설령 주상전하라 하신들 그런 명령을 내리실 수는 없느니라!"

"쉿."

금부도사가 칼집에서 칼을 뽑아 관장의 목에 칼을 들이댔다.

"무, 무슨 짓이냐?"

그것을 지켜보는 다른 사관들의 눈이 휘둥그레졌다.

"거역하는 자 베라 하시었소."

"네 이놈!"

관장이 다시 소리치려 하자 금부도사가 칼을 더 깊이 들이밀었다. 목의 살갗이 칼날에 베여 피가 흘러내렸다.

"잠자코 시키는 대로만 하면 아무 문제 없을 것이오."

금부도사가 내뱉었다.

"이놈들……."

춘추관장의 기세가 수그러들었다. 뜻이 충분히 전달되었다고 생각한 금부도사가 천천히 칼을 거두었다.

춘추관장이 털썩 주저앉았다.

"하아……."

관장의 입에서 깊은 한숨이 쏟아졌다. 관장의 손이 분노와 두려움으로 덜덜 떨렸다. 관장이 완전히 제압되었다고 판단한 장정들이 이제는 마음 놓고 사초를 뒤지기 시작했다. 이윽고 남벌과 관련된 사초들이 모두 모아졌다.

"찢어라! 지워라!"

이제는 완전히 제압된 사관들이 금부도사가 시키는 대로 사초에 검게 먹줄을 긋고, 불러 주는 대로 받아 적었다. 사관들 뒤에는 장정들이 빙 둘러서서 그들을 감시하고 있었고, 한켠에서는 다른 장정들이 찢어 낸 사초들을 불태우고 있었다.

그때,

벌컥 문이 열리고, 밖에서 건물 주위를 지키고 있던 장정 하나가 헐레벌떡 뛰어 들어와 금부도사를 찾았다.

"무슨 일이냐?"

장정의 당황하고 다급한 모습에 금부도사마저 불안해졌다.

"사관 한 놈이……."

장정이 참담한 표정으로 말을 쉽게 잇지 못했다. 일이 크게 잘못되었음을 직감한 장정이 울상을 지으며 말을 머뭇거렸다.

"사관 하나가 뭘 어쨌다는 게냐?"

"사, 사초를 들고 도망을 갔습니다."

"뭐야! 이런 얼빠진 놈들! 당장 쫓아가서 잡아!"

금부도사가 목에 핏대를 세우고 발악하듯 외치었다.

* * *

"헉, 헉, 헉……."

사관복을 입은 사내가 정신없이 숲길을 뛰어가고 있다. 이미 의관은 흐
트러질 대로 흐트러져 사모는 온데간데없고, 상투도 풀어져 난발이다.
신발마저 벗겨져 버선발로 산길을 뛰고 있다.

"저기 있다!"

"잡아라! 놓치지 마라!"

뒤에서 들려오는 쫓아오는 자들이 외치는 소리……. 사관은 온 힘을 다
해 뛰고 또 뛰었다.

"헉, 헉, 헉."

숨이 턱 끝까지 차오른다. 심장이 터질 것만 같다.

끝.